폴 임 박사와 함께하는

책속의 책 2

폴 임 박사와 함께하는 책 속의 책 (2권)

폴 임 지음

발 행 일   초판 1쇄 2003년 5월 10일
　　　　　　　4쇄 2007년 3월 27일
발 행 처   평단문화사
발 행 인   최석두
책임편집   이경숙 · 김선희
디 자 인   박지용
마 케 팅   양동귀
관 　 리   정명남 · 김주원
인 　 쇄   한영문화사 / 제본 정문제책 / 출력 앤컴
등록번호   제1-765호 / 등록일 1988년 7월 6일
주 　 소   서울시 마포구 서교동 480-24 원창빌딩 3층
전화번호   (02)325-8144(代)   팩시밀리 (02)325-8143
www.pdbook.co.kr   e-mail pyongdan@hanmail.net
ISBN 89-7343-192-7-04890
　　　89-7343-190-0 (전3권)

수학 · 물리 · 발명 이야기

폴 임 박사와 함께하는

책 속의 책 2

평 단

100년 후의 세계를 내다보는 책

우리는 한 세기를 넘길 때마다 큰 변화 속에서 무엇인가를 선택해야 하는 갈림길에 놓이게 된다. 세기말에는 역사의 수레바퀴가 보다 빠르게, 보다 불규칙적인 궤도를 돌기 때문에 모든 것을 예측하기 어렵다. 결국 급변하는 국제정세 속에서 우주적인 불안과 초조의 안개가 우리를 혼돈으로 몰고 간다.

우주에는 지구 외에도 생물이 존재하는 혹성이 있을까? 과연 우주인은 존재하는 것인가? 앞으로 100년 후의 세계는 어떠할까? 모든 것이 불투명하게 보여 질문만 있을 뿐 그 답을 찾을 수가 없다.

어제를 생각할 여유도 없이 오늘의 가치가 변하여 우리의 삶을 어제의 가치로는 도저히 이해할 수 없게 만든다. 이런 때일수록 '역사의 소리'에 귀를 기울여야 한다. 가장 불확실한 시대는 바로 오늘이기 때문이다. 이런 때에 21세기를 살아가는 우리들에게 새로운 삶에 관한 정보를 제공해 주는 책, 역사의 소리를 들을 수 있는 책이 바로 21세기를 여는 책, 「폴 임 박사와 함께하는 책속의책」이다.

「폴 임 박사와 함께하는 책속의책」은 세계 어느 곳에서도 구하기 힘든 진귀한 컬러 삽화들이 덧붙여져 독자들에게 풍부한 상상력을 불러일으킬 것이다.

이 책이 처음 출간되었을 당시 독자들로부터 감사의 우편물이 연일 쇄도했다. 그리고 각 매스컴에서는 '방대한 자료를 독특한 기획으로 정리한 고정

관념을 깨는 이색 정보서' (한국일보), '생활 속의 의문을 풀고자 20년간 자료 수집하여 엮은 잡학 백과사전' (조선일보), '손 가는 대로 아무 곳이나 펼쳐도 일상에 관련된 상식 외의 가치 있는 이야기들이 그물처럼 펼쳐지는 아주 재미있는 책' (중앙일보), '기네스 북에 도전한 책' (문화일보)이라고 격찬을 아끼지 않았다. 그리고 수많은 잡지사와 신문사에서 「책 속의 책」을 인용하여 기사를 썼다. 100만 독자들이 이 책을 읽고 나서 이 책은 고정관념을 깨는 놀라운 책이라고 경탄했다.

「폴 임 박사와 함께하는 책속의책」에 제시된 모든 논리적인 문제들이 이 책을 읽는 독자들에게 달려와서 유혹하리라고 믿는다. 그리고 이 책을 읽다가 자신도 모르는 사이에 새롭고 놀랄 만한 사실들을 알게 되어 불가사의한 지혜의 블랙홀로 빠져 들어가 감동의 폭풍을 만나게 된다면 이 책을 엮은이로서 더 이상 기쁜 일은 없을 것이다.

이 책과의 만남은 우리 인생의 새로운 출발을 의미한다. 이 책을 곁에 두고 있으면 가치관과 라이프 스타일이 변할 것이고 대화의 영웅이 될 것이며, 어느 장소에서 누구를 만나든지 당신은 가장 인기 있는 대화의 주인공이 될 것이다. 또한 일생 동안 무엇을 하든지 많은 도움을 받을 수 있다.

이 책은 한 번 읽고 던져 버리는 책이 아니라 일생 동안 곁에 두고 싶은 좋은 반려자와 같은 역할을 할 것이다.

「폴 임 박사와 함께하는 책속의책」은 '믿거나 말거나' 와 같은 황당무계한 내용을 다루는 책이 아니다. 오늘날 우리의 삶에 필요한 지식과 정보를 농축시켜 책 속에 집어넣고 봉한 그런 책은 더욱 아니다. 이 책 속에 제시되어 있는 모든 내용이 우리의 삶에 적용되어 영원으로 가는 길을 가르쳐 주리라고 믿는다. 우리는 이 책을 한장 한장 넘길 때마다 크고 작은 감동의 세계로 인도될 것이다.

이 책을 준비하는 데 거의 30년이란 긴 세월이 흘렀고 지금도 계속해서 새로운 사실들과 정보를 접하고 있다. 확실하고 근거 있는 사실만을 선택해서 엮기 위해 최선을 다했지만 그래도 미진한 내용이나 잘못된 것이 있으면 언제든지 보완할 것이며 그것은 필자의 과문천식(寡聞淺識)으로 돌린다.

부디 무한한 금광이 숨어 있는 광산 같은 이 책 속에서 훌륭한 광부가 되고, 수많은 물고기들이 헤엄치는 황금어장 같은 이 책 속에서 훌륭한 어부가 되기를 기원한다.

캘리포니아에서
폴 임

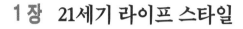

1장 21세기 라이프 스타일

2장 인체 - 생명을 지탱해 주는 신비의 열쇠

3장 에너지 · 태양 · 지구 · 우주

4장 신비로운 수학과 숫자의 세계

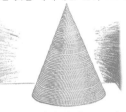

5장 물리 · 화학 · 광물

6장 발명 · 발견

7장 시간의 속도 · 승산 · 확률 · 통계

8장 건강 · 의학 · 음식 · 약

9장 미생물 · 생물 · 식물

10장 조류 · 어류 · 곤충

10장 동물 가족

제 1 장
21세기 라이프 스타일

21세기 라이프 스타일

21세기에 우리의 일상생활은 어떻게 달라질까?
각 분야 전문가들이 예견하는 미래는 각양각색이지만 모두 21세기가 컴퓨터와 인터넷 시대라는 데에는 이견이 없다.
컴퓨터 마이크로칩 가격이 저렴해지고 크기가 작아지면서 이제까지 PC에 제한됐던 컴퓨터 기능이 앞으로 수백여 개의 크고 작은 상품에 도입돼 컴퓨터가 가사 일까지 돕는 시대가 이미 실현 단계에 들어섰다는 것이다.

●스마트 홈
VCR, TV, 셀룰러폰, 워크맨, 냉장고, 세탁기 등 각종 가전제품들은 컴퓨터 기능을 가지면서 인터넷과도 연결돼 우리의 일상생활은 말할 수 없이 편리해지고 있다. 예를 들면 마켓에 물건을 사러 갔을 때 비퍼를 통해서 집의 냉장고에 어떤 물건이 들어있으며 어떤 재료가 더 필요한지 알 수 있고 또 마켓에 갈 필요 없이 주문 내용이 자동 전송돼 배달받을 수도 있게 된다.
또한 콜로라도 대학 등에서는 위와 같은 기술을 응용해 우리가 생활할 미래 주택의 원형이라 할 수 있는 스마트 홈을 개발하고 있다. 콜로라도 대학이 개발한 스마트 홈은 주인의 과거 습관을 토대로 스스로 적절한 기능을 선택한다. 집안 구석구석에 설치

된 감지기가 빛, 온도, 소리, 움직임 등을 탐지하여 온도와 기류와 조명을 적절하게 조절한다. 겨울에는 주인이 귀가하기 30분 전부터 자동적으로 따뜻해지고 주인이 의자에서 일어서면 화장실에 불이 켜진다. 스테레오 시스템은 주인이 있는 방에서만 음악이 나오도록 스스로 조절하고 네트웍에 연결된 전화는 주인이 있는 방에서만 울린다. 접시 닦는 기계는 인터넷과 연결되어 자동세척된다.

Tip—
마이크로칩 반지
플로리다의 한 학교에서는 교사와 학생들에게 마이크로칩이 들어 있는 반지를 지급했다. 이 반지로 교실문을 열수 있으며 교내 자동판매기에서 음료수 등의 상품을 구입할 때 전자현금 역할도 한다.

● Sky Car

영화에서나 보던 하늘을 나는 자동차도 이제 더이상 미래의 것이 아니다. 새로 개발된 4인승 자동차 'SKY CAR'는 수직 이륙해 고도 3만 피트까지 올라갈 뿐 아니라 시속 580km로 날 수 있다. 엔진이 8개나 되지만 3대의 컴퓨터가 자동제어하여 특별한 기술 없이도 조종할 수 있고 엔진 몇 개가 고장이 나도 계속 날 수 있다. 또 불상사를 대비해 낙하산 2개가 부착되어 있다. 'SKY CAR'는 약 2년 후 대당 100만 달러에 시판될 예정인데 벌써 100대나 주문이 들어왔다고 한다.

● 휴대용 컴퓨터

컴퓨터는 사람의 목소리는 물론 동작까지 인식하는 수준으로 발전할 전망이다. 또 컴퓨터의 출력 시스템이 현재는 컬러 인쇄와

음성, 동화상 형태에 불과하지만 앞으로는 3차원으로 표현하는 것도 가능해진다.

현재 슈퍼 컴퓨터나 할 수 있는 작업을 2005년 이내에 사무실의 데스크탑 컴퓨터로, 또 2015년쯤에는 전자수첩 크기의 휴대용 컴퓨터로 처리할 수 있을 것으로 예상된다.

거실의 벽에 걸려 있는 대형 화면을 여러 개로 나눠 영화를 보면서 필요한 주식 정보를 살펴보고 인터넷을 통해 밤새 들어온 뉴스가 문자와 사진, 동영상 등 맞춤신문 형식으로 편집되어 배달된다.

Tip—
휴먼 로봇(1)
휴먼 로봇을 구현하기 위해서 두뇌에는 인공지능 컴퓨터, 각 관절에는 사람처럼 자연스럽게 움직이는 장치, 그리고 피부에는 촉각 센서가 첨부된 인공피부가 필요하다. 현재의 기술 발전 속도로 보아 21세기 초반이면 인간과 똑같은 지능형 로봇이 등장할 것이라는 것이 전문가들의 전망이다.

LA에서 서울까지 5시간

교통수단도 크게 달라진다. 고효율 전기자동차가 보편화되며 앞서 말한 수직 이착륙이 가능한 자동차도 선보인다. 300명의 승객을 태우고 LA에서 서울까지 5시간에 날 수 있는 초고속 여객기, 600명까지 탈 수 있는 2층짜리 초대형 여객기, 고급 자동차 값에 불과한 저가의 소형비행기 등이 등장해 갈수록 빨라지는 인간의 생활패턴과 접목된다.

세계의 증권거래소가 인터넷 온라인을 통해 하나로 통합되고 지구촌 곳곳의 투자자들은 휴대가 간편한 첨단 컴퓨터를 사용해 24시간 내내 전 세계의 주식 동향을 한눈에 파악하고 아무 곳에서나 실시간에 거래를 할 수 있게 된다.

확실한 투자수단으로 이미 일반인들에게까지 보편화된 주식거래에서 모든 대금결재는 세계 통화화폐인 '전자화폐'로 이루어지게 된다.

전문직과 단순직의 변화

재택근무와 기업의 세계화가 확산되면 같은 직종의 임금 수준이 세계적으로 비슷해질 것이라는 예측도 있다. 통신기술의 발달에 따라 선진국 기업들이 아시아 등 임금이 낮은 지역으로 사무실을 옮기는 경향이 나타나고, 단일통화의 출현은 지역간 임금비교를 용이하게 만든다. 이런 변화가 임금의 국경을 무너뜨릴 수 있다는 것이다.

그러나 고급 인력과 단순 노동자의 임금차는 더욱 벌어질 전망이다. 과학자, 기술자, 컴퓨터프로그래머 등 고급 전문직은 늘어나고 단순 노동직은 기계로 대체될 것이며 이에 따라 수요가 늘어나는 전문직과 수요가 줄어드는 단순직의 급여차는 더욱 벌어지게 된다.

사회가 연령, 직업, 취향 등에 따라 종횡으로 미분화되며 비즈니스의 패턴도 변화한다. 기업들의 마케팅 타겟이 보다 구체적으로 세분화되어 상품의 생산에 있어서도 한정된 모델에 의존한 대량 생산보다는 다양한 모델을 근거로 한 소량생산 형태로 바뀌게 된다. 개인이 정보화로 철저히 중무장되는 뉴 밀레니엄은 과거에 존재했던 '안정된 틀'이 깨지고 대신 미래는 개인이 스스로 책임지는 사회로 변하게 된다.

가치의 전도

이성보다는 쾌락, 지성보다는 감성이 지배하는 개인 중심의 사회가 되면서 정보화 사회는 갈수록 쾌락을 추구하는 길로 접어들어 국가나 사회가 이를 감시하거나 감독할 수 있는 선은 이미 넘은 지 오래돼 자신을 통제할 수 있는 것은 자신밖에 없는 냉혹한 사회도 부정적인 모습 중의 하나다.

시공을 초월하여 가상현실이 지배하는, 거침없는 상상력과 무한한 가능성의 디지털 세계는 인류사회에 전혀 새로운 단계의 발

Tip

아시모

일본의 자동차 업체 혼다가 2000년 11월에 발표한 로봇. 키 120cm에 몸무게는 43kg이다. 두 발이 달려 평지가 아니어도 사람처럼 균형을 잡고 걸을 수 있고, 뛰고 춤추는 것도 가능하다. 팔의 활동 반경이 크게 늘어났고, 조종기로 쉽게 몸이나 손동작을 지시할 수 있다. 그러나 인공 지능을 갖추려면 아직 멀었다.

전과 변화를 가져다 줄 것이다. 그러나 기존의 패러다임이 근본적으로 바뀔 수 있다는 점이 일말의 불안감을 갖게 하는 것도 사실이다.

인간의 지능을 탐하는 로봇

컴퓨터의 발전이 당초 예상을 크게 능가한 반면 지금쯤 가정부 로봇이 등장할 것이라고 전망했던 50년 전의 예측은 빗나갔다. 산업용 로봇은 조립라인 공장에서 중요한 역할을 맡고 있는 애

완용 로봇이 시중에 판매되고 있으나 실생활에 유용한 로봇은 아직 공상으로 남아 있다.

그럼에도 불구하고 로봇 전문가들은 앞으로 10~20년 내에 스스로 카페트를 진공 청소하거나 잔디밭을 깎는 로봇이 보편화될 것으로 내다보고 있다. 또한 2050년까지 로봇의 컴퓨터 두뇌가 초당 100조에 달하는 지시를 수행할 수 있을 정도로 빨라지면서 인간의 지능과 맞먹기 시작할 것으로 예상한다.

이같은 추세가 계속된다면 30~40년 내에 개발

로봇이 진화해서 의식을 갖게 된다면…

Tip
휴먼 로봇(2)
휴먼 로봇은 건설현장이나 깊은 바다, 방사능 오염지역 등 재해지역에서 인간을 대신해 일을 하고 불편한 사람을 도와주는 의료용과 가사용으로도 활용된다.

될 제3세대 로봇은 원숭이와 비슷한 지능을 갖고 있어 여러 가지 심부름을 수행할 수 있을 것으로 전망된다.

전문가들은 이어 1조 MPS의 성능을 가진 제4세대 로봇은 거의 모든 면에서 인간을 능가하는 성능을 보이고, 심지어 회사 전체가 직원이나 투자자가 필요 없이 로봇에 의해 구성될 것이라고 내다봤다.

이에 따라 미래사회의 대다수 사람들은 오늘날의 은퇴자들처럼 사교, 창작, 그리고 오락활동을 추구하는데 시간을 보내게 될 것이다.

초고층 마천루 시대

첨단과학이 환경파괴 문제를 상당부문 극복할 것이라는 지적도 있지만 당분간은 첨단주의와 환경친화주의라는 두 흐름으로 양극화될 전망이다.

200~500층에 달하는 초고층 건물 설계를 위한 기술과, 건물이 360도 회전할 수 있는 설계기술이 개발돼 도시의 스카이라인이 획기적으로 변모한다. 또한 미래의 건축은 인간의 생활 영역을 해저 지하, 우주로까지 넓혀줄 것 같다.

건축물의 하이테크화는 주택이 주도한다. 컴퓨터와 통신수단의 발달로 집은 근무에서 여가까지 인간의 모든 생활을 책임지는 단일공간이 된다.

구름 위에 있는 빌딩

집에서 PC를 통해 업무를 보고 쇼핑도 자동차를 타고 복잡한 백화점 등에 들러 짜증스런 줄서기나 물건 고르기를 할 필요 없이 커피를 마셔가며 온라인을 통해 편안하게 처리하게 된다.

재택근무가 모든 사무업종에 적용돼 샐러리맨들은 초고속 정보통신망이 깔린 자택에서 회사일을 하고 일주일에 한 번 정도 지능형 교통시스템이 갖춰진 승용차로 출근하는 모습은 이미 현실화된 가운데 점차 확산될 전망이다.

세계 최고의 빌딩

시카고에 세계 최고 빌딩이 들어선다.

108층 높이의 이 빌딩 꼭대기에서는 인접 4개주를 한꺼번에 조망할 수 있다. 4년간 5억 달러가 소요될 이 빌딩은 현재 세계에서 가장 높은 말레이시아의 1,483피트의 페트로나스 타워를 위에서 굽어보게 된다. 1,450피트였던 시카고의 시어즈 타워가 페트로나스 타워에 빼앗긴 최고 기록을 3년만에 되찾아 오는 셈이다.

108층 규모의 제2 롯데월드

Tip—

이 빌딩에는 사무실, 상가, 아파트, 지하철 입구, 주차장 등이 완비돼 있다. 또 옥상 위엔 45층 높이의 방송탑이 세워진다. 유리와 스텐레스, 알루미늄으로 표면을 두를 이 빌딩은 위로 갈수록 좁아진다. 52층부터 92층까지는 아파트다.

21세기에 던지는 질문

●앞으로 우리는 얼마나 오래 사나?
일부 의학자들은 2050년까지 100세 이상 사는 미국인이 85만 명에 달하며 21세기에는 평균 수명이 125세를 넘을 것으로 예상한다. 2100년부터 우리 후손들은 200세까지 사는 경우도 있으리라는 것이 전문가들의 주장이다.

●얼마나 뚱뚱해지나?
비만증은 인간의 피할 수 없는 운명이다. 미국 여성의 평균 체중은 지난 1975년 116~132파운드에서 현재 124~148파운드로 증가했으며 2025년까지 145~169파운드에 달할 것으로 추정된다.

1파운드는 약 0.45kg

●복제인간과 공존하게 될까?
복제양 돌리의 탄생과 함께 인간복제가 눈앞에 다가왔다. 인간복제는 여러 나라에서 불법화했으나 언젠가는 누군가가 금기를 깰 것이라는데 의심의 여지가 없다.
의학자들은 유전공학의 발전에 따라 아기가 태어날 때 더 똑똑하거나 질병에 대한 저항력이 더욱 강하게 유전자를 조작할 수 있을 것이라고 예상한다.

최초의 복제양 '돌리'

● 드디어 감기에서 해방된다?

감기가 불치병인 이유는 새 유형이 나올 때마다 백신을 개발하는데 수개월이 걸리기 때문이다. 그러나 최근 벨기에 의학자들은 모든 유형의 독감에 감초처럼 들어 있는 단백질을 발견했다. 만일 감기에서도 비슷한 단백질을 발견한다면 2025년까지는 보편적인 감기 백신이 나올 수 있는 것으로 보인다.

● 21세기에는 어떤 질병으로 고생할까?

하버드 공중보건 대학은 2020년의 10대 사망 및 부상 원인을 다음과 같이 예상했다. 심장병, 우울증, 교통사고, 뇌졸중, 만성 폐질환, 호흡기질환, 결핵, 전쟁 부상, 설사, AIDS.

직장 / 교통

많은 사람들이 컴퓨터 등 전자통신을 통해 집에서 일하거나 집에서 가까운 사무실에서 근무할 것이다. 다운타운으로 통근하는 사람들은 자가용보다 고속 대중교통 수단을 선호하고 자가용과 트럭은 환경적으로 깨끗한 수소 연료전지 엔진으로 달릴 것이다. 또 건강을 위해 자전거를 타는 사람도 급증한다.

Tip

앞으로 10년 동안

· 임신하기를 원치 않거나 임신할 수 없는 여성들을 위한 '인공자궁'이 개발될 전망이다.

· 간단한 식품섭취로 질병을 막을 수 있다. 콜레스테롤, 히파티티스B, 혹은 인슐린 분비를 막아 주는 질병 예방 식품이 개발될 것이다.

· 타인의 심장, 신장, 간을 이식하지 않고도 자신의 세포 조직을 이용해 인공 인체 기관들을 이식하는 의술이 개발될 것이다.

21세기에 출근하는 사람들

음식

21세기에는 과일, 곡식, 채소 등을 선호하는 식생활이 채택될 것이다. 뒤뜰에서 채소를 손수 재배하는 붐이 일고 농장은 화학비료나 농약을 사용하지 않는 유기농법을 선호하고 도시에서 가까운 곳에 위치하게 된다.

쇼핑

인터넷 전자상거래 시대의 거대한 주차장을 가진 대형 쇼핑몰은 점차 사라지고 자전거나 도보로 쉽게 찾을 수 있는 소규모 쇼핑몰이 주택가에 자리잡는다. 이들 쇼핑몰은 단순히 물건 판매에 그치지 않고 더 이상 사용하지 않는 재활용 물건을 수거하는 역할도 맡을 것이다.

에너지

21세기의 전력은 화석연료보다 깨끗한 연료로 발전될 것이다. 일부 에너지는 인근 풍력발전에서 오지만 가정에서 소비되는 전력은 대부분 각 주택의 지붕에 설치된 태양전자판과 지하실에 있는 수소 연료전지에서 충당될 것이다.

21세기 하늘의 동정

오리온 성운

· 2003 : 8월 27일, 화성은 지난 2000년 동안 그 어느 때보다 지구의 궤도에 가깝게 들어서게 될 것이다. 6주 동안 화성은 온 세상을 환하게 비출 것으로 예측되는데 망원경을 통해 화성의 신비를 지켜볼 수 있을 것이다. 그리고 비행접시(U.F.O)의 출현이 빈번할 것이다.

· 2004 : 6월엔, 1882년 이후 처음으로 금성이 태양을 지나가게 된다. 그러나 아쉽게도 한국 상공에서는 볼 수 없다.

- ·2006 : 이집트 전역 및 지중해 전 지역에는 달의 그림자가 드리워질 것이다.

- ·2009 : 21세기에서 최장기간의 월식이 중국 및 태평양 지대에서 일어날 것이다. 그 경과 시간은 약 6분 30초쯤으로 예상되고 있다.

금 성

- ·2012 : 금성이 다시 한번 태양을 지나가게 되는데 아마 21세기에 볼 수 있는 마지막 광경이 될 것이다. 이번에는 북미 지역에 살고 있는 사람도 망원경을 통해 그 광경을 볼 수 있을 것이다.

- ·2017 : 38년간의 가뭄기록을 깨며, 일식이 미전역에 일어나 한순간 낮이 밤으로 바뀌게 된다. 아마도 밀레니엄 시대에 볼 수 있는 최대의 일식이 될 것이다.

일 식

- ·2000∼2100

- 목성과 화성 주변에 널려 있는 45,000개 정도의 소행성들은 지구를 향해 최고 5000마일의 속도로 돌격해올 수도 있다.

  20,000,000년 전에 소행성과 지구의 충돌로 산성비가 3년 동안 내렸고 공룡이 완전히 멸종되었다.

  1994년 12월 9일에는 소행성이 지구와 62,000마일까지 접근해 왔는데 평균 4,428마일로 달리는 소행성이 14시간 더 계속해서 지구를 향해 돌진했다면 지구와 소행성은 충돌했을 것이다. 그리고 그 충격은 12,000메가톤의 파괴력으로 지구상의 모든 핵무기들이 동시에 폭발했을 때와 비슷했을 것이다.

  1998년에도 익명의 소행성들이 불과 지구상에서 280,000마일 떨어진 곳에서 4일 동안 지구 주위를 맴돌다가 사라졌다. 소행성으로 가장 큰 것은 직경이 596마일이나 된다.

  지금 지구의 대재앙을 일으킬 만한 정도로 큰 2,000개의 행성들이 지구의 궤도로 진입하거나 적어도 궤도상에 근접할 것으로 예측하고 있다.

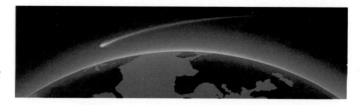

- 1770년 7월 1일에는 레셀의 혜성이 86,100마일의 속도로 지구를 향해 돌진해 와 745,000마일까지 접근하였고 1910년 5월 19일에는 헬리 혜성의 꼬리가 지구를 스칠 뻔했다.
- 1908년 6월 30일, 구소련 시베리아 하늘에서 운석이 떨어져 15메가톤급의 폭발력으로 1,500평방 마일 지역을 황폐화시켰다. 그때의 충격은 620마일 떨어진 곳까지 들렸다.

유전자 첩보시대

뉴욕의 마운트 사이나이 의대 연구진은 인간의 DNA를 이용해 비밀 메시지를 전달할 수 있는 기술을 개발하여 '유전자 첩보시대'의 가능성을 열었다.

이 연구팀은 과학전문지 〈네이처〉에 발표한 논문에서 DNA를 구성하는 뉴클레오타이드의 배열로 비밀 메시지를 작성할 수 있다고 발표했다.

이 비밀 메시지를 약 3,000만 개에 이르는 다른 뉴클레오타이드의 띠들과 혼합해 마침표(.)만한 크기에 넣어 상대방에게 보내기 때문에 적국의 첩보기관이 도저히 해독할 수 없다. 일상적 내용의 편지를 보내면서 문장 중에 있는 마침표하나에 DNA로 작성된 비밀 메시지를 끼워넣는 방식이다.

DNA는 4개의 뉴클레오타이드가 염주가 꿰이듯 수백만 가지 형태로 결합되어 형성되며 이 배열 순서에 따라 유전 정보가 달라진다.

제임스 왓슨
크릭과 더불어 1953년에 DNA의 구조를 밝힘으로써 생명현상의 근본이 되는 유전물질의 기능연구에 신기원을 이룩했고 유전공학시대의 문을 열었다.

인류의 꿈, 생명공학

암, 에이즈, 당뇨병, 알츠하이머 등 인간의 생명을 위협하는 각종 질병이 확실히 정복될 수 있을 것인가? 인간의 생명은 과연 어느 정도까지 연장될 것인가?

21세기에는 그동안의 속도보다 훨씬 빠른 의학의 발달로 지금 우리가 상상하는 기대와 희망이 현실로 다가올 것이다.

의학계는 근본적인 해결책을 찾기 위해 유전자 연구에 박차를 가하고 있다. 이미 인간의 유전자 지도 초안이 완성되어 그동안 우리를 괴롭혀 온 질병의 예방과 치료가 가능해지고 있다.

설령 질병이 발생했다 해도 개인의 특성에 맞는 가장 적절한 치료약이 개발될 수 있어 근심은 자연히 사라진다. 이처럼 놀랄만한 변화가 우리를 기다리고 있는 만큼 재미있는 일도 일어날 것이다.

유전자 구조

결혼을 앞둔 청춘 남녀들이 건강진단서 대신 유전자 분석 기록을 주고 받게 될 것이다. 상대방의 유전자 구조를 보고 부부 간의 건강한 결혼생활과 장래에 태어날 2세의 모습을 어느 정도 파악할 수 있기 때문이다.

유전자 분석 외에 하루가 다르게 발전하고 있는 생명공학의 발전은 근래 들어 사람들 입에 자주 오르내리는 '복제' 라는 용어를 더욱 실감나게 만들 것이다.

세포의 배양 능력이 크게 향상돼 피부는 물론 각종 장기를 다른 사람의 것이 아닌 새로 만들어진 건강한 것으로 이식받을 수도 있게 된다. 현재 일부 분야에서는 동물실험에서 괄목할 만한 진전을 보이고 있어 이것이 인간에게 적용됐을 때 어떤 결과를 낳을 것인가를 놓고 실험이 계속되고 있다.

21세기 생명 연장의 노력

●심장

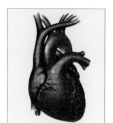

심 장

현재 - 심장 우회 수술 및 심장 이식 수술을 통해 심장 근육에 혈류가 흐르게 할 수 있는 의술이 널리 애용되고 있다. 최근 들어 의학자들은 새로운 혈관이 생성되는 방법을 이용하기 시작했다.
미래 - 심장근육을 이어주거나 생존하는 혈관 근육 세포를 이어 줌으로써 원래 심장의 자체 복구가 가능해진다.

●가슴

현재 - 지금까지는 등, 엉덩이, 가슴쪽의 근육과 지방질을 이용해 가슴을 이식했다.
미래 - 환자 본인의 지방세포를 체취한 다음 그 세포를 실험실에서 배양한 후 가슴 부위에 이식시키는 의술이 개발될 것이다.

●머리

현재 - 모발 이식 수술 및 두피 회생 로션 및 샴푸, 그리고 가발 등이 이용되고 있다.
미래 - 다량의 단백질을 함유하고 있는 모낭 자체에 영양분을 줌으로써 기존보다 훨씬 영구적으로 대머리를 방지하는 방법이 등장할 것이다.

●눈

눈(目)

현재 - 레이저 수술이나 근시 및 난시를 교정시켜 주는 이식수술이 보편화되어 있다.
미래 - 콘택트 렌즈를 착용한 상태에서도 시력을 교정시켜 주는 보다 영구적인 렌즈 이식 수술이 개발될 것이다.

●신경

현재 - 동물세포와 합성 중합체 세포 간질을 채취해 실험실에서 배양, 이식한다.

●음경

현재 - 발기를 촉진시키는 매약 및 음경 이식 수술이 널리 이용되고 있다. 혹은 찢어진 음경 자체를 꿰매는 수술, 비뇨 기능을 재생시키는 수술이 있지만 아직까지는 음경의 성기능을 회복시키는 의술은 개발되지 않고 있다.

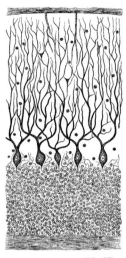

신경 세포

●피부

현재 - 합성 중합제 세포간질을 이식하여 원래 피부를 재생시킨다.
미래 - 기존의 세포를 이식해 손쉽게 피부를 재생시킨다.

●귀

현재 - 내이의 외우관을 이식시켜 내이의 손상된 부분을 제거한다.
미래 - 먼 거리에 있어도 잘 들릴 수 있게 하는 청력 회복 수술이 개발될 것이다.

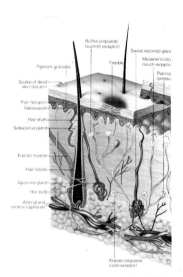

피부 단면도

21세기 의학

●2001~2025 ; 비만에서 해방된다!
· 인간의 지방 세포만 골라 파괴하는 혈청이 개발된다.
· 식이요법과 운동은 체중 조절에 큰 영향을 미치지 않게 된다.
· 인간의 몸이 칼로리를 태워 없애는 비율을 부작용 없이 증가 시키는 요법이 개발된다.

●2002 ; 우울증 유전인자 발견
· 우울증 유전인자가 발견된다. 간단한 유전자 검사를 통하여 우울증이나 조울증과 같은 정서적 질병의 발현 인자를 가진 사 람을 가려내게 된다.
· 광장 공포증, 발작적 공포, 신경쇠약 등은 약물 치료로 근치가 가능하게 된다.

●2001~2010 ; 노화를 늦출 수 있다.
· 유전공학자들은 초유전인자를 조작하는 기술을 습득하여 노 화 현상을 늦추게 된다.

· 태아의 뇌세포 이식은 마비, 중풍, 알츠하이머병의 근치를 가 능하게 한다.
· 뇌 전체를 한 부분씩 이식하여 새롭게 할 수 있다.
· 하반신 불구자가 근육 자극기를 사용하여 걸을 수 있게 된다.
· 피부 궤양을 치료하는 기구를 약국에서 구입할 수 있다.
· 종양의 치료에 전류를 이용한다.
· 하전(荷電)된 입자를 사용하여 동맥경화증을 치료하고 예방할 수 있게 된다.

알츠하이머병으로 투 병 중인 알리가 기자들 의 인터뷰에 응하고 있 다.

●2001~2015 ; 비타민 C를 면역 치료제로 사용
· 비타민 C가 면역 학자들로부터 손상된 면역 계통의 치료제로
  받아들여진다.
· 영양요법이 알츠하이머병의 파괴적인 증상의 심화를 멈추며
  일부 경우 호전시키는 사실이 밝혀진다.
· 약사들이 개인적으로 적합하도록 특별히 처방된 비타민 약제
  를 조제하는 일이 증가한다.
· 비타민의 공급과 개선된 식사습관에 힘입어 65세 이하에서 심
  장과 관련된 사망률이 점점 하락한다.

●2001~2020 ; 인공 눈 발명
· 생활 집적회로(biochip)에 의해 작동되는 인공 눈이 발명된다.
· 인공 팔과 다리를 이용한 자연스러운 모든 동작이 구현된다.

●2012 ; 최초의 남성 임신이 생김
· 알츠하이머병 환자에 대한 두 번째 뇌조직 이식이 스톡홀름에
  서 성공적으로 실시된다. 수술 2주 뒤 환자는 발병 후 처음으
  로 손자를 알아보게 된다.
· 알츠하이머병을 비롯하여 한 가지 이상의 유전자 결함에 기인
  한 몇 가지 질병의 치유에 유전자 요법이 최초로 시도된다.
· 단일 유전자 결함에 기인한 1,600가지 질병에 대해 유전자 대
  체 요법의 일반적 시술이 미국 식품의
  약청에 의해 승인된다.

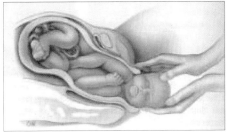

· 자녀를 가지기 원하는 부부는 유전학
  적인 상담을 받도록 법으로 요구된다.
· 임신, 출산의 모든 서비스가 가능한
  종합센터가 설립된다.
· 최초로 남성의 임신이 보고된다.

탄생의 순간

· 매일 배란이 가능하게 되는 약을 약국에서 판매하도록 미국 FDA가 승인한다.

· 태아의 유전적 결함을 바로 잡는 수술이 자궁 내에서 성공적으로 시술된다.

· 수백 개의 난자를 저장할 수 있도록 난소 수술이 보편화된다.

· 모든 유전 질환에 대한 유전자 대체요법 시술이 보편화된다.

· 모든 유전적 질환이 근절된다.

● 2011~2030 ; 인공자궁시대

· 척수를 재생시켜 마비된 사지를 움직이게 한다.

· 전기 코일의 사용으로 암이 근절된다.

· 절단된 사지를 재생할 수 있게 된다.

· 이식을 위하여 신체 조직 또는 기관의 기증자가 필요없게 된다. 모든 중요한 조직과 기관은 정기적으로 배양, 재생된다.

· 정부는 인간 복제에 연구를 제한적으로 허가한다.

· 인공자궁이 만들어진다.

· 체외에서 수정되고 배양된 아이가 최초로 탄생한다.

· 출산 결함이 정복된다.

● 2026~2030 ; 600만불의 사나이 출현

· 사람의 신체 각 부분을 부분적으로나마 기계화하는 기술이 가능해진다.

● 2100 ; 바이오닉 인간 출현

· 인간의 모든 기관과 조직이 대체 가능해 진다(바이오닉 인간이 출현한다).

21세기의 유망직종

● 세포이식 의학자

인공피부와 인공장기 기술이 서서히 윤곽을 드러내고 있는 지금
과학자들은 향후 25년 후에는 세균배양용 페트리 접시로부터 췌
장을 만들어낼 수 있을 것으로 자신하고 있다. 과학자들은 이미
동물들의 복부에 유전인자 이식으로 인공창자와 방광을 자라게
하는데 성공했으며 이를 계기로 과학자들은 앞으로 간, 심장, 신
장 이식까지도 가능할 것으로 예측하고 있다.

● 유전자 치료사

게놈을 이용한 유전자 치료법이 인기를 끌 전망이다. 과학자들
은 환자 개개인의 DNA를 컴퓨터로 정밀 분석하여 환자에게 적
합한 유전치료법을 이용, 특정 암을 포함한 각종 질병을 치료할
수 있을 것으로 예견하고 있다.

● 약사

맥도날드사는 치료용 단백질을 생산하기 위해 유전공학으로 재
배된 곡물과 가축생산에 박차를 가할 예정이다. 예를 들어 각종
백신을 포함한 토마토뿐만 아니라 양이나 소로부터 웬만한 질병
을 막을 수 있는 치료제가 포함된 우유를 생산할 계획이다.

● 프랑켄푸드 모니터 분석가

저녁에 무엇을 먹을지 고민이 되십니까? 앞으로 우리는 간단한
유전공학으로 이런 문제를 해결할 수 있을 것으로 보인다. 유전
공학으로 재배된 사철음식들은 냉동되거나 상하지 않아 언제 어
디서나 즐겨 찾는 음식으로 현재의 재래식 음식 시장을 장악하
게 될 것이다.

●데이터 분석가

21세기는 정보화 시대인 만큼 각종 컴퓨터 데이터 홍수 시대를 예견하고 있다. 따라서 산같이 쌓인 데이터로부터 필요한 정보를 발췌하는 데이터 분석가들이 절실히 요구되고 있다.

●긴급 A/S 정비사

VCR이 세상에 모습을 보인 지 얼마 되지도 않아 이제는 DVD가 새로운 비디오 시장을 석권하고 있다. 3-D 텔레비전, 디지털 카메라, 입체식 TV 등이 등장하게 되면서 동시에 이런 전자제품들이 고장날 경우 언제 어디서나 달려와 이것들을 고칠 수 있는 특정 기술자들은 의사들만큼이나 바쁠 전망이다.

●사이버 드라마 작가

미국에서는 일반화되어 있는 '페이 퍼 뷰(pay per view)'는 해당 요금을 지불하고 원하는 영화를 볼 수 있는 프로그램을 말한다. 앞으로 이 프로그램은 일명 '페이 퍼 플레이'로 사이버 공간을 이용해 일반인들에게 전폭적인 사랑을 받을 전망이다. 이것은 새로운 이야기들을 창출해 내는 사이버 작가들이 절실히 요구된다는 것을 의미한다.

●개인용 방송시스템 분석가

전국 텔레비전 네트워크 대신 개인용 방송시스템이 도입될 전망이다. 즉 종래의 방송시장은 급속히 축소되어 특정인들이 필요로 하는 개별 방송프로그램이 생김으로써 광고주들은 세상 모든 사람들이 아닌 특정인들의 입맛에 맞는 다양한 광고를 개발해야 할 것이다.

•컴퓨터 공학자

컴퓨터 공학은 앞으로도 인간 지능의 한계에 도전하는 정보산물의 선두 주자로 인기를 끌 전망이다. 50년 전 영국의 수학자인 알란 터링이 말한 것처럼 앞으로 우리는 사람보다 컴퓨터와 훨씬 더 많은 대화를 주고 받으며 생활하게 될 것이다. 인터넷통신, e-메일에 그치지 않고 이제는 서로의 얼굴을 보면서 통신이 가능한 것처럼, 앞으로 컴퓨터 공학은 인간들의 개인 생활에 없어서는 안 될 필수 분야로 자리잡게 될 것이다.

•지식 중개인

일명 '인공지능 브로커' 들은 뇌를 컴퓨터에 연결시키는 소프트웨어를 개발하여 인간의 지능 및 전문 기술을 하드웨어에 저장시키는 '축소판' 인간들을 만들어낼 것이다.

21세기에 사라질 직종들

●증권중개인, 자동차 딜러, 우체부, 보험 및 부동산 에이전트

사람과 생활정보를 연결시켜 주는 직종들은 인터넷의 대중화로 완전히 사라지게 될 것이다. 그 대표적인 직종들이 증권중개인, 자동차 딜러, 우체부, 보험 및 부동산 에이전트들이다.

●교사

온라인 수업 및 전자식 성적 제도가 인기를 끌고 인터넷을 이용한 교육이 일반화되면서 이제 매일매일 학교에 가서 수업을 듣는 교육식 제도는 서서히 사라질 전망이다. 그만큼 학생들을 지도하는 교사들의 수도 대폭 줄어들 전망이다.

●인쇄업자들

신문과 잡지들이 디지탈화 되면서 기존의 인쇄업은 역사적인 유물로 사라질 전망이다. 카피업의 대명사로 불리는 제록스 및 다른 인쇄업체들도 이제는 인쇄된 종이를 컴퓨터 화면으로 전환시킬 수 있는 전문가들을 고용해야 할 것이다.

●비서

정교하게 만들어진 '음성제조 소프트웨어'의 개발로 반복되는 업무가 위주인 법정 리포터들, 비서들, 그리고 안내원들은 직업을 잃을 것으로 보인다. 그러나 이런 소프트웨어의 완성도를 100%로 높이려면 상당한 시간이 소요될 것으로 보인다.

●기업 회장들

각 중역들의 의견을 모아 최종 결정을 내리는 회장들의 임무가 대폭 감소된다. 더이상 회장들은 최종 결정자로서의 역할이 필

요 없게 되고 얼굴마담으로서만 존재할 가능성이 높다. 소위 말하는 싱크브레인(think brain) 전문가들이 인터넷 시대를 맞이하여 보다 정확하고 과학적인 결정을 내리는 시대가 도래할 것으로 경제 분석가들은 내다보고 있다.

● 치열교정 의사

3-D 모의실험 프로그램의 성공으로 이제는 더이상 치열교정을 위해 불편한 쇠줄을 이빨에 걸고 다닐 필요가 없게 되었다. 아직은 임상실험 중이지만 이 새로운 치열교정 치료법은 쇠줄 대신 1회용 플라스틱 교정기로 이빨을 교정시켜 준다.

● 간수

현미경으로도 보일까 말까 한 작은 인공세포 이식으로 죄수들을 감시할 수 있는 시대가 열림으로써 자연적으로 죄수들의 일거일동을 지켜보는 간수들이 직업을 잃게 될 것이다.

● 가정부

가정주부들의 가사가 대부분 컴퓨터화 되어 가정부들이 더이상 필요하지 않게 될 것으로 보인다. 시장바구니를 들지 않고 컴퓨터로 필요한 식품 및 상품 구입이 가능할 뿐만 아니라 자동 청소 시스템으로 버튼 하나만 누르면 집안이 깨끗해질 수 있다.

지구 위 6종류의 인간

① 정상적인 인간
남자의 정자가 자궁 내에서 난자를 만나 수정할 때 우주에는 어떤 작은 변화가 생긴다. 지구에 미치는 중력과 밀물, 썰물에 어떤 영향을 준다. 염색체수는 46개.

② 시험관 인간
시험관 속에서 수정된 후 자궁 속에 이식되어 출산한 시험관 인간. 영국의 루이스 브라운은 1978년 7월 25일에 시험관 아기로 출생해서 지금까지 생존하고 있다. 현재 세계적으로 시험관 인간은 30만 명에 육박하고 있다.

카이미러 :
그리스 신화에 출현하는
사자의 머리, 염소의 몸,
뱀의 꼬리를 한 괴물

③ 제1차 카이미러 인간
동물의 장기를 이식하여 보철했거나 복제동물의 장기를 이용해서 보철한 인간.

카이미러

④ 제2차 카이미러 인간
복제인간의 장기를 이식해서 보철한 인간.

⑤ 복제인간
세계 2,000여 생명공학연구소의 실험실에서는 복제인간이 탄생 일보직전에 있다.

⑥ 사이보그 인간
인간지능의 발달로 인간의 두뇌를 컴퓨터와 합쳐 슈퍼하이웨이라는 컴퓨터에 연결시켜 인간과 컴퓨터가 하나되어 같이 생각하고 의식하는 사이보그 인간.

복제인간(Cloned human being)의 현주소

◇현재에 가능한 것

●수정란
여성들은 한 달에 한 번 배란기를 가진다. 그러나 임신 촉진제의 복용은 다량의 난자를 배출시킴으로써 쌍둥이를 임신시킬 가능성을 높인다.

●시험관 수정
난소에서 추출된 난자들은 세균 배양용의 페트리 접시에서 배양된다. 배낭이 생기게 되면 모체의 자궁 속으로 삽입된다.

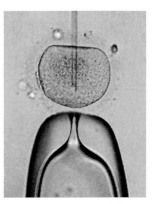

●정자 주입
초미립바늘을 이용하여 정자 한 마리가 난소에 투입되어 수정란을 만든다.

시험관 수정

●난자 매매

여성에게서 추출된 난자들은 페트리 접시에 배양된다. 그리고 배낭이 생기게 되면 임신을 원하는 여성에게 이식된다.

●냉동 배낭

시험관에서 추가로 생성된 배낭들을 냉동시켜 훗날을 위하여 저장한다.

◇ 아직은 실험단계에 있는 것들

●냉동 난자

여성의 난자들을 추출시켜 냉동시킨 후 임신을 원할 때 냉동 난자를 녹여 수정란을 만드는 방법. 그러나 아직까지 실험 중이다.

●DNA 이식수술

오래된 난자들의 세포 조직이 어느 정도 손상되었을 경우, 난자의 세포핵을 갓 추출된 건강한 난자의 세포핵으로 대체시킨다.

●세포질 기증

건강한 난자로부터 추출된 세포질을 오래된 난자 속으로 이식시켜 두 난자 모두를 살리는 의술이 개발될 것이다.

우주인에 관한 몇 가지 사실들

· 2003년 8월 27일은 2000년 동안에 어느 때보다 지구와 화성이
  가장 가깝게 접근하는 날이다. 이 날에는 비행접시의 출현이
  빈번할 것으로 예상된다.

· U.F.O는 화성, 목성, 토성에서 오는 것으로 알려졌다.

· 우주인의 모습 : 키는 1.20m~2m 사이이며 턱이 뾰족하
  고 머리가 큰 가분수의 모양을 하고 있다. 손가락이 4
  개인 것이 특징이며 7종류의 우주인이 존재한다.
  지구에 나타난 우주인의 모습은 초정밀 기술로 변장하
  여 우리 인간의 모습을 하고 있다.

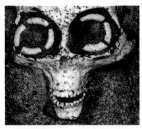

1897년 4월 17일 텍사스에서 발견
된 우주인의 두개골. 지구에 존재하
는 동물이나 인간의 두개골은 결코
아니다.

· 우주인의 언어 : 접근하고자 하는 나라의 언어를 자유
  롭게 구사한다. 지방 사투리까지 말할 수 있다.

· 우주인의 라이프 스타일 : 쾌락추구를 생의 목적으로
  한다. 이들은 그룹섹스를 즐긴다고 한다.

· 우주인은 U.F.O를 접시 5배 크기로 축소시켜서 변장된
  모양으로 접근한다. 이런 물체를 발견하면 돌을 던지거
  나 접근을 해서는 안 된다.

· 우주인은 여자들을 강간할 수 있다. 임신한 여자도 있
  었다.

· 우주인들은 지구를 탐내고 있지만 기후가 맞지 않아 곧
  돌아갈 수밖에 없다.

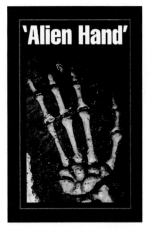

우주인의 손

NASA에서 공개하지 않은 사실들

● 멕민빌에서 찍은 사진

오레곤주의 멕민빌에 사는 폴 트렌트는 U.F.O를 보여주는 가장 선명한 사진 두 장을 가지고 있다. 1950년 5월, 농사를 짓고 있던 때에 멀리서 웬 검은 물체가 자기 쪽으로 다가오고 있는 것을 발견, 즉시 카메라를 가져와 그 비행 물체의 사진을 찍었기 때문이다. 그리고 일광을 뒤쪽으로 찍힌 사진이라 주변 상황뿐만 아니라 그 물체의 모형까지도 짐작할 수 있을 정도로 선명하게 찍힌 사진이었다. 전문가들은 사진으로 미루어 보아 그 물체는 두 가지로 해석될 수 있다고 주장했다. 전선줄에 매달려 있는 조그만 인형이거나 아니면 아주 멀리 떨어져 있는 거대한 물체들 중의 하나라는 것이다. 당대의 저명한 사진작가들은 그 사진의 비행 물체가 U.F.O일 가능성이 높다고 판단했다. 미국의 NASA는 컴퓨터의 정밀 검사를 통해 그 사진에 찍힌 물체의 크기는 어마어마하며 사진은 굉장히 먼 거리에서 찍힌 것이라는 것을 밝혔다. 그 후 폴 트렌트는 과학자들과 천문학자들의 호기심을 자극한 첫 U.F.O 사진작가로 유명해졌다.

UFO의 출현(1)

● 멋있는 곡예를 보여 준 U.F.O

1952년 7월 14일, 버지니아의 노르포크에 착륙하고 있었던 팬암 항공기의 비행 조종사들은 노르포크의 오른쪽 상공에서 빨간 광채가 퍼져나오는 것을 발견했다. 그 광채는 순식간에 낮게 날고 있는 여섯 개의 비행물체 속으로 빨려들어갔는데 순간 그들은 '아! U.F.O구나!'라고 직감했다고 한다. 그중 비행조종사 켑틴은 끝이 각지고 외곽선을 두른 U.F.O는 둥근 모양의 비행선이었다고 회고한다.

"그 6개의 비행물체들은 제형배치로 가장 앞서 나는 물체는 가장 낮게 날고 그 다른 것들은 조금 높게 날고 있었으며 팬암항공기가 바로 그 위를 지나가자 그들은 갑자기 공중으로 솟아올라 방향을 바꾸어 시야에서 사라졌는데 갑자기 어디선가 두 개의 U.F.O가 비행기 뒤에서 나타나 합류해 그 8대의 U.F.O는 쏜살같이 어디론가 날아갔다. 그리고 U.F.O의 크기는 알 수 없지만 두께만약 15피트 정도로 거대한 물체였다."

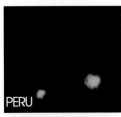

UFO의 출현(2)

그 다음날 공군 감사원들은 U.F.O를 목격했다는 그들을 2시간 동안 개별 면담을 했고 그들의 진술이 일치하자 그들의 주장이 거짓이 아니라고 판단, 즉각 회의를 열어 비행 조종사들이 말한 모든 내용들을 비밀리에 붙이기로 결정했다. 사실 비행 감사원들은 이전에도 이와 비슷한 사례에 관한 보고를 일곱 번이나 받은 적이 있다.

●워싱톤 D.C에 나타난 U.F.O
1952년 7월의 양주말 동안 워싱톤 D.C에 U.F.O가 날고 있는 모습들이 당시 비행 중이었던 비행 조종사들에 의해 목격되었다. 그리고 그들이 우주비행선을 보았다는 지점은 미국의 레이다망에 잡힌 지점과 일치했다. 그러나 미 공군은 세 개의 레이다 망에 잡힌 U.F.O.에 관한 내용들을 비밀리에 붙이기로 결정했다. 만일 U.F.O가 나타났는데 놓쳤다는 사실이 알려지면 미국뿐 아니라 전세계인들을 혼란에 빠뜨릴 것이 분명했기 때문이다. 대신 미국 공군은 이 모든 것을 갑작스런 기후변화가 생겨 뜻하지 않게 U.F.O가 레이다망에 걸렸지만 곧 제 길로 사라졌다고만 보도했다. 그러나 이같은 미공군의 해명은 그야말로 어설픈 해명에 지나지 않았으며 이후 미국 정부는 U.F.O

워싱톤 D.C에 나타난 U.F.O

U.F.O 출현(3)

가 나타날 때마다 미국 국민들의 마음을 안정시키는데 급급하여 오히려 U.F.O에 대한 의구심만 증폭시켰다는 비난을 받았다.

●메이허 사진에 얽혀 있는 미스터리

1952년 7월 말 플로리다의 마이애미에 거주하는 랄프 메이허 해군은 주변 사람들과 함께 신원을 알 수 없는 비행 물체를 목격했으며 그 모습을 사진기에 담았다. 둥근 모양의 비행물체였다. 그때 그는 좀더 선명하게 그 모습을 카메라에 담으려고 했지만 바로 앞에 있는 장벽 때문에 더이상 가까이 갈 수 없었다. 그리고 그는 군대 장교들에게 U.F.O를 보았다며 자신이 찍은 7컷을 제외한 사진 필름을 증거로 제출했다. 1957년의 어느 겨울, 그는 U.F.O의 출현에 대한 보도 프로그램이 라디오와 텔레비전을 통해 방송되는 것을 보았다.

한편 미 정부는 랄프가 찍은 사진들을 컴퓨터 기술로 분석한 결과 당시 U.F.O는 지구에 대한 공격 의도가 없는 것 같다고 판단했지만 담당 분석 연구소에서는 만일 U.F.O의 움직임을 보여주는 모든 사진들을 본다면 좀더 정확한 결론을 내릴 수 있을 것이라며 확실한 대답을 유보했다. CIA는 그 나머지 사진을 랄프에게 요청했지만, CIA에게 제출한 사진이 전부라고 거짓 진술을 했다. 나머지 사진마저 돌려받을 수 없을 것이라고 판단했기 때문이다.

●눈으로도 가까이 볼 수 있었던 U.F.O

빠른 속도로 움직이는 U.F.O가 1952년 12월 6일 USAF B-29호를 타고 멕시코만으로 훈련비행을 하고 있던 비행 조종사에 의해 목격되었다.

그는 착륙 직전 갑자기 레이다망에서 비행물체가 나타났음을 알리는 신호를 받자마자 곧 U.F.O의 속도를 측정했다.

U.F.O의 속도는 시속 5,000마일이 넘었다. 그는 그 속도가 정확한지를 확인하기 위하여 다른 주요 레이다망을 통해서도 속도를 측정했으며 당시 비행기에 탑승하고 있었던 다른 승무원들에게 U.F.O의 출현을 알렸다. 그들은 기상관제탑에 푸른빛의 광선을 발산하고 있는 U.F.O에 관하여 보고했다. 그러나 몇 분 후 U.F.O들은 레이다망뿐만 아니라 눈으로도 보일 만큼 가까운 거리에서 어디선가 나타난 커다란 모선 U.F.O에 합병되었으며 그 거대한 U.F.O는 9000마일의 속도로 날아가 버렸다. 이것이 그들이 본 U.F.O의 마지막 모습이었다.

USAF B-29호가 착륙하자마자 곧 정보부 직원들은 U.F.O의 사실 여부를 가리기 위해 비행기의 레이다망 상태와 비행기에 탑승했던 승무원 전원을 조사했다.

그들의 진술은 모두 똑같았고 레이다망도 정상으로 작동되고 있었음이 밝혀졌지만 국가 정보 보고서에만 기입되었을 뿐 일반 사람들에게는 알려지지 않고 있다.

Tip ―
U.F.O 모선
U.F.O의 Mother ship (모선)은 대기권 밖에 있고 여기서 비행접시가 지구로 날아온다. 크기는 대략 20야드 정도이다.

Tip ―
U.F.O 하이웨이
외계인들이 자주 출현하는 미국 네바다주에는 주정부에서 U.F.O를 위한 하이웨이까지 건설해 놓았다.

제 2 장
인체 – 생명을 지탱해 주는 신비의 열쇠

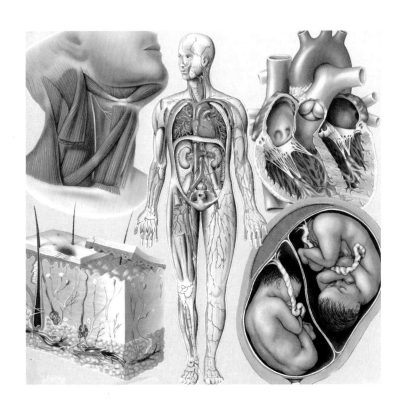

[사람의 몸]

인체의 이모저모

· 여자의 오른쪽 유방은 왼쪽 유방에 비해 약간 작다.

· 신경신호는 신경 섬유나 근육 섬유를 통하여 시속 320km의 속
도로 전달된다.

· 재채기는 1시간에 160km의 속도로 퍼지며, 눈을 뜨고 재채기
를 하는 것은 불가능하다.

· 여자는 12세일 때 남자보다 신장과 체중이 더 앞선다.

· 인간의 피는 물보다 6배 진하다.

· 어떤 과학자는 영혼의 평균 무게가 1온스 정도 된다고 주장하
였다.

Tip
'각막'
혈액 공급이 필요 없는
유일한 신체기관은 각
막이다. 각막은 공기로
부터 직접 산소를 취한
다.

1온스 = 28.3g
1갤런 ≒ 3.82(美)

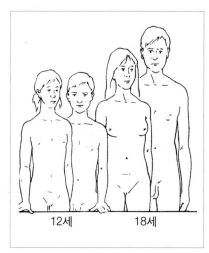
여자가 12세일 때는 신장과 체중이 남자보다 앞선다

12세   18세

· 우리의 심장은 1분에 4갤런의 피를
내보낸다. 이는 부엌에 있는 수도 꼭지
에서 나오는 물만큼 빠른 속도로 내보
내는 것이다.

· 인간은 10세 때 최고 수준의 청각기
능을 발휘할 수 있다.

· 피가 우리의 몸을 한 바퀴 순환하는
데는 23초가 걸린다.

· 잠을 잘수록 더 잠이 오는 이유는 피
속에 일산화탄소가 형성되어 마취제
역할을 하기 때문이다.

· 인간의 혈액 중 3분의 1은 항상 다리에 몰린다.

· 두뇌는 죽은 뒤에도 무려 37시간이나 뇌파를 방출한다.

장수의 척도, 폐활량

공기를 얼마나 호흡할 수 있는지를 나타내는 폐활량은 얼마나
오래 살 수 있는가를 나타내 주는 척도가 되기도 하는데 비흡연
자나 정기적으로 폐의 기능을 단련하는 사람의 수명이 비교적
긴 것은 두말할 필요가 없다.

심장마비는 주로 아침에 발생한다

심장마비란 혈액 공급의 부족으로 심장의 일
부 근육이 손상되는 경우에 발생하며 혈액의
공급 부족은 다량의 콜레스테롤이 혈관을 메
우거나 흡연으로 혈관이 수축되어 발생하기
도 한다.

심장마비가 가장 많이 발생하는 시간은 오전
6시에서 9시 사이인데 이때가 심장박동 수와
혈압은 물론 혈액의 농도가 가장 짙어지는 시
간이기 때문이다. 물론 심장마비 발생 위험이
가장 줄어드는 시간은 심장박동과 혈압 그리

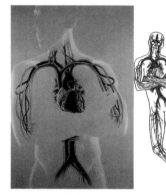

심장질환자는 혈액 농도가 가장 짙은 시간대인
오전 6시에서 9시 사이를 조심해야 한다.

고 향진성 호르몬의 분비가 가장 떨어지는 밤 12시 경이다.

주름살의 주범

피부를 구성하는 단백질 섬유는 나이가 들면서 차츰 파괴되어
주로 얼굴이나 목 부분의 피부를 주름지게 만든다. 특히 한 번의
감정 표현은 특정한 부분의 얼굴 피부를 깊이 자극하며 이러한
자극이 반복(눈 밑의 주름살은 20억 번의 반복)되면 주름으로 변
하지만 강한 햇빛과 흡연도 주름살을 만드는 원인이 된다.

염산에도 견디는 머리카락

인간의 머리털은 불에 매우 약하지만 그 외의 어떤 방법으로도 거의 파괴시킬 수 없다. 부패되는 속도가 아주 느리며 추위나 급격한 기온의 변화와 같은 어떠한 자연조건에도, 수많은 종류의 염산이나 그밖의 화학 물질에도 분해되지 않는다. 목욕탕이나 세면대의 파이프가 막히는 것도 바로 이러한 이유 때문이다.

뼈는 인체를 지탱해 주는 기둥

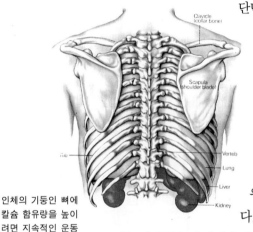

인체의 기둥인 뼈에 칼슘 함유량을 높이려면 지속적인 운동이 필요하다.

단단하고 탄력성 있는 뼈를 유지하기 위해서는 운동을 꾸준히 해야 한다.

무중력 상태에서 2주일을 보냈던 우주 비행사들의 뼈에 칼슘 함유량이 현저하게 줄었던 원인이 운동 부족이었다는 것은 이미 널리 알려진 사실이다. 또한 장기간 침대에 누워 지내는 환자들의 뼈 역시 쇠약해진다. 반대로 마라톤 선수나 자주 조깅을 하는 사람들은 다리뼈가 아주 튼튼하다.

피부에서 두뇌까지

피부에서 느낀 감각이 두뇌로 전달되는데 걸리는 시간은 가장 빠를 때가 초속 약 80미터 정도이다.

특히 통증을 감지하는 기능을 갖고 있는 특수 감각 신경은 피부 전체에 퍼져 있는데 이 신경이 느낀 감각을 두뇌에 전달하는 시간은 '찌르는' 통증의 경우 초속 35m, 그리고 '불에 데는 통증은 초속 2.1m 정도이며 가려움과 간지러운 감각을 전달하는 신경의 속도는 이보다 더 느리다.

— Tip —
여분의 갈비뼈
남성들 가운데 20명 중 한 명꼴로 여분의 갈비뼈가 하나 있으며 스미소니언 연구소의 발표에 의하면 에스키모 족의 16%, 그리고 일본과 한국인의 7%가 이러한 여분의 갈비뼈를 갖고 있다.

후각 기능

일반적으로 인간의 후각은 고기 썩는 냄새에 가장 예민하다. 인간은 고기 썩는 냄새와 거의 같은 성분인 메틸성 메르캅탄이라는 화학 물질이 공기 중에 4,000,000,000,000분의 1그램만 퍼져 있어도 이를 즉시 감지해 낸다. 가스의 누출이 쉽게 감지되도록 가스회사가 인위적으로 천연가스와 혼합해 넣은 메틸성 메르캅탄이 가스가 샐 때 풍기는 냄새이며 그 덕분에 우리는 생명을 빼앗아 갈 수도 있는 사고를 미연에 방지할 수 있는 것이다.

Tip
메씨너 신경세포
어루만지거나 쓰다듬는 감각과 같은 주로 부드러운 감각을 담당하는 것은 '메씨너' 라는 감각 신경세포인데 이러한 감각 신경세포들은 주로 손가락 끝, 입술, 젖꼭지 혹은 클리토리스나 남자의 성기에 중점적으로 모여 있다.

고전음악과 심장박동

음악은 심장의 박동을 느리게 하거나 빠르게 만들 수 있다. 심장박동을 느리게 만드는데 가장 높은 효과를 주는 음악들은 다음과 같다.

· 홀스트(Holst)의 '지구의 평화를 가져오는 비너스 (Venus, the Bringer of Peace-the Planet)'

· 라벨(Ravel)의 '마더 구스 조곡(朝曲) 1악장'

· 바흐의 '교향악 조곡 2번(사라반드)'

음악은 사람의 기분을 전환시킬 뿐만 아니라 심장박동 수를 변화시키기도 한다

결코 사랑에 빠질 수 없는 사람

사랑의 도취감은 가슴에서 오지 않는다. 이는 뇌하수체에 의해 분비되고 조절되는 호르몬과 신경 작용에서 기인한다. 뇌하수체가 손상되어 변화되면 한쌍결속을 조절하는 호르몬과 신경 작용이 사라진다.

사춘기 이전에 뇌하수체 종양 때문에 수술을 받은 사람은 결코 사랑에 빠지지 않는다. 존스 홉킨스 대학의 전문가들은 이렇게 말한다. "이런 사람들도 애정을 나타낼 수 있습니다만 대부분은 우리가 사랑에 빠졌다고 말하는 한쌍결속을 결코 경험하지 못합니다."

Tip
연인과 초콜릿
초콜릿은 페닐에틸아민을 함유하고 있다. 사람이 사랑에 빠졌을 때 뇌가 분비하는 화학물질과 동일한 이 물질은 몸의 에너지 수위를 높이고 심장 박동을 올려서 살짝 꿈꾸는 듯한 기분을 야기시킨다. 어떤 연구에 의하면 연인과 헤어지고 나면 사람들은 자주 초콜릿을 간절하게 원한다고 한다.

인간의 한 염색체 안에는

적어도 5,000,000,000 정도의 DNA가 있는데 여기에는
20,000,000,000 이상의 미리 예정된 정보 비트가 있다. 그러므로
우리 인간은 유전자에 프로그램된 대로 발현되는 것이다.
20,000,000,000비트가 3,000,000,000의 글자라고 한다면 한 권에
500페이지 정도 되는 책 4,000권에 들어 있는 정보가 DNA 속에
들어 있다고 생각할 수 있다.

1976년, 화성에 보낸 바이킹호에는 3,000,000 정도의 정보 비트
(미리 프로그램된 컴퓨터에 입력시킨)를 넣어 주었는데 이것은
한 세균에 들어 있는 유전 정보만도 못한 것이었다. 미생물인 조
류는 5,000,000 이상의 유전자 정보 비트를 가지고 있다.

미소를 지으세요

미소를 지을 때에는 15
개의 근육이 움직여야
하지만 얼굴을 찡그릴
때에는 43개나 되는 근
육이 움직여야 한다.

미소를 지을 때   찡그릴 때

페로몬과 Six Sense

페로몬이라는 화학물질에 반응하는 여섯 번째 감각은 콧속(비
강)에 있다.

인간의 감정이 화학물질에 의하여 영향을 받을 수 있다는 것은
충격적인 사실이다. 페로몬 감각 기관은 두려움, 배고픔, 사랑 등
과 관련된 새 신경조직과 관계되어 있다. 따라서 종합적으로 변
형된 페로몬이 불안을 진정시키고 식욕을 억제하는 등의 효과를
가진 기체 상태의 약으로 이용될 수도 있다.

결국 페로몬 응용의 궁극적인 목표는 사람이 보다 편안하고 안락하게 느끼도록 돕는 것이다.

6년만에 다시 태어나는 인간

체내의 장기 중에서도 간(肝) 세포는 8일간에 2분의 1이 새 세포로 바뀌며, 보름이 지나면 완전히 새로운 간이 된다. 그리고 머리카락이나 손톱은 6개월이면 새것으로 바뀐다. 생리학자의 연구발표에 의하면 내장이 다 바뀌는 데는 3년이 걸리고 뼈까지 완전히 새로 바뀌는데는 6년이 걸린다고 한다.

동양의 수명계수

여성은 7세, 남성은 8세에 철이 들기 때문에 '남녀 7세 부동석'이라 했고 여성은 14세(7×2)에 월경이 시작되고 남성은 16세(8×2)에 이르러 양정(陽精)이 준비되어 성년식을 이팔(2×8) 청춘에 하였다.

여성은 21세(7×3), 남성은 24세(8×3)가 완숙기이며 결혼 적령기이기도 하다. 농촌보다 도시인이 조숙하고, 한대지방보다 열대지방이 빠르고, 과거보다 현대가 더 조숙하고, 채식보다 육식이 더 조숙하게 한다.

또한 여성은 49세(7×7), 남성은 56세(8×7) 전후에 갱년기를 맞이한다.

지혜의 보물 창고

인간의 우뇌 속에는 과거 인류가 쌓아온 지혜가 유전자 정보로 저장되어 있다. 그래서 우뇌를 인류가 축적해 놓은 지혜를 전달하는 '선천뇌(先天腦)라고 생각한다. 즉, 우뇌에는 선조가 물려준 모든 정보가 유전자로 저장되어 있는 것이다.

┌ Tip ┐
꿈꾸는 우뇌
선천뇌라는 점은 꿈꾸는 방법으로도 설명할 수 있다. 우뇌를 잘라내거나 교통사고 등으로 우뇌를 다친 경우에는 꿈을 꾸지 않는다. 왜냐하면 꿈은 우뇌로 꾸기 때문이다.

창조주의 의지

전자현미경을 발견한 후나이 사치오 씨는 "우주 전체에 창조주의 의지가 작용하고 있다"고 말하고 있는데 그 '의지'가 유전자라는 형태로 우리 몸 안에 새겨져 있다고 생각했다.

다시 말해 창조주의 의지에 합당한 사람은 살아남고 합당하지 않는 자는 소멸하는 매커니즘이 인간의 몸 안에 장치되어 있다는 것이다.

스킨십의 효과

미각과 같이 촉각도 8가지 이상의 자극을 가진 복합적인 감각이다. 뜨거운 것, 차가운 것, 움직임, 섬세한 움직임, 떨림, 침착한 만짐, 가볍게 두들기는 것, 아픔 등이 촉각의 종류인데 연구가들은 더 많은 종류의 자극이 있으리라고 생각하고 있다.

이러한 자극을 받아들이는 수용체는 온몸에 퍼져 있으며 서로 다른 비율로 퍼져 있다.

즉 세밀한 움직임에 반응하는 수용체는 머리카락 밑에만 있으며 손가락 끝이나 입술, 혀 등은 가장 많은 수용체들을 가지고 있고 등의 피부는 비교적 적은 수용체를 지니고 있다. 촉각은 또 많은 감정적인 요소를 지니고 있다.

많은 문화에서 포옹, 입맞춤, 등을 가볍게 두들기는 것, 따뜻한 악수 등은 대개 좋은 감정을 불러일으키는 것으로 되어 있다.

또 연구가들은 스킨십이 생명을 유지하는데 필수적임을 발견하였다. 새로 태어난 갓난아기를 아무도 만져주지 않으면 성장하지 않을 뿐만 아니라 때로는 죽기도 한다고 한다. 이러한 상태를 소모증이라고 한다.

뉴욕 벨레뷰 병원에서는 간호사들이 아기를 안아주고 흔들어 주는 것을 매일 규칙적으로 시행하자 갓난아기의 죽음이 현저히 줄어들었다고 한다.

사형수가 교수형에 처해질 때

발기의 경우 발기 상태가 비정상적으로 계속되는 '지속 발기증'이라는 현상이 발생하기도 한다. 이러한 현상은 복합적인 요인에 의한 것이지만 일반적으로 척추신경의 이상으로 발생하며 간혹 사형수가 교수형에 처해질 때 가해지는 충격으로 인하여 발생하기도 하고 죽은 시체에 나타나기도 한다.

사마귀와 키스

피부과 의사들은 사마귀가 있는 사람과는 키스하지 말라고 말한다. 사마귀의 원인은 전염성이 강한 바이러스로 키스에 의하여 옮겨질 가능성이 많기 때문이다.

우리 신체에서 쓸모 없는 부분이 있을까?

우리 몸에 있는 약 206개의 뼈들 중에 전혀 유용한 작용을 하지 않는 작은 뼈가 단 하나 있다. 그것은 미골이라고 알려진 뼈로 등뼈의 밑 부분에 위치해 있다. 이것은 4개의 작은 뼈로 시작되어 성숙됨에 따라 차차 하나로 연합된다. 그러나 미골은 4개였을 때처럼 하나의 뼈가 된 후에도 별로 쓸모가 없다. 이 뼈의 유일한 효용이란, 수만 년 전 인간이 네 발로 걸어다녔을 때 꼬리가 있었던 흔적이라는 이론을 뒷받침해 주는 것뿐이다. 때때로 꼬리를 가지고 태어나는 아이의 사진이 보도되고 있다.

그 외에 우리 몸에서 쓸모 없는 부분은 문제를 일으키는 맹장이다. 이것 또한 한때 소화기관으로 유용했던 부분의 흔적으로 생각된다.

말할 때 필요한 근육 수

말을 한 마디 하기 위해서는 적어도 72개의 각각 다른 근육을 움직여야 한다.

---

if
사춘기 이전에 고환이 잘려진다면

사춘기를 지나도 변성기가 오지 않으며 수염이 전혀 나지 않고 음모는 여성의 형태로 자라게 되며 몸집은 근육 대신 지방질이 많아져 몸의 곡선이 여성의 형태로 자라게 된다. 이러한 현상은 남성 호르몬을 생산하는 고환이 없기 때문이다.

Tip
끈질긴 생명력

인간은 위와 비장의 50%, 간의 70%, 내장의 80%, 1개의 신장과 1개의 폐를 떼어내도 살아갈 수 있다.

뇌가 소모하는 에너지

뇌를 사용하기 위해서 소모하는 에너지는 하루에 450칼로리 정
도이다. 그러나 24시간 동안 우리의 몸을 쉴 새 없이 움직이게 하
여 생명을 유지시키는 신장의 하루 에너지 소비량은 150칼로리
로 뇌 소비량의 3분의 1 밖에 되지 않는다. 설사 뇌의 무게가 체
중의 100분의 2 밖에 안 돼도 뇌는 몸 전체 에너지의 20%를 사용
한다.

위에서 나오는 염화수소산

인간의 소화 작용 중에 발생되는 염화 수소산이 면 손수건에 떨
어지면 구멍을 낼 만큼, 또 자동차의 철로 된 표면에 떨어지면 그
표면을 녹일 수 있을 만큼 강한 부식작용을 가지고 있다. 그러나
이렇게 강한 산성임에도 불구하고 끈끈한 점막으로 보호되어 있
는 위벽에는 아무런 손상을 끼치지 못한다. 그리고 위에는 3,500
만 개의 소화선(腺)이 있다.

왜 오른손잡이가 왼손잡이보다 많은가?

왼쪽 두뇌는 몸의 오른쪽을 지배하고 오른쪽 두뇌는 몸의 왼쪽
을 지배한다. 그런데 대부분의 사람들은 왼쪽 두뇌가 더 발달되
어 있다. 따라서 오른쪽 손이 더 강하고 다루기 쉽기 때문에 오른
손잡이가 많다.

담배를 피울 때

담배를 피울 때는 맥박이 1분에 800번 정도 뛴다. 잠을 잘 때는
55번, 활동할 때는 72번이 뛴다. 그런데 고래의 맥박은 1분에 9
번 밖에 뛰지 않는다.

인간이 가지고 있는 맹독성

인간은 화를 내거나 강한 스트레스를 받으면 뇌에서 노르아드레날린이라는 물질이 분비된다. 이 물질은 호르몬의 일종으로 대단히 극렬한 독성을 갖고 있다. 자연계에 있는 독으로는 뱀의 독 다음으로 그 독성이 강하다고 한다.

노르아드레날린 :
강력한 혈압 상승제 역할을 하는 신경 전달 물질

일생의 6분의 1은 죽은 상태

인간의 심장은 다음 맥박이 뛸 동안, 즉 6분의 1초 동안 멈춘 상태로 있는데 이것은 일생의 6분의 1에 해당하는 기간 동안 심장이 멎어 있다는 의미도 된다.

눈물은 명약

눈물의 성분을 살펴보면 99%가 물이고 나머지 1%는 단백질로 구성되어 있다. 눈물은 눈동자를 보호하는 윤활유 역할을 하며 세균이 침입할 경우에는 강력한 살균작용을 한다. 사람의 위는 슬프거나 괴로우면 활동이 떨어지고 위액이 적게 나오지만, 일단 눈물을 흘리면서 소리내어 울게 되면 위의 운동이 활발해지고 위액이 많이 나와 식욕이 왕성해진다는 것이 의학계의 보고이다.

여자들이 흔히 눈이 빨개지도록 울고 난 뒤에 음식을 많이 먹는 것도 이와 같은 이유 때문이다.

if
뇌가 잘려나간다면
뇌에는 물이 80% 이상으로 혈액보다 더 많으며 하루에 섭취하는 열량의 1/5이 뇌에서 사용된다. 뇌는 동맥과 정맥을 가진 감각 신경 세포로 포화된 막에 의하여 둘러싸여 있다. 그러나 뇌 자체에는 아무런 감각 기관이 없어서 뇌가 잘려나간다 해도 고통을 느끼지 못하게 된다.

미각의 세계

인간에게는 맛을 알아내는 9,000개의 미뢰가 있다. 혀의 뒷부분은 쓴맛, 혀의 중간 부분은 짠맛, 혀의 맨 앞부분은 단맛을 안다. 보통 새는 40~60개, 벌새는 1,000개, 박쥐는 800개, 돼지는 15,000개, 토끼는 17,000개, 소는 35,000개의 미뢰를 갖고 있다.

Tip
쓴맛, 단맛
쓴맛을 아는 미세포는 단맛을 아는 미세포보다 10,000배 정도 더 예민하기 때문에 인체에 해로운 물질이 입으로 들어왔을 때 민감한 반응을 나타낸다.

생명 유지의 필수 조건

생명을 유지하기 위해서는 움직여야 한다. 우주도 움직이고 인간도 움직인다. 다음은 하루에 일어나는 일들을 적은 것이다.

하루 24시간 동안

· 심장은 13,689번 뛴다.

· 피는 혈관을 통하여 270,000km 여행한다.

· 2,340번 숨을 쉰다.

· 120cm³의 공기를 마신다.

· 1.3kg의 수분을 섭취한다.

· 3.5kg의 노폐물을 배설한다.

· 0.7 ℓ 의 땀을 흘린다.

· 30℃의 열을 낸다.

· 하룻밤 자면서 25~35번 뒤척인다.

· 4,800단어를 말한다.

· 750번 주요 근육을 움직인다.

· 손톱은 0.00011684cm 자란다.

· 머리털은 0.043535cm 자란다.

· 7,000,000개의 뇌세포를 활동시킨다.

일생 동안 일어나는 사건들

성경에서는 인간의 수명을 70세라 한다. 이 70년 동안 인간에게 일어나는 사건들은 다음과 같다.

사건	횟수 또는 양
소변을 본다	38,300리터
심장이 뛴다	2,700,000,000번
정자를 생산한다	2,000,000,000,000마리
난자를 생산한다	450개
눈을 깜박인다	333,000,000회
머리카락이 자란다	563킬로미터
손톱이 자란다	한 손가락에 3.7미터
꿈을 꾼다	127,500번
운다	3,000번
웃는다	540,000번
음식물을 먹는다	50톤
물을 마신다	49,200리터
심장에서 피를 내보낸다	331,000,000리터

빛과 생리시계

인간의 생리시계 주기는 지금까지 믿어온 것과 같이 동물보다 1시간 긴 25시간이 아니라 24시간에 가까운 24시간 11분이라는 연구결과가 나왔다.

미 하버드대학 의대 찰스 체이슬러 교수는 과학전문지 사이언스 최신호에 발표한 연구 보고서에서 "개인에 따라 아주 사소한 차이는 있을 수 있지만 사람의 생리시계 주기는 다른 동물 종류와 마찬가지로 24시간에 가깝다"고 말했다.

따라서 생리시계는 나이를 먹을수록 빨라지며 노인들이 일찍 일어나는 이유가 이 때문이라는 생각도 사실이 아니라고 체이슬러 교수는 주장했다.

낮과 밤이 바뀌면 생체 리듬이 깨지듯이 '빛' 은 생리시계의 가장 강력한 조절장치이다.

사람의 생리시계 주기는 환경상의 빛의 변화에 노출되면 자기도 모르게 생리시계의 리듬이 달라질 수 있다는 것이다.

그는 "빛은 생리시계의 가장 강력한 조절장치"라고 지적하고 이전에 발표된 연구보고서들이 인간 생리시계 주기가 25시간이라는 결론을 내린 것은 빛의 노출에 영향을 받았기 때문이었을 것이라고 말했다.

그는 빛의 변화 외에도 비행기 여행으로 인한 시차와 근무시간의 변경 등이 생활리듬에 변화를 가져온다면서 결국 "시계를 한 시간 뒤로 돌려놓는 것은 우리들 자신"이라고 지적했다.

체이슬러 박사는 평균 연령 23.7세의 남자 11명과 평균연령 67.4세의 남녀 13명을 29~38일에 걸쳐 시차가 서로 다른 4개 지역을 매일 여행하는 것과 같은 조건 아래서 생활하게 하고 급속 안구운동, 체온변화, 생리시계의 주기를 나타내는 호르몬인 코르티솔과 멜라토닌 분비량 등을 측정했다.

이 실험에서 나타난 사실은 생리시계 주기에는 개인적인 차이가 없었다는 것이다. 이는 노인들의 불면증에 관한 지금까지의 이론들이 대부분 잘못된 것임을 보여주는 것으로 앞으로 불면증의 새로운 치료법을 개발하는데 도움이 될 것이라고 전문가들은 보고 있다.

인체 매커니즘

자동차를 만드는 데는 보통 13,000개의 부속품이, 747제트 여객기를 만드는 데는 300만 개의 부속품이, 그리고 우주선을 만드는 데는 500만 개의 부속품이 필요하다고 한다.

그러나 인간의 몸에는 10조 개의 세포 조직이 있고, 정맥과 동맥, 모세 혈관 등 혈관의 총 길이는 112,000킬로미터로 지구를 두 번

반이나 돌 수 있다. 또 혈액에는 산소를 운반하는 25조 개의 적
혈구와 질병과 싸우는 25조 개의 백혈구가 있다. 신장은 1분
에 4.7리터씩 피를 내보내고 9,000개 이상의 미각 세포가
혀에 있어 음식의 맛을 알 수 있다.

인간의 몸에는 모두 206개의 뼈와 650개의 근육, 100개 이상
의 마디가 있다.

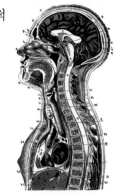

세상에서 가장 정교하
고 신비한 것이 '사람
의 몸'이다.

1평방인치의 피부

1평방인치의 피부에는 다음과 같은 것들이 포함되어 있다.
20개의 혈관, 65개의 털과 근육, 78개의 신경, 78개의 열 감지기
관, 13개의 추위 감지기관, 160~165개의 압력 감지
기관, 100개의 피지선, 650개의 땀샘, 1,300개의 신
경 말기, 그리고 19,500,000개의 세포 등.

땀샘의 대표적인 역할은 노폐물을 방출하고 체온을
조절하여 몸을 시원하게 해주는 것이다. 더운 날 피
부는 2,500cal의 열을 내보낸다. 인체에서 가장 큰
기관인 피부의 면적은 성인의 경우 21평방피트에
이른다. 피부는 전체 몸무게의 15%를 차지하고 박테리아
와 바이러스 침입으로부터 보호해 주는 방패 역할을 한다.

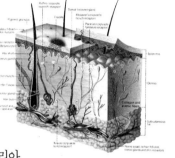

몸무게의 15%를 차지하고 있는
'피부'의 단면도

7년마다 바뀌는 뼈

신생아는 350개의 뼈를 가지고 탄생하지만 생장하는 동안 206개
의 뼈로 변하며, 뼈의 50% 이상이 손과 팔, 그리고 다리와 발에
있다. 에스키모인들의 16%는 갈비뼈가 25개이다. 또한 뼈 조직
은 끊임없이 죽고 다른 조직으로 대체되므로 7년마다 한 번씩 몸
전체의 모든 뼈가 새 조직으로 바뀌게 된다.

인간의 몸에서 가장 강한 뼈는 넓적다리뼈라고 한다. 이 뼈는 강
철과 같은 정도의 압력에도 견뎌낼 수 있다.

호흡

사람은 누워 있을 때 1분에 8.8 *l* 의 공기를, 앉아 있을 때 17.6 *l* 의 공기를, 걸을 때 26.4 *l* 의 공기를, 조깅할 때 55 *l* 의 공기를 호흡한다. 사람은 일생 동안 적어도 283,500,000 *l* 의 공기를 호흡하고 있다. 사람의 주요 호흡 기관은 폐인데 오른쪽 폐는 왼쪽 폐보다 더 무겁다. 성인 남자의 폐의 무게는 오른쪽이 625g, 왼쪽이 600g 정도이다.

손톱

손톱은 케라틴이라는 죽은 피부 세포가 굳어져서 밖으로 밀려난 것으로, 완전한 손톱이 되기까지는 150일 정도 걸린다. 건강한 사람이나 선탠을 자주 하는 사람들의 손톱은 더 빨리 자란다. 손톱은 항상 노출되어 있기 때문에 발톱에 비하여 빨리 자라며, 겨울보다 여름에, 가운뎃손가락 손톱이 엄지나 새끼손가락 손톱보다 더 빨리 자란다.

신장

신장은 백만 개가 넘는 작은 관으로 이루어져 있다. 양쪽 신장에 있는 모세관의 길이를 모두 합하면 65km나 된다.

위

성인의 위는 35,000,000개의 소화 분비선을 가지고 있다. 또한 위에서 분비되는 위산은 일주일 내에 면도칼이나 그밖의 다른 금속물들도 용해시킬 수 있을 만큼 강한 부식제이기도 하다. 따라서 위는 3일마다 새로운 분비선(소화 분비선)을 생산하는데, 이것은 강한 위산으로 위 자체가 부식되는 것을 막기 위한 조치이다.

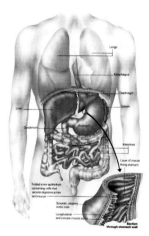

위는 면도칼을 녹일 만큼 강력한 위산을 분비하고 소화분비선을 생산하여 위벽을 보호한다.

심장

심장은 사람의 평균 수명 동안 28억 번 박동하며 2억 2천 7백만 *l* 의 피를 공급한다. 이 주먹만한 심장은 성인의 경우 수면 중에도 시간당 300 *l* 의 피를 펌프질하는데 이는 매 10분마다 한 번씩 소형 승용차의 연료탱크를 채우는 양이다. 심장이 하루에 생산하는 근육의 힘으로 소형 승용차를 20m 높이로 들어올릴 수 있다. 심장의 평균 박동 수는 휴식할 때에 남성의 경우 분당 72번이며 여성은 75번이다. 심한 운동을 할 경우 박동 수는 200번으로 증가한다. 운동 선수가 휴식할 때의 심장 박동 수는 72~75번보다 훨씬 느리다.

심장은 시간당 300 *l* 의
피를 뿜어낸다.

간

우리의 간은 장기라기보다는 임파선과 같은 일종의 선(腺)이라고 부르는 것이 정확하다. 사람의 간은 설사 80퍼센트가 제거된다 할지라도 나머지 20퍼센트만으로 충분한 기능을 할 수 있을 뿐 아니라, 제거된 간은 몇 개월 내에 원래의 크기로 회복될 수 있다.

청각

3,000헤르츠(Hertz : 1초간의 진동수)의 주파를 들을 때 고막의 진동은 0.000000001센티미터이며 이것은 수소 분자 직경의 10분의 1 크기이다. 인간이 들을 수 있는 가장 높은 주파는 30,000헤르츠, 그리고 가장 낮은 주파는 20헤르츠라는 사실에서 고막의 진동이 얼마나 예민한지를 알 수 있다.

박쥐의 청각이 느낄 수 있는 가장 높은 주파는 인간의 경우보다 일곱 배가 높은 210,000헤르츠이고, 돌고래의 청각은 280,000헤

청각기능 단면도

르츠를 들을 수 있을 정도로 더욱 예민한 편이다. 돌고래와 박쥐는 모두 초음파를 이용한 고주파를 사용하여 소리를 감지한다. 가장 먼 거리의 소리를 들을 수 있는 동물은 아프리카산 여우라고 한다.

남자의 섹스 오간

●오른쪽 고환이 더 무겁다
고환 2개의 무게는 25g인데 보통의 경우 오른쪽의 것이 더 무겁다. 이렇게 크기와 무게, 높낮이가 서로 다르면 그만큼 충돌의 위험도 줄어든다.

기관	무게	기관	무게
뇌	1,400g	고환	25g
심장	340g	난소	7g
간	1,400g	폐	450g
비장	198g	자궁	60g
췌장	82g	유방	180g
신장	140g		

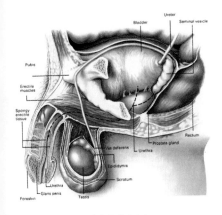

남자의 생식기관

●오묘한 자동장치, 고환
고환은 온도가 낮아야 제대로 기능할 수 있으므로 방열 기구처럼 언제나 쭈글쭈글한 주름투성이의 모습으로 매달려 있다. 체온이 올라가면 세정관의 정자 생산이 중지되기 때문에 더운 날씨에는 축 늘어져서 되도록 몸에서 멀리 떨어져 있으려 하고, 추우면 오므라들어 몸 속으로 기어들게 된다. 참으로 오묘한 자동장치이다.

● 정자의 무게

정자의 무게는 난자 무게의 75,000분의 1밖에 되지 않는다. 그러나 난자는 한 달에 하나씩 배란되지만 정자는 한 번에 3억~4억 개 정도 사정된다. 일생 동안 경험하는 섹스의 횟수는 약 5,000번이므로 한 남자가 일생 동안 사정하는 정자의 총수는 약 2조 가량 된다.

● 테스토스테론의 농도

여러 연구결과가 공격적 행동과 테스토스테론의 농도가 밀접한 상관관계가 있음을 보여준다. 대학 레슬링 선수들에 대한 테스토스테론 농도 분석을 보면 패자보다는 승자에게서 테스토스테론의 혈중 농도가 높은 것으로 나타났다.

비슷한 연구에서는 보다 공격적인 하키 선수가 역시 높은 테스토스테론 농도를 보이는 것으로 나타났다.

남성은 테스토스테론 농도가 여성보다 높다. 이것은 아마도 남성들에게 문제가 더 많은 한 가지 이유가 아닐까? 젊은 남성은 일생 중 호르몬 농도가 가장 높을 때에 대부분의 범죄를 일으킨다. 감옥에 수감된 죄수를 보면 테스토스테론 농도가 높을수록 초범 연령이 낮아진다.

● 테스토스테론의 역전 현상

젊은 남성은 사업에서부터 일상 대화에 이르기까지 여성보다 더 활달하다. 혼성 그룹에서 남성은 여성보다 더 많이 말하며 다른 사람의 대화를 끊고 끼어들기도 한다. 그러나 테스토스테론 생산의 변동과 연관된 흥미로운 역전 현상이 중년부터 발생한다.

5, 60대 남성은 일반적으로 점점 조용해지는 반면에 여성은 점점 더 주장이 강해지고 활달해진다.

남성의 경우 테스토스테론 농도는 60세 전후가 될 때까지 매년

Tip

Morning rise

남성 호르몬으로 알려진 테스토스테론의 수준은 동틀 무렵에 가장 높다. 남성들이 별다른 이유 없이 아침에 발기하는 것은 바로 이 때문인데 이것을 아침발기(morning rise)라고 한다.

┌ Tip ─
세포의 크기
세포들의 크기는 다양
하지만 일반적으로 한
세포의 크기는 1백만분
의 1밀리미터 정도로 측
정된다. 참고로 인간은
'5,000,000×5,000,000'
개의 세포로 이루어져
있는 생명체이다.

1% 정도씩 감소하며 9세 남아의 수준으로 떨어진다. 반면 여성은 갱년기에 이르면서부터 호르몬의 수준이 증가한다. 사실 갱년기가 지난 일부 여성은 글자 그대로 수염이 돋거나 음성이 굵어지고 허스키가 되기도 한다.

세포의 비밀을 발견하다

1665년 영국의 과학자인 로버트 쿠트가 현미경을 통해 코르크의 나무껍질을 관찰하던 중 작은 방처럼 보이는 조그마한 칸들이 나무껍질 속에 나열되어 있는 것을 발견해 내면서 세포의 존재는 알려지기 시작했다. 후에 생물학자들은 모든 살아있는 생명체들은 세포로 이루어져 있으며 이것은 결국 모든 동식물들의 유기체를 형성하고 움직이는 원동력이 된다는 것을 발견했다. 즉 모든 세포 하나는 살아 움직이는 생명체라는 것이다. 세포는 다른 세포들의 성장을 도울 수 있으며 자가 복제가 가능하다. 또한 다른 세포에게서 전달된 메시지를 해독할 뿐만 아니라 그것을 또 다른 세포에 전달해 주는 역할을 한다.

세포의 단면도

꿈과 잠 이야기

● 형이상학적인 인간은 잠꾸러기
형이상학적인 일을 하는 사람들은 형이하학적인 일을 하는 사람들보다 잠을 더 자고 더 많은 꿈을 꾼다. 아인슈타인은 하루에 10시간씩 잠을 잤으며 다른 사람들보다 더 많은 꿈을 꾸었다.

● 장님이 꾸는 꿈
선천적인 장님들은 주로 귀로 듣는 꿈을 꾸며, 유아는 성인들보다 더 많은 꿈을 꾼다. 태아는 하루종일 꿈만 꾸는데 20명 중 19

명은 흑백의 꿈을 꾸고 1명은 천연색의 꿈을 꾼다고 한다.

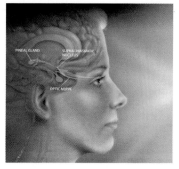
잠을 유도하는 호르몬 , 멜라토닌

● Rapid Eye Movement
우리가 꿈을 꿀 때 눈동자는 항상 앞뒤로 빨리 움직인다. 이것을 'REM(Rapid Eye Movement)' 이라고 한다.

● 세계기록 264시간 12분
16시간 이상 자는 것은 위험하다. 그러나 48시간 동안 잠을 안 자면 환상을 볼 수 있으며 정신병에 걸릴 가능성도 있다. 가장 오랫동안 잠을 안 자고 있었던 세계 기록은 264시간 12분이다.

Tip
항상 잠만 자는 돌고래
비둘기는 잠을 자면서 눈을 뜨고 사방을 감시한다. 돌고래의 한쪽 뇌는 항상 잠을 자고 한쪽 뇌만 일을 하므로 돌고래는 항상 잠을 자는 셈이다.

● 병이 악화되는 증거
중병에 걸린 사람의 잠자는 패턴이 갑자기 바뀔 경우, 예를 들면 하루에 10시간 이상 또는 4시간 미만으로 잠을 잔다면 병이 점점 악화되고 있다는 증거이다.

● 임산부가 동물을 낳는 꿈은
임산부가 동물을 낳는 꿈을 꾸는 것은 임신으로 인한 지나친 걱정과 근심 때문에 호르몬 분비선에 이상을 일으키고 있는 것이라고 밝혀졌다.

눈(Eyes) 이야기

● 피곤한 눈
눈은 매일 24시간 동안 약 100,000번이나 움직인다. 다리가 이 정도 양의 운동을 하려면 적어도 80km는 걸어야 할 것이다.

if

어머니가 색맹이면

만일 어머니가 색맹이
고 아버지가 정상일 때,
이들 사이에서 태어난
딸은 모두 정상이나 아
들은 모두 색맹이 된다.

Tip

**컬러를 인식하는 원추
세포**

눈 뒤쪽에 있는 망막은
겨우 1평방인치(650
mm)에 불과한데 약
1,300,000개의 빛을 느
끼는 세포를 가지고 있
다. 약 1,250,000개의 간
상 세포들은 흑백,
70,000개의 원추세포는
원색의 시각을 위한 것
이다.

●백만 개의 신경조직

신장이나 심장은 이식할 수 있으나 눈은 완전히 이식할 수 없고
단지 일부분만 이식할 수 있다. 눈은 뇌의 뒷부분에 있는
1,000,000개 이상의 신경조직과 연결되어 있어서 이것이 잘렸을
때 재생할 수 있는 방법이 없기 때문이다.

●남자의 색맹률은 여자의 8배

색맹은 눈에 있는 세 가지 색 감지 원뿔 세포(원추 세포) 중 1개
이상이 상실되어 생기는 것으로 자손에게 유전된다. 색맹은 남
자에게 더 많이 나타난다. 남자의 색맹률은 약 8%이며 여자는
1%에 불과하다.

●우리의 눈은

100,000가지의 색을 구별해낼 수 있는 능력을 갖고 있다. 그러나
실제로는 보통 시력을 가진 사람이 150가지 정도의 색을 구별할
수 있을 뿐이다.

● '기억색상'

인간은 어떤 사물이 자신에게 익숙해지면 어떤 조명 불빛 아래
에서도 그 사물을 언제나 같은 색으로 보려는 경향이 있다. 이것
이 '기억 색상' 이다. 즉 자동차의 색이 파란색일 경우, 그 차의
소유주는 흐린 불빛, 밝은 빛, 노란색 가로등, 혹은 석양의 붉은
노을 아래 주차되어 있어도 자신의 자동차 색을 파란색으로만
볼 것이다.

그러나 그 차를 처음 본 사람은 여러 가지 다른 빛깔 아래서 그
차의 원래색을 바로 알아보기 어려울 것이다. 하지만 '기억 색
상' 이 항상 작용하는 것은 아니다.

예를 들어 파란색 불빛 아래에서 스테이크 고깃덩어리를 보면

그 사람이 얼마나 스테이크를 많이 먹어보았는지에 상관 없이 그 고깃덩어리는 상한 것처럼 보일 것이다.

●남자의 눈동자가 커질 때

눈동자는 감정의 변화에 따라 일정한 반응을 보인다. 공포나 두려움 또는 흥분의 감정은 눈동자를 확대시키는데 이것은 위험한 상황을 좀더 자세히 보기 위한 두뇌의 명령 때문인 것으로 추측된다. 반면에 불쾌한 감정은 눈동자를 축소시킨다.

또한 눈동자의 반응은 그 개인의 심리적 흥미 상태 혹은 감흥 상태를 나타내는 척도라 할 수 있다. 거의 대부분 남성들은 상어와 벌거벗은 여인의 모습을 볼 때 눈동자가 30% 이상 확대되는 반면 벌거벗은 남성이나 어린 아기의 모습에서는 축소된다.

여성의 눈동자는 이와 반대로 상어와 벌거벗은 여인의 모습에서는 축소되고 벌거벗은 남성의 모습이나 어린아기의 모습에서는 확대된다.

코 이야기

●코 속의 나침반

모든 인간은 코 안에 적은 양의 철을 함유하고 있는데 이것은 양눈 사이의 사골 안에서 발견되며 작은 나침반과 같은 역할을 한다. 즉 인간이 지구 자장의 방향을 찾는데 도움을 준다.

연구 조사에 의하면 천으로 눈을 가렸거나 빛이 없는 어둠 속에서도 많은 사람들은 그들 스스로 방향 감각을 잡기 위하여 이런 자석 능력을 활용해 나간다고 한다. 나침반처럼 정확하게 북극, 남극의 방향을 알아낼 수 있는 것이다.

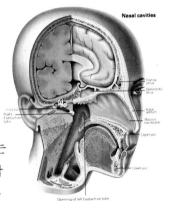

코는 단순히 냄새를 맡기 위한 기관이 아니며 몸전체의 기관과 연결된다.

Tip —
돌고래, 다랑어, 연어,
비둘기, 꿀벌, 도롱뇽 같
은 동물들의 뇌 속에도
인간과 유사한 자석 능
력이 있으며, 이 자석 능
력은 이주할 때나 바닷
속에서 항해할 때 올바
른 방향으로 이끌어 준
다고 한다.

● 인간과 자장

영국 맨체스터 대학의 한 연구원은 다음과 같은 사실을 알아냈다. 자석이 머리의 오른쪽에 놓여 있는 사람은 90도 정각으로 오른쪽을 향했고, 자석이 왼쪽에 있을 경우는 90도 정각으로 왼쪽 방향을 취한다는 것이다.

인간이 자장에 의해 절대적으로 영향받는다는 사실을 입증한 것이다.

● 콧구멍이 쉬는 시간

2개의 콧구멍은 3~4시간마다 활동을 교대한다. 즉 한 콧구멍이 냄새를 맡거나 숨쉬고 있을 동안 다른 콧구멍은 쉬고 있다.

● 혀와 코의 상관관계

혀의 맛을 알아내는 기관은 냄새를 알아내는 코의 기관과 밀접한 관계를 갖고 있다.

만약에 코를 막고 눈을 감고 있다면 사과와 감자의 맛을 구별해 낼 수 있을까?

● 여성 호르몬 '에스트론'

여성이 남성보다 더욱 예민한 후각을 갖고 있는 것은 후각 신경 세포의 활동을 돕는다고 알려진 여성 호르몬 에스트론 때문이다.

흥미로운 것은 여성의 후각은 남성의 육체와 관련 있는 사향 냄새에 더욱 예민해지지만 에스트론 분비가 가장 왕성한 배란기에는 사향 냄새를 감지하는 후각 능력이 월경 때(이때 에스트론 분비량이 급격히 떨어진다)보다 100배에서 1,000배 예민해진다는 것이다.

생명의 탄생 이야기

●가장 큰 인체세포, '난자'

여성의 난자는 눈으로도 직접 볼 수 있는 가장
큰 인체 세포이며, 가장 작은 인체 세포는
0.0051cm 크기인 정자세포이다. 남성은 매달
15,000,000,000개의 정자를 생산하며 한번 사정
에 500,000,000개의 정자를 방출하는데 각 정자
에는 각종의 유전 정보를 담은 22개의 염색체 이
외에도 남성과 여성을 결정하는 XX 혹은 XY염
색체가 있다.

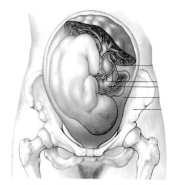

생명 탄생 직전 - 출산시 여자의 자궁의 문
은 평상시보다 500배 정도 더 커진다.

●태아의 딸꾹질

태아도 자궁 속에서 딸꾹질을 할 수 있다. 또한 태아가 7개월이
되면 신장 위에 위치한 부신의 크기는 신장의 크기만큼 된다. 그
러나 태어나면 조금 줄었다가 성장하면서 점차 줄기 시작하여
70세가 되면 부신은 거의 눈에 보이지 않을 정도로 줄어든다.

┌Tip─
450 : 1
여성은 태어날 때부터
이미 300,000개의 난자
세포를 가지고 있지만,
그 중에서 출산 연령 동
안 실질적으로 임신할
가능성을 얻게 되는 난
자는 불과 450개 정도이
다.

●신생아는 눈물을 흘리지 않는다

신생아는 눈물 없이 운다. 영양 상태가 좋지 않은 신생아일수록
한 옥타브 올려서 울며, 세계에서 가장 울지 않는 신생아는 중국
의 신생아이다.

●임신과 혈액량

여성이 임신을 하면 혈액량은 25% 정도 증가한다. 혈액이 증가
하는 이유는 자궁 내에서 태아가 성장하는데 필요하기 때문이
다. 증가된 혈액은 또한 분만할 때에 출혈이 특별히 많은 경우 산
모에게 도움이 되기도 한다.

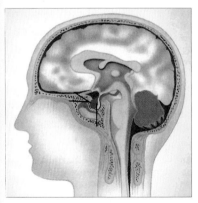

Tip—
아기에 관하여
음력 보름달 밤에 비교
적 많은 아기가 태어나
고 아기들은 엎어 재우
면 더 빨리 잠들고 더 오
래 자며, 깨어있을 때보
다 잠을 자고 있을 때 더
많이 성장한다고 한다.

● 태아는 빛과 소리에 민감하다

태아의 의식은 임신 4개월에 접어들면서 본격적으로 발달하기 시작한다. 이 시기에는 산모의 배에 강력한 빛을 비추면 머리를 돌린다. 주로 빛에 민감한 반응을 보여서 6개월에 접어들면서부터는 아주 작은 소리에도 반응을 보인다. 연구팀의 실험에 의하면 6개월 이상 된 태아들은 부드러운 음악에는 조용하게, 그리고 로큰롤과 같은 시끄러운 음악에는 신경질적인 발길질로 반응하는 것은 물론 미소를 짓거나 상을 찡그리는 심리적 변화를 나타내는 표정을 짓기도 한다.

뇌에 흐르는 생화학 물질들

● 뇌의 몰핀 엔돌핀

엔돌핀은 말하자면 뇌의 몰핀이라고 할 수 있으며 몰핀보다 3배나 효능이 강하다. 이 자연적인 진통제는 장거리 달리기나 웃음과 같이 육체적으로 흥분되어 있는 동안 자주 분비된다. 웃으면 기분이 좋아지는 이유는 이 때문이다.

● 기분을 좋게 하는 세로토닌

세로토닌은 기분을 바꾸는 효과가 있다. 뇌에서 세로토닌 수준이 낮아지면 우울해지거나 공격적 성향을 가지게 된다. 연구 결과 방화범이나 살인범은 정상인보다 세로토닌 수준이 현저히 낮다고 밝혀졌다.

다른 연구에 의하면 탄수화물이 많이 함유된 음식은 세로토닌의 생성을 도우며 어떤 이는 뇌 속의 세로토닌 성분이 떨어지면 탄수화물이 많이 들어 있는 음식에 탐닉한다고 한다.

수많은 화학 물질을 생성하는 뇌는
인체에서 가장 신비한 곳이다.

의학계에서는 현재 우울증을 치료하기 위해 세로토닌과 유사한 합성물질을 실험하고 있다.

●사교적인 사람에게 많은 도파민

도파민은 사람을 수다스럽게 하고 흥분시키는 작용이 있다. 스탠포드 대학의 연구자들은 수줍어하는 사람들의 대부분은 사교적으로 활달한 사람보다 이 호르몬이 적음을 발견했다.

모노아민 옥시다스 억제제라는 처방약은 도파민 수준을 높이며 콜롬비아 대학에서는 어떤 이의 소심증 치료에 성공적으로 사용되었다.

하루 시간대별 인체의 변화

●죽음의 시간, 오전 7시~9시

심장 박동수가 증가하고 체온도 상승하며 아드레날린 분비도 절정에 이르는 때이다. 65세 이상의 많은 노인들은 하루 중 다른 어떤 때보다도 이 시간에 심장 질환과 뇌일혈로 고통을 받는다. 또한 자살을 포함하여 대부분의 죽음도 이 시간에 발생한다.

●가장 이성적인 시간, 오전 9시~11시

이때는 하루 중 제일 유용한 시간대이다. 임상실험 결과에 따르면 오전 9시 이후부터 인체는 통증에 제일 무디어지고 근심의 수치도 제일 낮아진다고 한다. 또한 정신과 의사들도 중요한 결정을 하기에 가장 적합한 때라고 말하는 이유는 다른 어느 시간보다 이성적일 수 있기 때문이다. 체온이 높아지는 이때에는 뇌의 활동도 활기를 찾아 민첩함과 예리함이 최고에 이른다. 또한 두뇌 회전이 빨라지므로 단기 암기력도 다른 시간보다 15%나 더 효율적이며, 수학문제도 다른 때보다 더 잘 푼다.

Tip—
생쥐의 왕성한 식욕
배고픔은 뇌 호르몬의 하나인 콜레시스토키닌에 의해 주로 조절된다. 실험 결과 콜로시스토키닌이 모자라는 쥐는 왕성한 식욕을 보이며 자신의 우리를 포함하여 눈에 보이는 모든 것을 먹어치웠다. 앞으로 이 호르몬은 사람의 비정상적 식생활을 교정할 때나 식이요법으로 이용될 것으로 보인다.

• 시야가 트이는, 정오

하루 중 시력이 제일 좋은 시간이다.

• 태양의 시간, 오후 1시~2시

에너지와 예리함의 정도가 일시적으로 하강 곡선을 그린다. 과학자들의 추측에 의하면, 태양이 하늘의 최고도에 도달하는 이 시간대에는 활동을 제한하려는 인체의 본능이 제구실을 하기 때문이라고 한다.

이 시간에 노출된 피부는 햇빛에 쉽게 그을리게 되고 심장마비도 심심치 않게 일어난다.

Tip —
교통사고
통계상으로는 교통사고가 오후 3시~4시 사이에 제일 많이 일어난다는 사실이 밝혀졌다.

• 컨디션이 가장 좋은 시간, 오후 3시~4시

운동 선수들에게 최적의 시간으로 신체의 유연성, 근육 그리고 그 밖의 컨디션이 최상인 때이다. 장시간의 암기력도 이 시간대에 제일 높은 효과를 거둔다고 한다. 그러나 사망률에 있어서 오후 4시가 두 번째로 높은 수치를 나타낸다.

• 혈압이 제일 높은 시간, 오후 5시

혈압 수치가 제일 높다. 후각, 미각에 대한 욕구가 제일 강해져서 보통 하루 중 식탐이 많이 생기는 시간이다. 그러나 부부 싸움은 저녁 전인 이때 제일 많이 일어난다.

• 가장 배고픈 시간, 오후 6시~7시

다이어트를 하고 있는 사람들에게는 하루 중 최악의 시간이다. 먹고 싶은 욕구는 끝이 없기 때문이다. 체내의 신진대사 작용 때문에 아침보다 더 많은 칼로리가 요구된다.

●재충전을 위한 시간, 오후 8시~11시

인체를 재충전시키기 위하여 뇌의 호르몬 세로토닌과 아데노신은 뉴런들의 전자 활동을 중단시키는 역할을 맡게 된다. 이로 인해 졸음이나 잠 같은 현상이 나타나는 것이다. 우리의 체온이 떨어질 때면 마찬가지로 신진대사 작용도 원활하지 않게 된다. 그러나 청각 기능은 결코 둔해지지 않는다. 이것은 가장 위험한 시간인 이때에 위험으로부터 우리를 보호해 주기 위한 인체의 자기 방어인 셈이다.

●몸이 가장 편한 시간, 자정~오전 3시

혈압, 심장박동수, 스트레스 호르몬 분비 등이 저조한 기록을 보이는 시간대이다. 우리가 알고 있는 것과는 달리, 24시간 중 제일 낮은 사망 수치는 오후 11시 이후부터라고 기록되어 있다. 또한 자정에는 심장마비 증상이 거의 일어나지 않는데, 이는 인체가 상당히 편한 상태에 있기 때문이다.

그러나 출산을 앞둔 예비 엄마들은 가장 일반적인 분만 시간이 새벽 1시라는 것을 명심하라!

●가장 추운 시간, 새벽 4시

난방시설이 잘 되어 있는 방안에서도 추위를 느끼게 되는 시간이다. 체온이 하루 중 제일 낮게 떨어지기 때문이다. 또한 교대 근무를 해야 하는 직종의 경우, 야간 근무에 익숙치 않은 사람들은 꾸벅꾸벅 졸다가 근무를 등한시하는 결과를 초래하는 경우도 이 시간이다.

통계적으로 볼 때 산업(공업) 재해도 이 시간에 제일 빈번히 일어난다. 새벽 4시에 Three Mile 섬에서 일어났던 원자력 발전소 사고의 경우도 사건 발발 원인이 인간의 실수, 즉 인재(人災')라고 비난받은 바 있다.

Tip
졸릴 땐 커피 한 잔
여러 연구에 의하면 카페인은 대뇌 피질과 척추신경을 자극하여 집중력과 기억력을 높이며 반응 속도를 증가시킨다고 한다. 그래서 커피는 시험 성적을 높인다고 알려져 있다.

Tip
천식환자들은 새벽4시를 조심해야 한다
천식 환자들은 반드시 명심해야 한다. 새벽 4시에 제일 호흡이 가빠진다는 사실을! 이유인 즉 인체 내의 히스타민 생성 시간이 새벽 4시에 최대이기 때문이다.

사람이 나이가 들면

●머리카락

젊었을 때 많던 숱도 나이가 들면 점차 적어지고 어린아이 머리
카락처럼 가늘어진다. 특히 여자는 나이가 들면 몸의 털이 더 많
아진다.

●두뇌

뇌세포는 20세가 지나면서 점점 없어지기 시작하여 80세가 되면
뇌세포의 7%가 줄어든다. 그래서 기억력이 없어지고 새로운 것
을 배우는 속도가 느려지게 된다. 20대 젊은이들이 잠드는데는 8
분이 걸리지만, 70대 노인들은 18분이 걸린다.

●장

나이가 들수록 장 속의 세균이 고약한 가스를 내므로 노인들의
방귀는 어린나 젊은이들의 방귀보다 지독해서 코를 돌리게 할
정도이다.

●성기

60세 전후에 있는 부부들은 거의 모두가 여전히 성생활을 즐기
고 있다. 인간의 발기 지속 시간은 10대에 한 시간을 유지하다가
점차 짧아져 마지막에는 0~7분 정도로 짧아지고, 성적 자극을
받은 여성이 분비물로 촉촉해지기 시작하는 시간은 한창 나이때
는 30초면 가능하지만 60세가 넘으면 3분으로 늘어진다.
일반적으로 인간의 성욕은 중년 이후부터 감소되기 시작한다.
남성의 경우 성욕이 가장 절정에 이를 때는 20대이고 70세에 급
속히 감소하며 여성은 28세에 절정을 이루다가 45세 때부터 서
서히 감소하기 시작한다.

●입 안

어린아이는 치아 표면이 썩는 충치가 많지만 나이가 들면 뿌리가 썩는 충치가 더 많아진다. 또 잇몸도 가라앉아 이가 더욱 길어 보이며, 목청도 변하여 목소리가 떨리기 시작하고 음조도 높아진다.

●근육과 뼈

근육 세포는 나이가 들면서 그 기능을 잃기 시작한다. 따라서 노인들의 근육은 탄력성이 적고 스트레인이나 경련 등의 증세가 나타나기 쉽다. 점점 신장이 줄어들고 뼈에서 칼슘이 빠지므로 넘어지면 쉽게 부러질 뿐만 아니라 회복하는데도 오랜 시간이 걸린다.

●심장

나이가 들면 심장의 박동 수는 젊었을 때와 같아도 박동할 때마다 피를 끌어올리는 양이 줄어들어, 30대에는 매분 3.4 l 이나 70세에는 2.5 l 로 줄어든다. 나이가 들면 배 근육이 늘어나서 소화시키는데 더 오랜 시간이 필요하다.

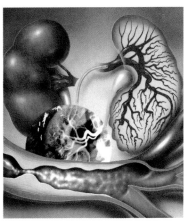

문제는 폐활량이다.
나이가 들면 폐활량이
현저히 줄어든다.

●맛

아주 어릴 때는 혀뿐만 아니라 입천장, 목구멍까지 동원하여 맛을 느낀다. 그러나 10살이 되면 벌써 1,000개의 미세포 중 10개를 잃어버린다. 미세포는 주로 혀끝이나 그 안쪽과 주위를 돌아가면서 분포되어 있는데 늙으면 줄어들고, 일단 쇠퇴하면 재생되지 않는다. 미세포 수는 30세에 245개, 80세에 88개 정도로 감소되므로 맛을 제대로 알 수 없게 된다.

●목소리

한때 명확하고 낭랑하던 목소리가 나이가 들면서 성대가 탄력성
을 잃어버려 떨리기 시작한다. 성대가 딱딱해지면서 마치 너무
강하게 죄어놓은 기타줄처럼 더 자주 울리게 된다.

●시력

시력이 가장 좋을 때는 17세이다. 이때 눈의 근육은 최고의 탄력
을 갖고 눈동자도 최대로 커져서 최대한의 빛을 받아들일 수 있
다. 그러나 20세가 되면 벌써 쇠퇴현상이 일어나고, 70세가 되면
원거리 시력이 심하게 약해진다. 우리가 나이를 계속 먹게 되면
어떤 시점에 가서는 아마 장님이 될 것이다. 나이를 먹으면서 파
란색은 더욱 진파랑으로 보이나 노랑은 화려함이 줄어보이고,
또 보라색을 보는 능력을 잃어버리게 된다. 그래서 늙은 화가들
은 짙은 파랑색과 보라색을 잘 쓰지 않는다.

제 3 장
에너지·태양·지구·우주

[에너지]

다양한 형태의 에너지

열, 빛, 전기, 자성, 움직임, 소리, 화학작용, 핵력(nuclear forces)
은 모두 다른 에너지의 형태로 존재하지만 이것들은 결국 동일
한 한 가지 출처에서 파생된 여러 형태의 에너지일 뿐이다. 서로
간의 변형이 가능하기 때문이다.

예를 들어 전선 속에서 움직이는 전기는 열을 생산하며 물 속에
서 빠른 속도로 순환하는 물갈퀴는 열을 생산한다. 이런 식으로
자성은 전기로, 핵력은 소리로 변할 수 있다.

빛은 얼마나 뜨거운가?

번개가 칠 때, 주위의 공기 온도는 화씨 54,000도(섭씨 30,000도)
인데, 이는 태양의 표면보다 6배나 뜨거운 온도이다. 그러나 어
떤 사람들은 번개를 맞아도 죽지 않고 살았다.

실례로 미국 공원 감시원인 로이 설리반은 1942년부터 1977년까
지 무려 7번이나 번개를 맞았는데 별 지장이 없었다고 한다. 그
렇다면 그 이유는 무엇일까? 구름 속에서부터 땅으로 향하는 번
개 에너지가 지구로 통하는 가장 짧은 길은 사람의 어깨와 다리
를 통하는 것이다. 따라서 그 번개가 사람의 신장이나 척추를 관
통하지만 않는다면 죽지 않을 수도 있다는 것이다.

번개는 한 번 번쩍일 때 37억 5천KW의 전기 에너지를 방출한다.
이 에너지의 약 75%는 열로 소모되어 주변 온도를 섭씨 15,000도
까지 올려놓으며 이에 따라 급격히 팽창된 공기는 천둥이라 불
리는 소리의 충격파를 발생시킨다. 이 천둥은 29km나 떨어진 곳
에서도 들을 수 있다.

에너지의 크기

우주 안에서 일어나는 모든 사건에는 조그마한 원자가 분해되는 것으로부터 별의 폭발에 이르기까지 에너지가 방출된다.

- 우라늄 원자가 분리될 때   0.001
- 한 단어의 평균 한 음절을 발음할 때   200
- 사람의 얼굴 위로 달빛이 1초 동안 비칠 때   300
- 귀뚜라미가 울 때, 혹은 벌이 날갯짓할 때   9,000
- 50센트 동전이 손에서 땅으로 떨어질 때, 혹은 타자기의 키를 손으로 때릴 때   1,000,000
- 10와트 전등을 1분간 사용할 때   6,000,000,000
- 치명적인 X-레이 광선의 양   9,000,000,000
- 코끼리를 총으로 쏠 때, 혹은 성냥을 켤 때   12,000,000,000
- 고속도로에서 내는 속력으로 4톤 트럭의 엑셀러레이터를 밟을 때   9,000,000,000,000
- 하루종일 중노동(도랑파기, 나무패기)할 때   100,000,000,000,000
- 우주선이 발사될 때   9,000,000,000,000,000
- 첫 원자탄이 터질 때   1,000,000,000,000,000,000
- 허리케인(폭풍)   50,000,000,000,000,000,000
- 100메가톤의 수소 폭탄   10,000,000,000,000,000,000,000
- 리히터 스케일 측정결과 8~9포인트의 거대한 지진의 경우, 1906년 샌프란시스코의 지진 강도와 유사할 때   60,000,000,000,000,000,000,000,000
- 지구가 1년 동안 태양으로부터 받는 에너지는   100,000,000,000,000,000,000,000,000,000,000
- 태양의 연간 에너지 방출량   80,000,000,000,000,000,000,000,000,000,000,000,000,000

Tip

요리박사, 전자 오븐

전자오븐은 어떻게 음식을 데울까? 전자파(마이크로웨이브)는 음식속에 있는 물 입자를 1초에 2,500,000,000번 진동시켜 그 에너지로 음식을 데운다. 따라서 물기가 없는 음식은 결코 데워지지 않는다. 물기 없는 그릇이 뜨거워지는 것은 물기가 있는 음식이 뜨거워져서 그 열이 그릇에 전달되기 때문이다.

· 하나의 별이 폭발(AD 504년, 많은 사람들은 초신성이 성경 구절의 하나인 '최후의 심판날'을 예언한다고 믿었다. 그 초신성은 1049의 에너지를 낸다)할 때

10,000,000,000,000,000,000,000,000,000,000,000,000,000,000,000,000

런던시의 가로등

런던의 가스등
런던시의 가로등이 횃불에서 가스등으로 처음 바뀐 때는 1807년이었다. 이 가스등을 켜기 위해 석탄 가스가 사용되었다.

질량 에너지
아인슈타인의 질량 에너지 등가공식 $E=MC^2$에 따라서 모든 질량이 에너지로 바뀐다면 어떤 물질이든 1파운드당 114억 KW/h의 에너지가 나온다.

1g의 물질이 에너지로 바뀌면
만일 1온스의 28분의 1에 해당하는 1g의 물질이 이에 상당하는 에너지로 바뀌고 이 에너지가 전부 1,000와트의 전등을 켜는 데 사용된다면, 호머가 살아 있을 때부터 지금까지인 2,850년 동안 전등을 켜기에 충분한 에너지를 얻을 수 있다.

[태양]

태양과 지구

· 태양은 지구에서 150,000,000km 정도 떨어져 있다.

· 태양에서 보내주는 열과 빛이 없이는 지구의 생명이란 존재할
수 없다. 태양의 빛이 지구까지 도착하는 데는 8분 30초 걸린
다.

· 지구의 지름이 12,800km라면 태양의 지름은 1,384,000km로
109배가 된다.

태양과 지구와의 관계

· 큰 수소덩어리인 태양은 표면 온도가 섭씨 6,000도이고 내부
온도는 13,900,000도에 달한다.

· 태양은 지구와 같은 방향으로 돌고 있지만 속도는 다르다. 태
양도 지구처럼 한 축을 중심으로 시계방향으로 회전한다.

· 지구는 한바퀴 완전히 도는 데 24시간이 걸리고 태양은 30시
간이 걸린다.

· 지구가 태양을 중심으로 공전하는 것처럼 태양도 은하계를 중
심으로 돈다.

· 지구가 1초에 29km 속도로 여행하면서 태양 주위를 한바퀴 도
는데는 1년이 걸리고 태양이 1초에 240km의 속도로 달려서
은하계를 한바퀴 공전하는데는 2억 2천 5백만 년이 걸린다.

혹성의 속도

태양을 도는 혹성들의 속도는 그 궤도가 태양에 가까울수록 빠르다.

수성	46.2	토 성	9.3
금성	33.8	천왕성	6.6
지구	28.8	해왕성	5.2

단위 : Km/초

태양 에너지

태양은 1초에 4백만 톤의 수소를 소모한다.

●지구보다 가벼운 태양

태양 속에는 지구가 1,300,000개나 들어갈 수 있다. 하지만 태양은 지구와 달리 수소와 헬륨으로 되어 있어 지구보다 훨씬 가볍다. 언제나 불타오르고 있는 태양은 1초에 100,000메가톤(1메가톤은 1,000,000톤)의 TNT와 같은 에너지를 방출하고 이때 4,000,000톤의 수소를 소모한다. 이것은 지구가 태양에서 100년 동안 받는 에너지의 양과 같다.

태양이 생긴 뒤부터 지금까지 방출한 에너지는 17,280,000,000,000,000,000,000톤의 수소를 태우는 것과 맞먹는다.

●산소 없이도 타오른다

지구에서는 산소 없이는 연소 작용이란 있을 수 없다. 연소란 연소물에서 나오는 탄소와 산소 원자 사이의 화학작용이고, 그 결과 이산화탄소와 빛과 열이 생기게 된다. 그런데 태양은 산소가 전혀 없는 우주 공간에서 어떻게 계속 타오를 수 있을까?

지구에서의 연소와 태양에서의 연소는 서로 다르다. 태양의 연소는 수소 폭탄의 연소와 유사한데, 수소가 헬륨으로 변할 때 약간은 에너지로 변한다. 그래서 태양은 산소가 없어도 끊임없이 빛과 열을 낼 수 있는 것이다.

태양이 빛나는 이유

태양의 중심압력은 1cm²당 무려 11억 톤에 달한다. 이는 원자를 찌그러뜨려 원자핵이 밖으로 드러나게 하기에 충분한 압력이다. 압력에 의하여 밖으로 드러난 원자핵은 서로 충돌하고 상호 작용하여 빛과 열을 방출하게 된다.

[지구]

축복받은 지구

아름다운 지구

달은 태양 위에 꼭 맞게 포개진다. 이는 전적으로 천문학적 우연이며 개기 일식을 가능케 한다. 지구에서 보는 달은 태양을 완전히 가리기에 충분할 만큼 크다.

또한 태양이 가려져 있는 동안 태양 표면 근처의 특별히 밝은 부분인 코로나를 완벽하게 볼 수 있도록 달은 적절히 작다. 달이 이토록 태양과 꼭 맞게 포개져야 할 아무런 천문학적 이유가 없는데, 다른 모든 혹성 가운데 지구만 이러한 축복을 누린다.

화산원추

겉으로는 웅장해 보이는 전세계의 거대한 화산원추는 사실상 대단한 것이 아니다. 단지 분화, 용암, 그리고 잿더미가 쌓여 생성된 쓰레기더미에 불과하다. 세계에서 가장 완벽한 외형을 자랑하는 화산원추는 일본에 소재한 후지야마 산이다. 화산 원추는 아주 가벼운 성분으로 만들어졌기 때문에 미세한 바람에도 표면이 쉽게 무너져 내린다고 한다.

세계는 움직인다

지구는 동시에 일곱 가지 방향으로 움직인다.

첫째, 지구는 좌축을 따라 중앙에서부터 극쪽으로 약 500야드 속도로 움직인다.

둘째, 지구는 1초당 19마일의 속도로 태양 주위로 움직인다.

셋째, 지구는 거문고성좌의 직녀성이 움직이는 방향을 따라 도는 태양을 1초당 12마일의 속도로 돈다.

넷째, 지구는 달의 중력의 영향으로 편향(偏向)된다.

다섯째, 지구는 좌축을 중심으로 태양계의 움직임에 동참한다.

여섯째, 지구는 중력에 의해 태양계 주위를 선회한다.

일곱째, 지구는 극에서 적도쪽으로 움직인다.

달의 신비

여러 차례의 달 비행으로 발견된 사실 중의 하나는 달의 표면이 고비 사막보다 약 백만 배는 더 건조하다는 것이다. 달 표면에서는 물이 있었다는 어떤 흔적도 발견되지 않았다는 것이 그 증거였다.

그러나 아폴로 15호는 달 표면에서 직경 100마일이 넘는 수증기가 있다는 사실을 밝혀 냈다. 이에 당황한 과학자들은 우주선의 물탱크에서는 그렇게 많은 양의 수증기가 발생할 수 없다는 것을 알면서도 그 수증기는 우주선에서 사용되던 물탱크가 부서져서 생긴 것이라고 해명했다.

그렇다고 그 수증기를 우주인들의 오줌으로 간주한다는 것은 더욱 말이 되지 않는 일이다. 결국 그 수증기는 달의 내부에서 발생된 것으로 판단하는 것이 가장 올바른 해석일 것이다.

달의 기원

달의 나이

● 지구 돌보다 오래된 돌

놀랍게도 달에서 유출된 99% 이상의 돌이 지구에서 발견된 것들 중 가장 오래된 돌의 90%보다 훨씬 이전에 생겨난 것이라는 사실이 밝혀졌다. 닐 암스트롱이 이 '고요한 바다'에서 주워 온 첫 번째 돌은 36억 년이나 된 것으로 판명되었다.

그러나 당시 지구에서 가장 오래된 돌은 약 37억 년 된 것이다.

그후 달에서는 각각 43억 년, 45억 년, 혹은 46억 년 정도 된 암석이 발견되었다. 이것은 이 암석이 지구와 다른 태양계가 생겼던 비슷한 시기 아니면 훨씬 이전에 생성된 것임을 의미한다.

● 53억 년이나 된 암석

1973년 열린 달 연구학회에서는 무려 53억 년이나 된 암석들이 전시되었는데 더욱더 놀라운 사실은, 과학자들의 추측에 의하면 이 암석이 가장 최근 생성된 달의 표면에서 주워온 돌이라는 것이다.

이런 모든 점을 고려하여 달은 태양이 탄생되기 훨씬 오래 전에 있었던 별 들 가운데서 생성됐다고 주장하는 과학자들도 있다.

● 여전히 수수께끼

끊임없는 과학자들의 노력에도 불구하고 아직도 달의 나이는 수수께끼로 남아 있다. 게다가 다음과 같은 사실을 알게 된다면 달에 관한 신비감은 더해질 것이다.

즉 달의 암석은 그곳에 있던 흙보다 훨씬 나중에 생성되었다는 사실이 밝혀졌다. 과학자들의 분석 결과, 달의 흙은 암석보다도 최소 10억 년 전에 생성되었다고 한다. 따라서 대부분의 경우 흙은 근처의 암반이 부서져서 만들어진 것이라는 일반적인 상식을 고려해 본다면 달의 경우를 쉽게 납득할 수 없을 것이다.

그러나 암반 과학자들은 달의 토양이 암석으로부터 생성된 것이 아니라 다른 곳에서 유출된 물질이 쌓여 생성된 것이라고 주장한다.

지구를 향해 움직이고 있는 달

달은 조금씩 지구 쪽으로 움직이고 있다. 그러나 균형을 유지하기 위해 달은 비스듬히 움직인다. 때문에 달은 아주 완전히 지구로 떨어지지 않고 밖으로 벗어나지도 않은 채 항상 지구에서 가장 가까운 별로 지구의 주위를 돌고 있는 것이다.

if —

밤과 낮이 바뀌는 순간
만약 달 위에서 자전거를 타고 간다면 그 사람은 밤과 낮이 바뀌는 그 순간을 잠시 동안 경험할 수 있을 것이다. 왜냐하면 그 순간의 속도는 시간당 16km 정도로 느리기 때문이다. 그러나 지구의 적도 부근에서 자전거를 타고 밤과 낮이 바뀌는 순간을 경험한다면 그 속도는 1,600 km나 되어 눈 깜짝할 사이에 일어날 것이다.

공룡의 멸종 이유

공룡은 2억 2천 5백만 년 전에 나타났다가 6천 5백만 년 전에 갑자기 사라져버리고 말았다. 공룡이 사라진 바로 그때 목성 궤도에 흩어져 있던 소행성들이 지구에 날아와 부딪힌 흔적이 있는데, 세계 각 곳의 바위들에서 소행성에만 있는 이리듐이라는 원소를 많이 찾아볼 수 있다. 지구와 소행성들의 충돌은 아마 지구 위의 거의 모든 생물을 멸종시킬 수 있었을 것이다.

지구와 소행성의 충돌

소행성과 지구와의 충돌 가능성

1937년 헤르메스라는 소행성이 지구와 아주 가까운 거리인 780,511km까지 접근한 적이 있다. 10만 년에 한번 정도 소행성이 지구에 부딪힌 기록이 있다고 한다.

물의 분포

지구 위에 있는 물의 97%는 바다의 소금물이고 2,8%만이 민물인데 민물 중 6%만이 액체 상태의 물이다. 즉 90% 이상이 극지방의 얼음 상태로 갇혀 있고 나머지가 대기 중의 수증기로 존재한다. 액체 상태의 민물 중 98%가 지하수이다.

지구는 둥근가?

수학자들이 쓰는 말로 지구의 모양은 편구체가 된다. 즉 지구는 아일랜드, 페루 근처의 해양지대, 남아프리카, 뉴기니 지방 네 군데가 조금씩 튀어나와 있다.

지구 무게와 조밀도

뉴턴은 지구의 무게가 6,600,000,000,000,000,000,000톤에 이르고, 조밀도는 물과 비교해 볼 때 6.5배라고 주장했었는데 실로 정확한 측정이었다. 그러나 이 사실들이 뉴턴이 주장한 뒤 100년이 지나고 나서야 비로소 증명될 수 있었다.

오늘날 밝혀진 바에 의하면 지구의 무게는 60,000,000,000,000, 000,000,000톤 이라고 한다.

지구는 푸른색

세계 최초의 우주 비행사 유리 가가린이 보스토크 1호를 타고 있을 때 어두운 우주공간 속에서 빛나는 지구의 모습을 보고 감탄하여 "가장 아름다운 지구의 모습, 지구는 푸른색이다"라고 했다. 그는 300km 위의 공간을 29,000km 속도로 1시간 48분 동안 선회하고 지구에 귀환하였다.

몸무게의 비교
만약 지구 위에서 당신의 몸무게가 170 파운드라면 달에서 25파운드, 화성에서 49파운드, 목성에서는 460파운드가 나간다.

점점 약해져 가는 지구의 자장력
지구의 자장이 점점 약해지고 있다. 오늘날 지구의 자장력은 1670년대의 총 자장보다 15%가 부족한 상태이다. 현재와 같은 감소 추세로 나간다면 3500년이나 4500년이 되면 지구의 자장력은 제로에 가깝게 될 정도로 부족해져 지구 밖의 태양열이나 힘을 저장할 수도 없게 될 것이다.

Tip
무지개의 끝
왜 우리는 무지개의 끝을 볼 수 없을까? 그 답은 간단하다. 무지개의 끝이란 애초에 없기 때문이다. 이론적으로는 무지개의 빛이 완전히 원형을 이루며 굽어지게 되어 있지만 우리가 그 원형을 다 볼 수 없는 것은 우리의 시야가 수평선에 의해 꺾이기 때문이다.

공기도 무게가 있다
960km의 높이에 1평방 인치 넓이의 공기를 달아보면 무게가 6.8kg 정도 되는데 이것은 갓난아기의 2배나 된다.

땅속 단면도

불타고 있는 땅속
지구도 땅속 6,400km 정도에 이르면 섭씨 5,000도의 불이 타오르고 있다.

지구 표면이 줄어든다
강과 바다 그리고 얼음의 움직임으로 인해 유라시아, 아프리카, 아메리카 그리고 오스트레일리아 대륙은 조금씩 침식되고 있는

데 1년에 2.59평방킬로미터당 350톤씩 깎여 내려간다고 한다.

즉 이것은 지구의 표면이 22,000년마다 10cm씩 줄어들고 있다는 것을 의미한다. 만일 이런 비율로 대륙의 침식이 계속 된다면(지구의 표면이 상승할 거라는 가능성은 일단 무시하고) 지구상의 모든 땅덩어리는 2000만 년도 못 가서 바다 수면의 높이와 같이 낮아지게 될 것이다. 이 기간은 지리학적인 견해에서 본다면 아주 짧은 시간이다.

자전 속도는 변하는가?

지구의 자전 속도는 7월말경과 8월초에 최고조에 달하며, 4월경에는 가장 낮은 수치를 보인다. 그리고 그 고저간의 차이는 0.0012초 정도이다.

그리고 1900년도 이후로 지구의 자전은 1년 단위로 1.7초씩 점점 늦어지고 있다. 지질학상의 기록으로 볼 때, 과거에는 지구의 자전 주기가 지금보다 훨씬 빨라 낮이 훨씬 짧았고, 1년이 지금의 365일보다 더 길었다는 사실에 입각해서 보면 지구의 자전 속도가 바뀌고 있다는 것은 받아들여질 만한 사실이기도 하다.

또한 3억 5천만 년 전에 1년은 400~410일이었고 2억 8천만 년 전에는 390일이었다.

폭격당하는 지구

지구는 외계로부터 오는 별똥에 매일 폭격을 당하고 있다. 대부분은 대기권에서 심한 마찰로 타 없어지고 타다가 남은 조그마한 물체만 떨어지기도 한다. 이것을 운석이라 하는데, 지구에 떨어지는 이 부스러기는 1년에 15만 톤 정도 된다. 하루에 750만 개의 별똥이 지구에 떨어지지만 공중에서 거의 다 타버리고 10개 정도만 땅에 떨어진다.

60톤짜리 운석

지구로 떨어지는 운석 중 아프리카로 떨어진 호바 웨스트 운석
이 제일 무겁다. 60톤이나 나가기 때문에 그것을 움직이는 것은
거의 불가능하다.

지구의 길이

지구 표면에서 중간 핵까지의 거리는 2,900km이고 중심 핵까지
의 거리는 4,800km 이며 또 그 한가운데까지는 6,200km이다.

괴력의 원자폭탄

34메가톤급 원자폭탄과 맞먹는 파괴력을
지닌 운석이 27,000년 전 아리조나 북부지
역에 떨어져 그 지역을 쑥대밭으로 만든 적
이 있었다. 그 운석은 일명 '그레이트 베링
커 메터 크레이터(Great Barringer Meteor
Crater)' 라는 거대한 분화구를 만들어 냈
다.

크고 작은 운석이 매일 지구를 향해 돌진하고 있지만 대기
권을 통과하는 것은 극소수다. 때때로 엄청난 크기의 운석
이 떨어져서 거대한 흔적을 남기고 있다.

칸트의 조수에 관한 견해

임마누엘 칸트는 18세기 때 "조수(tide)가
지구의 움직임을 둔화시킬 수 있다"고 주
장했다. 그러나 그의 이론은 옳았지만 안타
깝게도 당시에는 그 이론을 과학적으로 검증할 방법이 없었다.
실제로 조수는 얕은 해저바닥(특히 버링 해협과 아이리쉬 해협)
을 긁어내며 동시에 지구의 자전 에너지를 소모시켜 지구의 자
전속도를 늦추고 10만 년에 1초씩 지구의 하루 시간을 연장시키
는 효과를 가져온다. 이것은 몇 십억 년에 걸쳐 지구의 시간이 몇
시간씩 길어진다는 것을 의미한다.

인간이 갈 수 있는 가장 얕은 곳

해저선을 타지 않고 인간이 지구상에서 갈 수 있는 가장 얕은 곳은 '요단강(River Jordan)'이 사해(Dead Sea)로 들어가는 입구일 것이다. 그곳은 해저 1,290m 깊이에 위치해 있다.

2200년 전의 예언

기원전 230년 전, 그리스의 철학자인 에라도스페네스는 같은 날 다른 장소에서 태양에 반사되는 그림자들을 연구하기 위해 25,000마일의 거리까지 걸어가 그곳에서 발견된 그림자들을 기록하여 분석한 적이 있다.

강한 생명력

지구상의 모든 생명은 산소가 없는 대기 속에서도 생존, 진화해 왔다. 심지어 오늘날에도 일부 박테리아는 산소 없이 생존한다.

중력의 무기력

지구상에서 가장 큰 파괴력을 가진 중력은 역설적으로 말해 가장 약한 힘을 가지고 있다.

물은 많지만 건조한 곳

남극 대륙의 중앙계곡은 지구에서 가장 건조한 곳이지만 그 계곡에는 그 어느 곳보다 많은 물이 흐르고 있다.

고래의 지방층에 DDT가

농사에 사용된 후 바다로 쓸려나가는 살충제는 해류의 흐름을 따라 자연스럽게 해양동물들의 먹이가 된다. 실제로 과학자들은 북극에서 시작되는 동부 그린란드 해류에서 태어나 살아가는 22마리의 고래들을 해부한 결과, 그들의 내장 속에는 DDT를 포함하여 여섯 종류의 살충제들이 있다고 발표했다.

지구의 자장

지구의 자장은 적어도 171번 남북으로 바뀐다. 이것은 지구 여러 지역의 암석과 방사성 동위원소들 및 오래된 화석을 통해 검증되었다.

지역별 차이를 보이는 자전 속도

지구의 자전 속도를 보면 양극(남극과 북극)에서는 속도가 제로에서 시작되다가 적도 지점에 이르면 1,000마일 이상의 속도로 빨라진다.

인공위성이 알려주는 새로운 사실

1972년 7월 23일 발사된 ERTS(Earth Resources Technology Satellite, 지구자원 기술 인공위성) 1호 인공위성은 역사적으로 그다지 큰 업적을 남기지 못했지만 적어도 세계에서 가장 긴 아마존 강의 길이가 지도상에 나타나 있는 것보다 훨씬 길다는 것과, 아마존 강의 일부 지류는 지도에 나타난 것과 다른 방향으로 흐른다는 것을 알아냈다.

인공위성에서 본 지구

귀중한 돌

1969년에서 1972년 동안 달에 착륙했던 12명의 아폴로 우주비행사들은 달탐사 성공을 기념하기 위해 총 382kg에 이르는 달의 암석과 흙덩어리를 가지고 지구에 귀환했다. 아폴로를 제작해서 발사하기까지 미국정부가 투자한 액수가 현시가로 400억 달러나 된다는 점을 고려하면 그 달 암석과 흑덩어리의 가치는 그램당 100,000달러나 된다. 이것은 당시의 금 시가보다 수천 배나 비싼 금액이다. 뿐만 아니라 우주비행사들은 자기네들이 착륙한 여섯 장소의 달 표면에 3대의 조방기(rover vehecles)와 50톤 이상의 쓰레기들을 남기고 왔다. 아마도 아폴로호 발사는 역사상 가장 돈이 많이 든 우주탐사기행으로 남을 것이다.

98 폴 임 박사와 함께하는 책속의책

[우주]

300만 년 동안의 영광

남쪽 하늘 저 멀리에 위치해 있는 '에타카이니' 라는 별은
직경이 400,000,000마일이나 되며 중량이 태양보다 100배
더 나가고 지구로부터 7,500광년 떨어져 있다.

이 별이 차지하는 면적은 우리 태양계보다 2배가 더 크며
태양보다 650만 배나 더 밝다.

태양처럼 가벼운 별은 수백 억 년 수명을 유지하지만 에타
카이니와 같이 무거운 별은 300만 년밖에 살지 못한다고
한다. 이 별은 이미 폭발하여 현재는 존재하고 있지 않지
만 앞으로 7,000년 동안은 볼 수 있다.

에타카이니

또 태양보다 더 큰 별은 엠-클래스 수퍼-자이언트 베텔주스(M-
CLASS Super-Giant Betelgeuse)로서 그 직경이 6,400,000km로
태양보다 500배 더 크다.

이것이 '블랙홀' 이다

블랙홀에 의해 형성된 것으
로 추정되는 은하 'NGC
7742' 의 신비스런 모습이 허
블스페이스 천체 망원경에
의해 포착됐다. 과학자들은
나선형 구조의 은하계에서
노란빛을 띠고 있는 원형부
분의 중앙에 블랙홀이 존재
하고 있는 것으로 보고 있다.

블랙홀

한편 바깥의 두툼한 고리형태 부분에서는 별의 생성과정이 활발히 전개되고 있는 것으로 추정되며 이 은하의 중앙에서 바깥 고리부분까지는 약 3,000광년의 거리라고 한다.

우주선이 지구의 중력에서 벗어나려면
1초에 11km, 한 시간에 39,600km의 속도로 날아야 한다.

우주에 관한 짧은 상식
· 이 무한한 공간 속에 우주의 직경은 350억 광년이나 된다. 이것을 킬로미터로 표시하면 336,000,000,000,000,000,000,000,000km나 된다. 이런 우주와 같은 크기의 우주가 1,000,000,000,000,000,000개나 들어 있는 공간이 또 있다고 한다.

· 무중력 상태에선 뼈가 쉽게 부서진다.

· 지구 주위를 회전하는 우주 비행사들은 하루에 16번의 일출과 17번의 일몰 광경을 볼 수 있다.

· 우주는 약 800억 년의 주기로 재창조된다고 한다.

· 우주에는 약 1조가 넘는 은하계(우리의 은하계에만도 1000억 개가 넘는 별이 있다)가 있는 것으로 추산되는데, 이것은 곧 우주 전체에 있는 별의 숫자가 10^{22}개나 된다는 의미이다.

· 46억 년 전에는 달과 지구의 거리가 현재의 반 정도인 217,000km밖에 되지 않았다.

은하계

· 우주여행을 하고 나면 키가 커진다. 1974년 스카이 랩 3호를 타고 84일 동안 우주여행을 마치고 돌아왔던 4명의 우주 비행사의 신장이 여행 전보다 각각 5cm가 커져 있다는 사실이 발견되었다.

태양계의 혹성들

· 화성에는 태양계에서 가장 큰 화산 올림포스가 있는데 밑변 지름이 480km, 높이가 21,000m이다.

· 혜왕성에서는 결코 생일을 맞을 수 없다. 그곳의 1년은 지구의 165년과 같기 때문이다.

화성의 올림포스

· 명왕성의 온도는 영하 300도이다.

· 금성은 공전하는 방향으로 자전하지 않는 유일한 혹성이고, 온도는 450도가 넘는다.

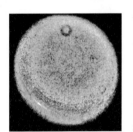

· 화성의 일부 지역에서의 오후 온도는 섭씨 27도까지 올라간다. 그러나 밤에는 섭씨 영하 88도까지 내려간다.

· 화성이 지구에 가장 가까이 있을 때의 거리는 직선상으로 5천 5백 36만km이다. 그러나 바이킹 우주선이 화성으로 가려면 타원형 궤도로 7억 4백만km를 가야 한다.

명왕성

얼음 고리

토성의 고리는 사진에서와 같이 납작하고 딱딱한 원반이 아니다. 토성의 고리는 얼음으로 둘러싸였을 것으로 추정되는 수백 억 개의 작은 돌 조각으로 이루어졌으며 두께는 겨우 16km에 불과하다. 1978년 목성과 천왕성에도 고리가 있음이 우연히 발견되었다.

토성

옆으로 누운 혹성

옆으로 누워 있는 유일한 혹성은 천왕성이다. 아무도 이에 대해 적절한 설명을 하지 못한다. 천왕성은 자전축이 98도나 기울어진 채 태양을 공전한다. 이에 비해 지구의 자전축은 23.5도, 화성의 자전축은 24도 그리고 목성은 겨우 3도만 기울어져 있다.

짧은 하루

가장 큰 혹성인 목성의 하루는 매우 짧다. 목성은 그 둘레가 지구(40,000km)보다 큰 448,000km나 되지만 자전 속도는 9시간 55분에 불과하다. 또 목성의 중심 압력은 지구 중심 압력의 3배에 해당된다(지구 중심부위의 압력은 1cm²당 4,185톤이다).

목성

세계 최고의 천문학자
칼 세이건

천문학과 예술과의 관계

천문학자들이 예술에 관심이 없다는 것은 전혀 근거가 없는 말이다. 국제우주연합회의 회원들은 금성의 분화구에 이름

1. 베토벤	9. 하이든
2. 톨스토이	10. 모차르트
3. 라파엘	11. 바흐
4. 괴테	12. 베르미키
5. 호머	13. 르누아르
6. 비야사	14. 원런
7. 로댕	15. 비발디
8. 모네	16. 마티스

을 붙이기 위한 모임에서 천문학자 칼 세이건의 주장을 받아들였다. 가장 큰 16개의 분화구에 예술가의 이름을 붙인 것이다(분화구의 규모에 따라 숫자가 커진다).

혹성 충돌의 위력

슈메이커-레비 혜성과 목성의 충돌이 1994년 7월 16일부터 시작되어 21일까지 계속되었다. 21개의 크고 작은 얼음과 암석으로 구성된 혜성, 슈메이커-레비는 총탄의 60배인 초속 60km의 속도로 목성을 향해 돌진하여 결국은 충돌하고 말았다. 이때의 폭발 위력은 수소 폭탄 100,000개가 동시에 폭발할 때 발생하는 에너지와 같다고 한다.

슈메이커 레비 혜성과 목성의 충돌 이후

다섯 번의 자전

금성은 584일마다 한 번씩 지구와 태양 사이를 지나간다. 이 기간 동안 금성은 정확히 다섯 번 자전한다. 그러므로 금성이 지구와 태양 사이를 통과할 때, 늘 금성의 같은 면이 지구로 향하게 된다.

금성

천문학자들조차도 왜 이런 현상이 일어나는지 알지 못한다. 지구의 중력이 멀리 떨어진 금성에 영향을 미쳐서 그렇다는 이야기나, 그저 우연히 그렇게 되었다는 이야기나 모두 타당성은 없어 보인다.

생물 존재의 가능성

천왕성에는 유일하게 대기가 존재하기 때문에 생물이 살 가능성을 가지고 있다. 이 혹성의 크기는 직경이 51,000km정도로 지구보다 4배정도 더 길다. 편평체로 태양을 돌고 있기 때문에 만약 인간이 살게 된다면 단 두 계절밖에 볼 수 없을 것이다.

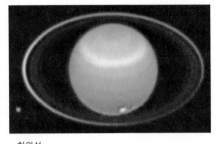

즉 42년 동안 태양이 비치는 '낮'을 경험하게 되고 다른 쪽에서는 42년 동안 얼음과 어둠이 깔린 '밤'만 경험하는 계절이 있다. 태양으로부터 2,872,700,000km 떨어져 있고 태양을 도는 데 84년이나 걸리는 이 혹성의 온도는 아직 알려지지 않고 있다.

천왕성

10여 년 걸려 만들어진 망원경

팔로마 천문대의 망원경은 1948년 록펠러 재단의 기부금으로 캘리포니아주에 건설되었다. 이 망원경을 통해 11,262,136,320,000,000,000,000km 떨어진 별을 볼 수 있다는데 무게가 무려 14.5톤이나 된다.

하지만 이 천문대보다 50%나 더 멀리 볼 수 있는 망원경이 구 소련에 있다. 직경 6m, 무게는 42톤으로 24,000km나 멀리 떨어져 있는 개미까지 볼 수 있다고 한다.

캘리포니아 팔로마산 천문대에 있는 헤일 망원경은 직경 5m, 무게 20톤의 거울로 이루어져 있다. 이 거울을 주조하여 냉각시키는데 1년이 걸렸으며, 원하는 모양대로 갈아내고 거울 표면을 처리하는 데 11년이 소요되었다.

이 모든 작업을 마치기까지 5톤의 유리가 갈려 나갔고 28,000kg의 연마제가 사용되었다.

팔로마 천문대

지구에서 가장 먼 별

우리가 지금 보고 있는 별들 중에서 가장 멀리 있는 것은 사실 236만 년 전에 존재했던 '메시에 33'이다. 이 별과 지구의 거리는 20,000,000,000,000,00 0,000km인데 1초에 300,000km씩 달리는 빛이라 해도 236만 년이 지나야 겨우 지구에 닿을 수 있기 때문이다.

메시에(messier)란 18세기 프랑스의 메시에라는 사람의 이름을 딴 것으로 그는 혜성과 비슷하게 보이는 성운과 성단을 각각 구별하기 위해서 총 110번까지 분류하여 이름을 붙였다. 그 표기는 일반적으로 M1, M2, M3…와 같은 식으로 한다.

육안으로 볼 수 있는 별

약 9,000개의 별이 맨눈으로 볼 수 있는 별이다. 그러나 언제 어디서든지 하늘의 반쪽만 보이며 지평선 부근의 별들은 지표에서 올라오는 안개 등에 가려지기 때문에 예민한 시력을 가진 사람이 구름이 없는 칠흑 같은 밤에 볼 수 있는 별은 3,000개 정도이다.

Kiss Me Right Now, Sweetheart

천문학자들은 분광법으로 별을 분류하여 이에 영어 알파벳을 하나씩 기호로 할당한다. 이렇게 분류된 별은 온도의 높이에 따라 O, B, A, F, G, K, M, R, N 그리고 S의 순으로 배열된다.

이 순서를 쉽게 기억하기 위하여 다음과 같은 문장이 고안되었다. "오, 착한 소녀가 되거라. 어서 나에게 뽀뽀해주오, 내 사랑(Oh, Be a Fine Girl. Kiss me Right Now, Sweetheart)."

가장 빨리 움직이는 별

너무 작고 희미해서 육안으로는 거의 볼 수 없지만 밤하늘에서 가장 빨리 움직이는 별은 버나드 스타이다. 버나드 스타가 보름달 주위를 한 바퀴 도는데는 약 180년이 걸린다. 그리고 11800년에 버나드 스타는 태양으로부터 3.85광년 정도 떨어진 위치에서 태양을 지나게 될 것이다.

맥동성

가장 빨리 움직이는 맥동성은 작은 여우별자리에 있는 PSRB 1397+214로 지구로부터 11,700광년 떨어져 있다.

오리온 성운

오리온 성운

오리온 별자리를 둘러싸고 있는 오리온(Orion) 성운은 육안으로도 볼 수 있는 가스와 먼지가 뭉쳐서 만들어진 거대한 덩어리이다.

그 직경은 약 30광년(290,000,000,000,000km)이 된다. 그러나 다른 성운들처럼 가스 밀도는 희박하다. 성운에서 채취된 직경 25mm 안에는 동전 1센트에 함유된 금속만큼의 물질이 들어 있다.

육안으로 보이는 가장 먼 천체

육안으로 보이는 가장 멀리 떨어진 천체는 '메시에 31'로 알려진 밝기 3.47의 안드로메다 대성운이다. 이 와상 성운은 지구로부터 2,150,000광년(약 20,200,000,000,000,000,000km) 떨어져 있으며 지구를 향하여 움직이고 있다.

가장 밝은 초신성

지금까지 밝혀진 것들 중 가장 밝은 초신성은 1006년 4월 비타 루비 근처에서 보여진 SN 1006이다. 그 밝기는 약 2년 동안 지속된다.

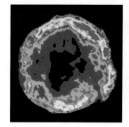

초신성

가장 멀리 떨어져 있는 은하수

지구에서 가장 멀리 떨어져 있는 은하수는 전파은하 8C1435+635이다. 1994년 '유럽남부기상대(ESO)'는 그 전파은하가 정확히 지구에서 131억 광년 떨어져 있다는 것을 밝혀냈다.

가장 밝은 물체

하늘에서 가장 밝은 물체는 준성 HI 1946+7658로 태양보다 1.5×10^{15}만큼 밝다. 지구로부터 124억 광년 떨어져 있다.

가장 가까운 별

육안으로 볼 수 있는 별들 중 가장 가까운 별은 4.35광년 떨어져 있는 '알파 센토우리'이다.

가장 큰 별

베텔구우스(알파 오리오니스)는 지구에서부터 310광년 떨어져 있다. 직경이 4억 마일인데 이것은 태양의 직경보다 500배 이상 큰 것이다. 이 별은 중앙에서부터 5천 3백억 마일까지 가스로 둘러싸여 있다.

가장 작은 별

태양보다 무려 3배나 무거운 중성자성들의 직경은 6～19마일밖에 되지 않는다.

가장 가까이 다가왔던 별

1770년 7월 2일, 시속 86,000마일로 움직이는 렉셀 혜성은 지구에서부터 745,000마일 떨어진 지점까지 가깝게 지구로 다가온 적이 있었다. 그후 1910년 5월 19일, 헬리 혜성이 지구를 살짝 스쳐 지나간 적도 있다.

은하수 M-82의 폭발

사진을 통하여 은하수 M-82를 보면 중심부에서 뭔가가 끓고 있는 모습이 보이는데 바로 폭발할 조짐을 나타내는 것이다. 아마도 아주 오랜 시간 동안 분출된 수소는 은하수 M-82의 중심부에서 바깥쪽으로 흘러가게 될 것이다. 그렇게 된다면 폭발은 1억 5천 년간 지속될 것이다.

하얀 난쟁이

하얀 난쟁이라 불리는 별 'LP327-186'은 그 크기가 미국 텍사스 주의 면적만한 규모이지만 그 별의 한 부분인 64,516cm² 조각을 지구에 옮겨 놓으면 그 무게가 1,500만 톤이 나갈 정도로 밀도가 대단히 높다.

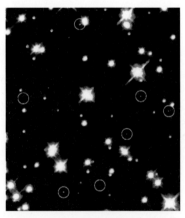

하얀 난쟁이별(원 안)

가장 어린 별

지금까지 알려진 가장 어린 별은 지구로부터 1,100광년 떨어진 'NGC 1333'으로, 성운의 먼지 속에 묻혀 있는 'IRAS4'라고 불리는 별인데 이 별이 완전히 빛을 발하려면 앞으로 100,000년의 시간이 걸려야 한다.

별들의 죽음
별들은 주기적으로 태어났다가 서서히 죽어간다.

별의 소멸

루이텐 726-8B
우리에게 알려진 것들 중 가장 작은 별은 '루이텐 726-8B'로 태양의 0.04% 정도의 크기를 지니고 있으며 거의 빛나지 않는다. 그러나 목성보다는 40배 크다.

빛조차 빨아먹는 최초의 블랙홀
백조자리(시그너스) 성운 안에 존재하는 이중성(a double star)의 중력은 매우 강력하기 때문에 그 별 근처로 지나간다면 빛조차 빨려들어가 빠져 나올 수 없을 것이다. 이 별이 바로 많은 천문학자들이 최초의 '블랙홀'이라고 여기는 '백조자리 X-1'이다.

안타레스
이 별은 태양보다 60,000배나 크다. 태양이 작은 공 크기라면 안타레스는 큰 집채만 하다.

중성자별의 무게
중성자별은 대부분 중성자인 아원자 입자들이 극도로 압축된 물질로 이루어져 있다. 만일 태양이 중성자별로 압착되어진다면 그 직경은 1,384,640km 대신 12.8km 정도로 줄어든다. 지구에서 1kg의 물체가 중성자별에서는 1/44조kg이 된다.

화성이나 프록시마 센토리에 가려면
만약 사람이 화성에서 살 수 있다면 지구를 떠나 화성까지 가는 데 1년이 채 걸리지 않는다. 그런데 태양계 바깥에 존재하는 가

화성 착륙

우주는 시작도 끝도 없이
계속해서 창조된다

장 가까운 별은 프록시마 센토리로서 4광
년 정도 떨어져 있다. 따라서 1시간에
40,000km 속도로 달리는 우주선이 그곳
에 도착하려면 7만 5천 년이 걸린다.

우주 대폭발

상상하기 힘들지만 100,000,000,000,000,000,000,000,000,000,000
℃라는 엄청난 온도는 우주 대폭발(일명 'Big Bang') 때 생긴 온
도이다.

큰 별은 일찍 죽는다

거대한 별들은 빨리 그리고 아주 격렬하
게 타는 반면 그 생명은 매우 짧다.
우리에게 Type 2 초신성이라 알려져 있
는 'Sanduleak-69도 202'의 크기는 태양
의 20배이지만 그 생명은 태양보다 짧은
1천 1백만 년밖에 되지 않는다.

반짝이는 보석의 분무

─Tip─
태양은 거기에 없다
태양은 지구로부터
92,000,000마일 떨어져
있다. 태양광선이 지구
에 도달하는 데는 8분
38초가 걸린다. 그러나
사실상 빛이 지구에 도
달하는 동안 태양은 이
미 다른 곳으로 움직이
기 때문에 우리가 눈으
로 보는 태양은 8분 38
초 전의 태양이다.

보는 것만으로 따진다면 지극히 아름다운 일이 하나 있다. 우주
선에서 석양을 향해 소변을 내버리는 일이다. 우주공간으로 배
설물이 나갈 경우 그것이 우주선에서 배출되는 즉시 수천만 조
각의 작은 얼음 결정이 되어 반짝거린다.
완벽한 진공으로 내보내어지는 배설물은 우주선보다 더 빨리,
더 위쪽 방향으로, 그리고 방사상의 반구 형태로 퍼져 나간다. 이
는 놀랄 만큼 믿을 수 없는 흐름을 연출한다. 반짝이는 보석의 분
무, 이것은 가히 장관이다.

우주인이 되기 위한 키

미국 항공우주국에서는 우주인이 될 수 있는 자격으로 첫째 키가 183㎝ 미만이라야 된다는 것을 조건으로 내걸고 있다.

화성의 바벨탑

'화성 표면에 있는 바벨탑'은 1998년 7월, 화성으로 보내진 탐사 로버트 소저너호가 NASA(항공우주국)에 보내온 사진을 통해 밝혀졌다. 주간 〈월드 뉴스〉지는 이 사진을 판독한 결과 약 210m 높이의 이 건조물은 구약성서에 설명된 바벨탑과 완벽할 정도로 똑같다고 보도했다.

키 작은 우주인

하늘의 시계 보는 법

북극성을 중심으로 맞춘 시간과 실제의 현재 시간의 오차는 불과 15분 내외밖에 되지 않는다. 북극성을 거대한 하늘의 시계라고 한다면 북두칠성은 시침을 가르친다. 북극성과 북두칠성으로 시간을 계산해보자.

북두칠성이 가르치는 방향으로 시간을 계산한 다음 그 숫자에 1월부터 그 당시까지 지난 달수를 더한다(이때 마지막 달수는 4로 나누어 계산된다). 그리고 그 총수의 배수를 17과 4분의 1에서 빼는데 만일 그 수가 16과 4분의 1보다 클 경우 그 수를 40과 4분의 1에서 뺀다. 이때 그 수는 12시 이후의 오후 시간을 가리킨다. 예를 들어 9월말에 북두칠성이 7시를 가리키고 있다고 가정해보자. 1월 1일부터 9월말까지는 8과 4분의 3이 지났기 때문에 9

─ Tip ─
빅뱅 그 이후
과학자들은 빅뱅이 일어난 직후에서부터 우주의 역사를 더듬는 연구를 시작한 적이 있다. 그 과정 중에 빅뱅 직후 한순간 중력이 존재하지 않았던 적이 있다는 것을 알아냈다. 그러나 과학자들에 의해 빅뱅 이후 10~43초 동안 중력이 사라진 적이 있다고 추측될 뿐 아직까지도 왜 이런 현상이 벌어졌는가는 풀리지 않는 수수께끼로 남아 있다.

월말을 의미하는 8과 4분의 3을 7과 더해 얻어진 15와 4분의 3을 두 배로 곱한다. 그리고 그 곱인 31과 2분의 1을 40과 4분의 1에서 빼면 8과 4분의 3이 남는데 이것은 그때의 시간이 오후 8시 45분임을 의미한다.

우주 왕복선으로 설치한 허블 망원경

미국 항공우주국(NASA)에서 만든 허블 천체 망원경의 길이는 43피트이고 무게는 12돈이나 되며 7피트 10.5인치의 반사경(reflector)을 가지고 있다.

1990년 4월 25일, 우주 왕복선에 의해 지구 궤도 안에 설치된 허블 망원경은 최첨단의 컴퓨터 기술로 우주의 모습을 정확하게 찍어내고 있다. 이 망원경을 제작, 설치하기까지에는 약 21억 달러가 소요됐다.

허블 망원경과
천문학자
에드윈 P.
허블 박사

우주의 불꽃 쇼

목성의 제1위성인 아이오(IO)에서 화산폭발과 함께 대량의 용암이 분출 되는 모습이 NASA 갈릴레오 위성에 잡혔다. NASA 관계자에 따르면 이날 찍힌 사진은 아이오에서 한꺼번에 최소한 32

개의 화산이 폭발하여 화려한 불빛을 발산한 후 스러지는 모습이라고 설명했다.

한편 이날 폭발과 함께 아이오에서는 지구상의 전력을 한꺼번에 모은 것보다 강렬한 에너지가 분출됐다.

또 다른 태양계

태양 같은 항성(恒星) 주위를 일정한 주기에 따라 공전하는 지구 같은 행성이 태양계 밖에서 최초로 관측됐다. 이는 태양계 밖에 또 다른 태양계가 있다는 사실을 최초로 증명한 것이다.

버클리 대학교의 천문학과 교수인 제프리 마시가 이끄는 연구팀이 촬영에 성공했는데 그 행성은 지구에서 153광년 떨어진 페가수스 자리의 한 별이다.

관련 분야의 연구자들은 이번 관측으로 지구 밖에 미지의 생명체가 존재할 가능성이 더 커졌다고 분석했다.

'염력'으로 여행하는 시대

공상과학소설 「스타트랙」에서나 가능했던 '양자(quantum) 속에서 염력으로 여행하는 시대'가 다가오고 있다. 이 속도는 광선보다 1억 배나 더 빠르다고 한다. 칼사건의 공상과학소설 「콘택(Cantact)」에서는 불과 5초 동안 다른 은하계에 가서 아버지(사실은 우주인)를 만나고 온다.

양자 속에서 염력으로 여행하는 시대가 오고 있다.

그곳에 누가 살까?

●파이어니어호

목성과 토성에 관한 정보를 전달해준 미국의 우주 탐사용 로케트인 파이어니어 10호와 파이어니어 11호는 우리의 태양계 궤도에서 가장 멀리 띄워진 탐사 로케트이다. 1983년 6월 13일 우주를 비행했던 파이어니어 10호는 다른 어떤 위성보다 태양계로부터 멀리 움직이는 최초의 탐사 로케트이다.

●각판의 설명

파이어니어 10호와 11호에는 우주비행 중 일어날 수 있는 사건들을 대비해 몇 개의 각판이 장착되어 있었는데 각 각판에는 태양계의 지도와 지구의 위치 그리고 인간의 모습을 그린 사진들이 새겨 있었다.

2003년에 태양계를 탐사하게 될 '제이슨2'

●외계인에 대한 인사

보이저 1호와 2호도 파이어니어 10호의 우주 비행노선을 따라 발사되었는데 보이저 1호, 2호에는 전자 입력된 지구의 사진뿐만 아니라 외계인들을 만날 때를 대비, 외계인들에 대한 인사말 그리고 지구로부터 방송되는 음악 등이 녹음되어 있었다.

●최고 속력의 우주선

파이어니어호와 보이저호들은 시속 50,000㎞의 속도로 우주를
비행했는데 이것은 당대까지 인류사상 최대의 속도를 가진 우주
선으로 기록됐다.

날아다니는 우주 파편들

1990년 초까지 약 350만개의 우주 파편들이 지구의 궤도에 진입
했다. 작게는 0.5㎜에서부터 크게는 우주선만큼 다양한 크기를
가진 그 우주 파편들의 총 무게는 3000톤이 넘는 것으로 관측되
었는데 일부 우주 과학자들은 2010년까지 우주 파편들의 무게가
12,000톤으로 증가할 것으로 예측했다.

●지구와의 충돌

반면 과학자들은 그 우주 파편들이 지구에 직접 떨어지면 그로
인해 지구가 폭발할 수도 있다는 가능성에 우려를 표명했다. 실
제로 미 항공우주국은 지금까지 약 7,000개의 우주 파편들이 지
구와 충돌해 미비하나마 여러 사건들을 일으켰다고 발표했다.

●우주선 유리에 금이 가다

1983년 미국 우주왕복선 '챌린저호'의 바람막이 유리
는 시속 36,000㎞의 속도로 날고 있었던 우주 파편에
맞아 0.2㎜ 정도 금이 간 적이 있었다. 이에 대해 우주
과학자들은 미국이 수억 달러를 들여 만든 챌린저호
가 최소한 3.9인치 이상의 우주 파편과 충동할 경우,
파괴될 수 있는 가능성은 1퍼센트라고 예측했다.
이와 관련하여 우주 항공제작 전문가들은 고성능의
레이저를 사용하면 이러한 불상사를 막을 수 있다고
주장한 바 있다.

지구는 고독하지 않다

● 혜성

· 혜성은 이심권(편심궤도)을 그리며 태양 주위를 돈다.
· 직경 10km 정도인 혜성은 냉동가스와 먼지 파편들로 이루어져 있다.
· 혜성의 꼬리는 언제나 태양에서부터 반대편으로 떨어져 있다.
· 혜성은 에드몬드 헬리(1656-1742년)에 의해 처음으로 발견되었고 혜성이란 이름도 그의 이름을 따서 명명된 것이다.
· 헬리 혜성의 이름이 가끔 마크 트웨인의 이름과 연관되어 불리는 것은 혜성이 하늘에서 빛날 때 마크 트웨인이 태어났고 그가 죽었던 1910년에도 혜성이 지구의 하늘 아래 모습을 나타냈기 때문이다.
· 헬리 혜성은 정확히 77년만에 한번씩 나타난다.

은하수

● 겔럭시
밀키 웨이라고도 불리우는 겔럭시는 약 1,000억 개의 별들로 이루어진 은하계이다. 그 중 약 10억 개의 은하수들은 캘리포니아의 팔로마 산 실험실의 천체 망원경을 통해 보여지지만 실제로 10억 개란 숫자는 우주에 떠있는 은하수들의 수에 비하면 아주 작은 숫자에 불과하다. 실제로 천문학자들은 은하수가 우주에 수없이 많다고 한다.

● 유성
중력에 의해 지구의 하늘 아래 잠깐 나타났다가 사라지는 유성은 초당 45마일의 속도로 움직인다. 대기권대의 공기 마찰로 인한 고온 때문에 유성은 지구에 떨어지기도 전에 사라진다. 지구에 떨어진 유성은 유성체 혹은 운석이라고 불리우며 지구에 떨어질 때, 뒷부분에 불같이 작렬하는 꼬리를 남긴다고 해서 '나는 별' 이라고 불리기도 한다

●신성

정체를 알 수 없거나 혹은 이전에 발견된 적이 있는 별이 갑자기 이글거리는 빛을 내뿜고 빛난다고 하여 우리는 그 별을 신성(新星)이라고 부른다. 신성은 몇 달에서부터 몇 년까지 지구의 하늘 위에 떠 있다가 사라진다.

●소행성

소행성은 화성과 목성의 궤도 사이를 도는 행성들이다. 확인되지는 않았지만 18세기 말 천체학자 '보드' 는 화성과 목성 사이에 행성이 있다고 예언한 적이 있다.

그리고 그의 이론을 기초로 하여 이탈리아의 천체학자인 지우세피 피아지는 1801년 첫 소행성인 세레스를 발견했다. 직경 480마일인 세레스는 소행성들 중 제일 크다. 그러나 대부분의 소행성들은 직경이 몇 마일밖에 되지 않는 바위조각들에 불과하다.

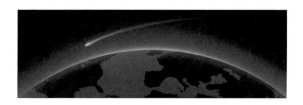

●블랙홀

블랙홀은 중력이 붕괴된 결과로 생기는 강력한 중력장을 가지는 천체이다. 천체학자들은 우리 은하계에만 약 10억 개의 블랙홀이 존재하며 블랙홀이 우주에서 차지하는 비중은 90퍼센트에 이른다고 주장하고 있다.

●혹성

별들의 궤도를 도는 어두운 별들을 혹성이라고 한다. 우리의 태양계는 9개의 혹성으로 이루어져 있다. 지구도 그 중 하나다.

●초신성

초신성이란 무거운 별이 진화하다가 마지막에 이르러 폭발하는 천체를 말한다. 천문학자들이 은하단에서 초신성을 찾는 이유는 초신성의 밝기가 변하는 특성을 연구해 은하단까지의 정확한 거리를 측정하고 은하단 형성의 미스터리를 풀기 위함이다. 또한 우주가 팽창할지 수축할지를 밝히는데 도움이 된다고 한다.

이러한 초신성은 태양보다 1,000만 배에서 10억 배만큼 밝다. 우리가 오늘날 알고 있는 크렙 니블라(Crab Nebula)는 1054년 7월 4일에 처음 발견된 초신성의 파편이다.

크렙 니블라는 2년 동안 밝은 빛을 내며 하늘에 떠 있었기 때문에 육안으로도 보일 정도였다.

그리고 나서 눈 깜짝할 사이에 사라졌는데 이를 두고 당시의 많은 유럽인들은 밀레니엄 시대가 끝나고 곧 심판의 날이 온 것이라고 여겼었다.

●맥동성

맥동성은 초신성 등의 폭발로 남은 찌꺼기들이 모여 형성되는 전파를 띈 천체들의 하나이다. 첫 맥동성이 1967년 발견되었을 때, 그 맥동성은 규칙적인 속도로 움직였기 때문에 지구에서는 이것을 사람이 살고 있는 다른 별에서 보내는 전파라고 받아들였다.

●준성

준성은 미국의 LA만한 대도시를 하늘에서 내려다보았을 때 보이는 불빛 정도의 빛을 낸다. 준성의 크기는 다른 큰 별 정도에 지나지 않지만 크기에 비해 수천 개의 은하수들이 내는 빛을 합친 것만큼 환하게 빛을 낸다.

처음에 발견된 OQ172는 지구에서 가장 멀리 떨어져 있는 준성으로 약 100억 광년만큼 떨어져 있다.

● 위성

행성의 주위를 도는 천체를 위성이라고 한다. 위성들은 직경 5마일의 데이모드(화성의 위성)에서부터 직경 3,120마일의 게니미드(목성의 위성)에 이르기까지 다양하다. 수성의 직경은 불과 3,000마일에 불과하다.

● 별

스스로 빛을 내는 가스덩어리로 우리 지구도 하나의 별이다.

우주 관광

우주관광 수요는 분명히 존재하고 우주여행을 가능케 할 테크놀러지도 개발된 상태이기 때문에 엉뚱한 발상이 아니다.

네덜란드의 미르사가 러시아의 미르 우주정거장을 상업용 우주관광지로 개발하는 방안을 제시해 주목을 끌었다.

스페이스 어드벤처스사는 러시아 첨단 전투기인 미그 25를 이용해 지상 8만 5천 피트까지 올라가는 프로그램을 개발했는데 이미 144명이 9만 8천 5백 달러에 예약을 마친 상태이다.

화성에
여행 간 사람들

제 4 장
신비로운 수학과 숫자의 세계

신비로운 수학의 세계

0에서부터 셀 수 없는 수까지

인도인들은 하늘에서 반짝이는 별들을 보고 0이라는 숫자를 발견해냈다.

· 미국의 억만장자 빌 게이츠는 하루에 1억 달러씩 재산이 늘어난다고 한다. 그가 10년 내에 조만장자가 되어 Trillion의 재산을 가지게 될 것이라고 예측한다.
만약 이 돈을 1000원짜리 지폐를 펴서 이 숫자대로 놓는다면 지구에서 태양을 가고도 35,000,000마일을 초과하는 96,907,000마일의 거리까지 갈 수 있다. 1990년도 미국의 총 예산은 $1Trillion이었다.

· 미국의 밀리온(Million)은 영국의 밀리온과 같으며 6개의 0을 갖는다. (1,000,000)

· 미국의 빌리온(Billion)은 영국의 천밀리온과 같으며 9개의 0을 갖는다. (1,000,000,000)

· 미국의 트릴리온(Trillion)은 영국의 빌리온과 같으며 12개의 0을 갖는다. (1,000,000,000,000)

· 미국의 퀸틸리온(Quintillion)은 영국의 트릴리온과 같으며 18개의 0을 갖는다. (1,000,000,000,000,000,000)

· 미국의 섹틸리온(Sextillion)은 영국의 천 트릴리온과 같으며 21개의 0을 갖는다. (1,000,000,000,000,000,000,000)

· 미국의 셉틸리온(Septillion)은 영국의 쿼드릴리온과 같으며 24개의 0을 갖는다. (1,000,000,000,000,000,000,000,000)

- 미국의 옥틸리온(octillion)은 영국의 천 쿼드릴리온과 같으며 27개의 0을 갖는다. (1,000,000,000,000,000,000,000,000,000)
- 미국의 노닐리온(nonillion)은 영국의 퀸틸리온과 같으며 30개의 0을 갖는다. (1,000,000,000,000,000,000,000,000,000,000)
- 미국의 데실리온(decillion)은 영국의 천 퀸틸리온과 같으며 33개의 0을 갖는다. (1,000,000,000,000,000,000,000,000,000,000, 000)

" Centilion – 일반적으로 받아들여지는 가장 큰 수는 센틸리온(centilion)이다. 미국에서 센틸리온은 303개의 0이 뒤따르고 영국에서는 600개의 0이 뒤따른다. "

구골플렉스(googolplex)

1 뒤에 0이 100개가 있는 수는 - 미국에서는 두오트리긴틸리온 (Duotrigintillion), 영국에서는 10,000 섹스데실리온(sexdecillion)이라 불린다 - 미국의 수학교사인 에드워드 캔스너 박사가 만들어 낸 용어인 구골(googol)로 알려져 있는데, 캔스너 박사는 1 뒤에 구골 개의 0이 있는 수를 구골플렉스(googolplex)라고 명명했다.

체스 게임에 얽힌 재미있는 전설

옛 동부 인디아의 한 군주는 체스 게임을 몹시 즐겨하여 그 게임을 만든 노예에게 소원을 한 가지 들어주겠다며 원하는 것을 물었다.

그러나 그 노예 소년은 체스판 위의 한 네모칸 안에 낱알을 한 개 놓으면 그 다음 네모칸에는 2알, 다음에는 4알씩으로 매번 바로 전에 놓인 알 수의 두 배를 놓아 체스판의 네모칸들을 다 메우게 되었을 때 그 놓아진 낱알들을 모두 달라고 요구했다.

이를 대수롭지 않게 여긴 군주는 그 노예의 제의를 흔쾌히 수락했다.

그러나 계산해본 결과 설사 그 군주가 그 나라의 모든 땅을 소유하여 전부 밀농사를 짓는다고 해도 그 소년의 소원을 들어준다는 것은 불가능하다는 것이 밝혀졌다.

그 총 밀알의 수는 '18000000446074400000073709551615' 이다.

10센트인가 1달러인가?

10센트와 1달러 지폐 중 어떤 것이든 한 배럴(31.5겔론)만큼 가질 수 있다면 어떤 것을 선택하시겠습니까? 10센트를 선택하십시오.

만일 한 배럴(높이 4피트, 직경 2피트)이 있다면 그 안에 쌓이는 돈의 양은 각각 다음과 같다.

10센트	$ 96,536.00
25센트	$ 87,975.00
50센트	$ 86,100.00
1달러	$ 84,670.00

그렇다면 하프 더즌(6) 더즌 달러와 식스(6) 더즌 더즌 다임 중에는 어떤 것을 가지기 원하십니까? 마찬가지로 10센트를 선택하십시오.

하프 더즌 더즌 달러 (half-dozen dozen dollar) -- $ 72
식스 더즌 더즌 다임(Six dozen dozen dimes) -- $ 86.40

5센트의 손해

A는 30개의 사과를 가지고 있다. 그리고 그 사과들을 2개당 5센트로 팔았다면 총 판매수익은? 75센트

B는 30개의 사과를 가지고 있다. 그리고 그 사과들을 3개당 5센트로 팔았다면 그 총수익은? 50센트

따라서 A와 B가 판 총액은 75센트 + 50센트 = 1.25달러

그러나 A와 B가 가지고 있던 사과들을 합하여 그 사과들을 5개당 10센트에 팔았다면 총 판매수익은? 1.20달러
따라서 각자 팔았을 경우보다 5센트 손해이다.

우주의 만곡

우주에 대한 개념은 오직 수학적인 범위 내에서만 유한한 것으로 표현된다. 아인슈타인, 민코우스키와 다른 과학자들은 우주는 유한하지만 끝없는 무한의 세계라고 말한 바 있는데 이것은 우주 속에서 비행하는 모든 것은 원래의 자리로 돌아오지 않는 데에 기인한다. 우주가 유한하다는 개념은 유클리드 기하학에서 발견해낸 사실 이외에도 바로 그 유명한 '우주의 만곡'이란 원리에 잘 나타나 있다.

'우주의 만곡' 이론에 따르면, 우주에서의 어떤 직선도 길이가 무한하지 않기 때문에 결국에는 본래의 자리로 되돌아온다고 한다. 그리고 원래의 지점으로 돌아오기 전에 직선상에서 움직이는 물체의 길이는 500,000,000,000광년(3×10^{24}마일)으로 추측되어 왔다.

숫자는 거짓말을 하지 않는다

숫자는 인간의 능력으로는 해결할 수 없는 마력을 지니고 있다. 숫자는 어떤 천재라도 풀 수 없는 불가사의한 힘을 가지고 있기 때문이다.

숫자는 거짓말을 하지 않지만 그 무한한 마력은 마치 사람을 속이는 것처럼 보인다. 특히 기하학적인 수열과 일반적인 치환으로 얻어질 수 있는 수의 한계는 인간의 능력으로서 풀 수 없는 수수께끼로 남아 있다.

파이보나치수열

수학에서 파이보나치수열이란 각 숫자가 그 앞에 온 숫자를 합한 것과 같은 것을 나열한 것이다. 1+1=2, 1+2=3, 2+3=5, 3+5=8, 5+8=13, 21, 34, 55, 89, 144. 이 파이보나치수열은 식물학자들에게도 중요한 이론으로 등장했다. 나뭇잎들이 보통 줄기를 중심으로 하여 나선형으로 나 있다. 식물에 따라서 인접한 나뭇잎끼리 그 각도가 다양하다. 보리스 A. 코르뎀스키에 의하면 이 인접 각도는 주로 360도를 분할하여 나타내고 있다고 한다. 보리수나무와 느릅나무에서는 그 차이가 1/2이고 너도밤나무는 1/3이며, 오동나무, 체리나무는 2/5이며 포플러와 배나무는 3/8이며 버드나무는 5/13이다. 각 나무의 가지마다 잎사귀가 이 각도를 정확하게 지켜서 싹이 나고 꽃도 핀다.

가장 난해한 퍼즐, 브라흐마의 피라미드

● 64개의 원판을 2개의 말뚝 중 하나에 옮겨 쌓기
하나의 원판을 한 번씩 옮기되 항상 작은 원판이 큰 원판 위로 올라가거나 비어 있는 말뚝으로 옮겨져야 한다.

가능한 일이다! 하지만 시작하지도 말라. 왜냐하면 하나의 원판을 1초 동안에 옮길 수 있다고 해도 그것을 다 옮겨놓으려면 588,000,000,000년이라는 세월이 걸리기 때문이다.

순금으로 만들어진 이 피라미드는 인도의 베나레스 지방에 실제로 있었던

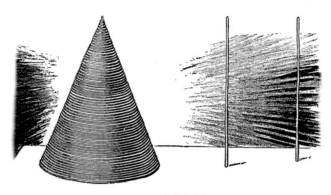

숫자의 세계

것으로서 바라문 사제들이 3,000년 동안 그 원판을 옮기는 작업을 해오고 있었다. 바라문은 힌두교의 최상급에 속하는 계급으로서 그 당시 인도 사회에는 이 계급층에 속하는 인구가 230,000,000명이 되었다.

갠지스 강변에 자리잡고 있는 인도의 성지 베나레스는 지구상에서 가장 흥미로운 장소 중의 하나라고 할 수 있다. "베나레스는 모든 순례자의 덕행이 모여 있는 장소이며 어떠한 신앙을 가진 자, 또는 어떠한 악행을 저지른 자거나 이 베나레스를 둘러싸고 있는 판치 코시 길 안에서 죽는 모든 사람은 곧장 천국으로 올라간다"고 전해오고 있다.

베나레스를 구경한 사람들은 많지만 이 브라흐마의 피라미드를 직접 본 사람은 극히 드물 것이다. 아마도 어느 깊숙한 장소에 숨겨져 있기 때문일지도 모르며, 소문에 의하면 그 장소는 기안 컵(Gyan Kup : 지혜의 우물)이 있는 사각형 골든 템플의 지붕 밑이라고 한다.

원판을 다른 말뚝으로 옮기는 이러한 작업은 인도의 신인 시바의 명령이었으며 그는 이 작업이 끝나는 날에 세상의 끝이 올 것이라고 예언하였다. 지난 3,000년 동안 바라문의 승려들이 이미 이 작업을 착수하였다고는 하지만 그것이 완성되는 데 걸릴 시간에 비하면 시작이라고도 할 수 없다. 이것은 수학적으로 계산하면 2^{64}이 되기 때문이다. 즉 이 브라흐마의 피라미드를 완전히 다 옮겨 놓으려면 18,446, 744,073,709,551,615번의 옮김이 필요하다는 뜻이며 한번의 옮김에 1초를 소비한다고 해도 바라문의 후손들이 이 작업을 끝마치려면 적어도 588,000,000,000년이 걸리게 된다.

수학의 신동들

● 유클리드
실재로 유클리드는 '유클리드 기하학'의 어떤 이론도 연구한 적이 없었다. 단지 다른 학자들의 연구를 수집했을 뿐이다. 유클리드는 당시에 알려진 기하학의 이론들을 아주 논리 정연하게 열거해 놓았기 때문에, 그 원론들은 어떤 반박이나 개선 없이 완전한 기하학의 원리로 받아들여졌다.

● 피에르 부게르
조도(빛의 밝기)를 최초로 측정한 과학자들 중 한 사람인 프랑스의 수학자 피에르 부게르(1698~1758)는 열다섯 살 때 파리의 수로측량 학교의 교수가 되었다. 그는 이미 열 살 때 그의 선생님들에게 수학을 가르쳤다고 한다.

● 사쿤달라 데비라
인도에서 태어난 사쿤달라 데비라는 여성은 1980년 6월 18일 영국의 임페리얼 대학 컴퓨터 연구소팀이 무작위로 뽑은 두 개의 13단위 숫자를 서로 곱하는 문제(7,686,369,774,870×2,465,099,745,779)를 풀기 위해 도전하였는데, 불과 28초만에 18,947, 668,177,995,426,462,773,730이라는 정답을 얻었다.
수학적 두뇌를 연구하는 일부 전문가들은 그녀의 계산 능력이 이제까지의 어떤 천재들의 수학 능력과도 비교할 수 없이 월등히 높기 때문에 기존의 기준으로 그녀의 두뇌 능력을 판단하기가 불가능하다고 주장했다.

● 트루만 헨리 새포드

새포드는 속셈 분야의 어린 신동 중 교육에 의해서 그 재능이 완전히 무디어지지 않은 특별한 경우에 속한다. 하버드를 졸업한 새포드는 천문학에도 재능을 나타냈지만 그의 수학적 천재성은 어릴 때만큼 뛰어나지 못하였다. 새포드가 성장하면서 보인 계산력에 감탄한 가족은 그가 10살 되던 해에 처음으로 천재성을 인정받기 위한 공식 테스트를 받게 했다. 다음은 새포드의 천재성을 증명하기 위한 질문 중 일부이다.

…7자리 수의 3제곱에 대한 질문을 즉석에서 대답
…경사면의 경사 높이가 17피트, 한 변의 길이가 33.5피트인 오각형 밑면으로 이루어진 피라미드의 표면적을 새포드는 2분 동안 골똘히 생각한 후에 3354.5558 평방 피트라고 계산해냈다.

체스 게임

체스말을 한번 움직일 때 선택할 수 있는 가능성은 30번이며 상대편은 각각의 30번에 마찬가지로 30번씩 체스말을 움직일 수 있기 때문에 단 한 번의 체스말을 움직일 때 일어날 수 있는 가능성의 횟수는 1,000번이 된다. 다른 체스말을 움직일 때도 1,000번의 횟수가 뒤따른다.

따라서 컴퓨터로 계산해 보면 체스말을 25번 움직이는 게임시 일어날 수 있는 그 횟수는 무려 10의 75승이 된다. 그리고 설사 컴퓨터로 각 초당 1백만 번의 움직임을 계산할 수 있다 하더라도 한 게임에 해당되는 체스말의 움직임을 계산하는 데는 10의 69승 초가 걸린다.

흥미로운 합계

$$1 \times 8 + 1 = 9$$
$$12 \times 8 + 2 = 98$$
$$123 \times 8 + 3 = 987$$
$$1234 \times 8 + 4 = 9876$$
$$12345 \times 8 + 5 = 98765$$
$$123456 \times 8 + 6 = 987654$$
$$1234567 \times 8 + 7 = 9876543$$
$$12345678 \times 8 + 8 = 98765432$$
$$123456789 \times 8 + 9 = 987654321$$

$$9 \times 9 + 7 = 88$$
$$98 \times 9 + 6 = 888$$
$$987 \times 9 + 5 = 8888$$
$$9876 \times 9 + 4 = 88888$$
$$98765 \times 9 + 3 = 888888$$
$$987654 \times 9 + 2 = 8888888$$
$$9876543 \times 9 + 1 = 88888888$$
$$98765432 \times 9 + 0 = 888888888$$

$6539477124183 \times 17 \times 1 = 1111111111111111$

$6539477124183 \times 17 \times 2 = 2222222222222222$

$6539477124183 \times 17 \times 3 = 3333333333333333$

$6539477124183 \times 17 \times 4 = 4444444444444444$

$6539477124183 \times 17 \times 5 = 5555555555555555$

$6539477124183 \times 17 \times 6 = 6666666666666666$

$6539477124183 \times 17 \times 7 = 7777777777777777$

$6539477124183 \times 17 \times 8 = 8888888888888888$

$6539477124183 \times 17 \times 9 = 9999999999999999$

$$1 \times 9 - 1 = 8$$

$$21 \times 9 - 1 = 188$$

$$321 \times 9 - 1 = 2888$$

$$4321 \times 9 - 1 = 38888$$

$$54321 \times 9 - 1 = 488888$$

$$654321 \times 9 - 1 = 5888888$$

$$7654321 \times 9 - 1 = 68888888$$

$$87654321 \times 9 - 1 = 788888888$$

$$987654321 \times 9 - 1 = 8888888888$$

$$1 \times 9 + 2 = 11$$

$$12 \times 9 + 3 = 111$$

$$123 \times 9 + 4 = 1111$$

$$1234 \times 9 + 5 = 11111$$

$$12345 \times 9 + 6 = 111111$$

$$123456 \times 9 + 7 = 1111111$$

$$1234567 \times 9 + 8 = 11111111$$

$$12345678 \times 9 + 9 = 111111111$$

달러와 13

달러

미화 1달러의 지폐 무늬를 만들어낸 디자이너들은 '13'이란 숫자를 전혀 두려워하지 않은 것 같다.

뒷면에 '13'층짜리 피라미드가 있고, 그 피라미드 위에 있는 'annuit coeptis(신은 우리를 도와주신다)'라는 글귀도 13개의 알파벳으로 이루어져 있다. 또한 독수리의 부리가 물고 있는 리본에 쓰여진 'Epluribus unum(다수로써 하나를 이룬다)' 역시 13개의 알파벳이다. 독수리의 머리 위에도 13개의 별이 있고, 방패 위에 13개의 세로줄이 그어져 있으며 독수리의 왼쪽 발톱에는 13개의 화살이, 그리고 오른쪽 발톱에는 13개의 잎이 달린 올리브 나뭇가지가 쥐어져 있다.

솔로몬은 몇 마리의 말을 가지고 있었는가?

열왕기상에서는 40,000마리라고 하고, 역대하에서는 4,000마리라고 한다.

당신은 다음 문제의 답을 맞출 수 있겠습니까?

• $9^{(9^9)}$

9의 9승을 한 값을 9에 승하면 얼마나 될까? 이것은 387,420,489에 9승한

값으로 3자리 숫자로 얻어낼 수 있는 가장 큰 수이기도 하다. 그리고 그 수는 3억 6천 9백만 자릿수인데 5자릿수의 길이를 1인치로 친다면 그 숫자들을 다 쓰고 나면 총 길이는 1,164마일이 될 것이다. 이것은 보통 인간의 수명을 기준으로 할 때, 한평생을 바쳐도 완성할 수 없는 작업이다.

마력의 세븐

7은 성스러운 숫자이다. 천지를 창조하는 데는 7일이 걸렸고, 일주일은 7일이다. 그리고 매 7년째는 안식년이고 7년씩 7번이 지난 다음해는 요벨의 해가 된다. 이 외에 7개의 성경, 아시아의 7개 교회, 7죄악, 7덕목, 7감각, 성모마리아의 7가지 슬픔, 7가지 기쁨, 불교의 7덕목 등이 있다.

또한 에녹(Enoch)은 아담의 7대손이고 예수는 아담의 77대손이다. 예수는 십자가에 7시간 동안 매달려 있었으며 7번 재림했다. 그리고 7일 후에 성령을 보내셨다. 또한 7가지의 원색, 7개의 별들, 7음조가 있다.

예로부터 7번째의 아들은 현인이라고 했으며 그 7번째 아들의 7번째 아들은 병을 고치는 의술을 가지고 태어난다고 했다.

> **요벨의 해** – 구약의 이스라엘이 출애굽하던 해부터 계산하여 50년째 되는 해(희년)를 의미한다. 이 해에는 노예가 해방되고 남의 손에 들어간 토지는 원래의 주인에게 돌아간다. 그러나 이 법은 한 번도 시행되지 못했다.

완전한 숫자 6

그리스인들은 숫자 6을 최초의 완전한 숫자라고 하였다. 왜냐하면 6 자신은 뺀 나머지 모든 제수(除數 : 나눗수)를 합한 것이 6이기 때문이다.

즉 6을 나눌 수 있는 숫자란 1, 2, 3인데 1+2+3=6이다.

처음 그리스인들이 이를 알아냈던 때부터 컴퓨터가 이를 위해 쓰이던 1952년 사이에 2000년이라는 세월이 지났고, 이때까지 수학자들은 완전한 숫자를 11개 더 발견하였다. 그런데 오늘날 우리에게 알려진 완전한 숫자는 24개이다.

성경의 숫자 '40'

성경은 40이라는 숫자에 어떤 고정관념이 있는 듯하다. 노아의 홍수 동안 40일 밤낮으로 비가 내렸고, 모세는 시내산에서 40일 동안 있다가 내려왔다. 또 출애굽한 이스라엘 백성들은 광야에서 40년 동안 있었다. 예언자 엘리야는 광야에서 40일을 지냈고, 예수도 40일 동안 광야에서 금식하였다.

'3' 과 인연이 있는 비스마르크와 토마스 제퍼슨

제퍼슨

'3' 개의 학교를 거친 비스마르크는 '3' 개국의 대사직을 역임하였고 '3' 명의 왕을 모시는 동안 '3' 번의 전쟁을 치렀으며 평화조약에 서명한 것이 '3' 번이 되며 '3' 개국 동맹군을 결성하였고 '3' 개의 이름(비스마르크, 스콘 하우젠, 라우엔버그)과 '3' 개의 호칭(백작, 공작, 왕자)을 갖고 있었으며 '3' 번의 암살 위기를 넘겼고 사임을 '3' 번 했으며 '3' 명의 자녀를 두었다. 그리고 그의 코트 소매에는 '3' 개의 상수리 잎에 둘러싸인 '3' 잎의 클로버가 수놓아져 있다.

미합중국의 '3' 번째 대통령이었던 토마스 제퍼슨은 그의 형제 중 '3' 번째로 태어났으며, 그의 가문의 '3' 번째 토마스였다. '3' 개의 학교를 다녔던 그는 '33' 세에 독립선언문을 작성하였으며 미합중국의 '3' 번째 사령관으로 임명되었고, '3' 번째 프랑스 대사로 임명되어 '3' 년을 근무하였다.

토마스 제퍼슨은 미 철학 협의회의 '3' 번째 회장직을 겸임하고 있었다. 토마스 제퍼슨이 싫어하는 것에 '3' 가지가 있었는데, 그것은 맹목적인 충성과 고상한 것과 열광적인 맹신이었고, 그가 일생동안 사랑하던 '3' 가지 예술은 건축과 미술과 음악이었다.

그는 후손들이 기억해주기를 바라는 '3' 가지 업적을 자신의 비문에 넣어주기를 원했는데 그것은 '독립선언문' 과 '버지니아 주의 모습' , 그리고 '버지니아 대학' 이었다.

숫자 9의 비밀

'9'는 모든 숫자들 중에서 가장 신비한 현상을 만드는 숫자이다.

'9'는 다양한 의미를 가지고 있다. 히브리어에서는 불가사의한 힘을 상징하는 숫자이고, 기독교에서는 삼위일체(성부, 성자, 성령)의 삼위를 나타내며, 그리스어에서는 완전함을 의미하는 숫자이다. 그리고 산스크리트어에서는 최상급의 최상급을 의미한다.

9개의 하늘들과 9계급의 천사들, 9개의 혹성들, 9명의 뮤즈 신들, 9개의 십자가들, 9인의 명사들, 문장이 새겨진 9개의 왕관들, 9개월간의 임신, 9개의 머리를 가진 히드라, 9칸의 지옥, 9일간의 경이로움, 9일간의 굴욕, 현대에서의 99년간의 임대 계약, 고대에서의 999년간의 임대 계약이 있고, 이것 외에도 9가닥의 채찍(매듭이 있는 아홉 줄의 끈을 손잡이에 묶은 채찍)은 제재와 속죄를 상징한다.

그리고 고대인들은 숫자 9는 결코 다른 숫자에 의해 소멸되지 않는 신비한 숫자임을 인정했다. 즉 어떤 수학적인 계산에서 9가 인수로 이용될 때, 9는 언제나 합계에 나타난다.

> " 히드라 – 헤라클레스가 물리친 머리 9개의 뱀 "

이상한 숫자들

· 숫자와의 재미있는 게임을 시작해보자. 우리가 1, 2, 3, 4, 5, 6, 7, 9의 숫자를 가지고 있다고 가정해 보자. 그리고 그 중 어떤 숫자를 뽑은 후 그 숫자에 9를 곱해 보자. 이를테면 4를 뽑아 9를 곱하면 36이다. 그리고 12,345,679에 36을 곱하면 곱은 444,444,444가 된다.

여기서 문제의 열쇠는 9이다. 즉 9를 제외한 어떤 한 자리 숫자를 9와 곱한 후 다시 12,345,679와 곱하면 그 값은 그 때마다 뽑았던 숫자가 연속된 아홉 자릿수의 숫자를 얻게 될 것이다. 그러나 12,345,679의 숫자에는 8이 없음을 기억하라.

· 이제 다른 게임을 해보자. 1에서 100까지 두 개의 숫자를 선택하라. 그리고 그 숫자의 자릿수를 바꾼 후 본래의 숫자와 자릿수를 바꾼 숫자 중 큰 수에서 작은 수를 빼라. 그러면 결과는 언제나 9이거나, 혹은 9의 배수일 것이다. 37을 예로 들어보자. 자릿수를 바꾸면 73이고, 73에서 37을 빼면 답은 36이다. 이때 36은 9의 배수이지 않은가!

숫자와 통계학

서기 800년경 인도인들은 숫자의 기준을 10단위, 즉 1, 10, 100 등으로 표기하는 근대식 10진법을 고안해 냈다. 그리고 0(제로)을 고안해 냄으로써 그들은 그동안 복잡하고 모호했던 계산법을 단순화시켰다.

그들에게 있어서 0을 포함시키지 않았던 로마의 숫자 체계는 계산을 더욱 복잡하게 만들었던 것이다. MXC(1000+(100-10))에 CIV(100+(5-1))를 더하는 셈과 1090에 104를 더하는 셈을 비교해 보자. 후자가 더 간단하지 않은가!

유대인의 수 개념

· 솔로몬은 짐꾼 7,000명과 돌을 깨는 사람 8,000명을 거느렸다.
· 솔로몬은 봉헌식과 친교제를 드리기 위하여 수소 22,000마리와 양 120,000마리를 바쳤다.
· 아담은 930년을 살았다.
· 셋은 912년을 살았다.
· 에노스는 905년을 살았다.
· 게난은 910년을 살았다.
· 마할랄렐은 895년을 살았다.
· 야렛은 962년을 살았다.
· 에녹은 365년을 살았다.

· 므두셀라는 969년을 살았다.
· 라멕은 777년을 살았다.
· 라멕이 아들을 낳았을 때는 182세였다.

신비한 숫자들

고대로부터 현대에 이르기까지 숫자에 대한 신비주의가 존재해 왔다. 숫
자 체계의 규칙성과 순서에 고대의 미신을 믿는 사람들은 어떤 마술적이
고 초자연적인 힘을 부여했던 것 같다. 따라서 1이라는 숫자는 그리스의
철학자인 피타고라스의 시대에 있어서 모든 사물이 공통적으로 가지고 있
는 숫자로 여겨졌다. 1이 모든 숫자의 처음이기 때문에 피타고라스가 1을
모든 사람의 근본이라고 믿는 것과 같은 이치이다.

4는 서양에서는 오랫동안 완전한 숫자로 여겨왔기 때문에 인간의 영혼과
밀접한 연관이 있다고 생각했고, 5는 어떤 신비함을 보존하는 근본이 되
는 수로 여겨졌다.

그러나 3과 7은 항상 신비함 속에 가려져 왔다. 3과 7은 첫 번째 소수이
다. 즉 1과 자신의 수를 제외하고는 어떤 인수도 포함하지 않는 수라는 뜻
이다.

또한 3과 7 모두 홀수이다. 어떻게 그런 미신이 생겨났는지 모르지만 3과
7이라는 숫자는 인간의 역사 속에서 어떤 초자연적인 현상과 밀접한 연관
이 있었다.

예를 들면 세계 7대 불가사의, 그리스 7현인들, 7개의 혹성(그 당시 2개의
혹성은 발견되지 않았었다), 음악에서의 7음계, 3인의 현인, 기독교의 3위
일체, 해군 나침반의 세 잎으로 된 장식무늬, 7대 바다, 7개의 천체, 7일간
의 일주일, 3차원의 공간, 일곱 번째 아들의 일곱 번째 아들, 로마의 7개의
언덕, 7년의 흉작과 7년의 풍작, 3인의 수녀들 또한 모든 세계적인 문학 작
품을 보더라도 3과 7은 중요한 역할을 했다.

서기 2000년 1월 1일은 21세기의 첫날이 아니다

20세기의 첫날이 1900년 1월 1일이 아니라 1901년 1월 1일이었듯이 21세기의 첫날 역시 2001년 1월 1일이다(서력이 '0년'이 아닌 '1년'으로 시작되었기 때문이다).

이런 식으로 계산하면 서기 1년 1월 1일부터 99년 12월 31일까지는 100년이 아니라 99년의 세월이 흐른 것이다. 1세기, 즉 100년을 채우기 위해서는 그 다음해 1년까지 포함되어야 한다. 즉 1999년 12월 31일에는 20세기가 99살이 되는 날이며 100살이 되려면 2000년 12월 31일까지 기다려야 하기 때문에 새로운 100년이 시작되는 21세기의 첫날은 서기 2001년 1월 1일인 것이다.

숫자 10

10은 계산하기에 가장 편리한 숫자로 이용되고 있다. 그러나 고대 프랑스의 골인, 중앙 아메리카의 마야인, 그리고 다른 나라 사람들은 20을 기본 숫자라고 여겼다. 반면 수메르인, 바빌로니아인 등은 60을 기본으로 삼았다. 60은 2, 3, 4, 5, 6, 10, 12, 15, 30, 60으로 나뉘어질 수 있다는 이유에서였다. 따라서 1시간은 60분, 1분이 60초, 그리고 원의 각도가 6의 배수인 360도인 것도 그에 기준을 둔 것이다.

특이한 숫자 '37'

3과 7이 합쳐진 숫자 37은 독특한 특성을 가지고 있다. 37은 1을 제외한 어느 숫자로도 나누어지지 않는 숫자이다. 그러나 37로는 여러 숫자를 나눌 수 있다.

$$111 \div 37 = 3$$
$$222 \div 37 = 6$$
$$333 \div 37 = 9$$
$$444 \div 37 = 12$$
$$555 \div 37 = 15$$
$$666 \div 37 = 18$$
$$777 \div 37 = 21$$
$$888 \div 37 = 24$$

2,520이라는 수

2,520은 1, 2, 3, 4, 5, 6, 7, 8, 9, 10, 12, 14, 15, 18, 20, 21, 24로 나누어지는 숫자이다.

에펠탑의 무게

- 하키 퍽(아이스 하키용의 고무로 만든 납작한 원반) : 172g
- 캔사스의 코피빌 지역에 내린 우박(1970년 9월 3일) : 753g
- 레지 잭슨의 야구 배트 : 1,021g
- 인간의 두뇌(평균) : 1.4kg
- 치와와 강아지 : 2.3kg
- 벽돌 한 개 : 4kg
- 뉴욕 시(5대 행정구역을 다 포함)의 전화 번호부 : 6.5kg
- 포트 녹스에 있는 금 막대기 : 12.5kg
- 세인트 버나드 개 : 86kg
- 자유의 여신상 : 204,116kg
- 레드우드의 나무(가장 큰 것) : 5,443,080kg
- 에펠탑 : 6,350,250kg
- 엠파이어 스테이트 빌딩 : 331,120,700kg
- 이집트 쿠푸 왕의 피라미드 : 5,216,285,000kg
- 달 : 73,481,580,000,000,000,000,000kg
- 지구 : 6,025,489,560,000,000,000,000,000kg

(이중에서 달과 지구의 무게는 중력의 법칙에 의해 측정된 것이다.)

만약 지구의 인구가 현재와 같은 추세로 증가한다면, AD 3530년이 되면 모든 인간의 총 몸무게는 지구의 중량과 비슷할 것이다.

세계에서 가장 작은 것을 나타내는 단위

auto-meter는 1m의 1,000,000,000,000,000,000분의 1 밖에 안 되는 길이를 나타낸다. 새끼손가락의 길이를 이 단위로 나타낸다면 7,000,000,000,000,000,000 auto-meter이다.

이런 사실을 알고 있습니까

· 칠 1kg에는 무려 10,798,000,000,000,000,000,000,000개의 원자가 들어 있다.

· 바닷물 1km³에는 물 외에 42,500,000톤의 화학물질이 들어 있다.

· 양성자의 평균 수명은 10이지만 중성자는 15분에 불과하다. 만일 중성자의 평균수명 동안 맥주 한 캔을 마신다고 하고 단 하나의 양성자가 붕괴될 때까지 맥주를 마신다면 우주의 나이의 20,000,000,000,000배 동안 맥주를 마셔야 한다.

· 쿠푸 왕의 피라미드를 분해하여 벽돌 하나의 폭으로 높이 50cm의 벽을 쌓으면 지구를 한 바퀴 돌 만한 길이가 된다.

· 원자핵을 직경 1cm의 조약돌 크기로 확대하면 그 무게는 80,000,000톤이 된다.

· 미국 사람이 피부 밑에 지니고 다니는 과도한 피하지방을 인구수대로 모두 더하면 2,000,000톤이 된다.

· 볼펜이 발명되어 영국에 시판된 첫해에 53,000,000자루의 볼펜이 판매되었으며 이는 영국 인구 일인당 하나 꼴이다.

· 영국의 천문학자 에드먼드 하레이가 처음으로 1963년도의 사망자 도표를 만들었다. 그리고 출생률과 사망률도 통계학적으로 비교할 수 있게 하였다. 그 이후부터 생명보험회사들이 생겨나기 시작했다.

· 1848년 기근이 일어나기 3년 전 에이레 섬의 인구는 8,250,000명이었다.

기근 후 3년만에 인구는 6,500,000명으로 줄어들었다. 1백만 명은 죽었고 1백만 명은 다른 나라로 이주하였기 때문이다. 그리고 현재 아일랜드 공화국의 인구는 1848년 수치의 1/2이 조금 넘을 뿐이다.

· 지금부터 5분 동안 100명은 죽을 것이고 240명은 태어날 것이다. 그리고 매 1분마다 세계의 인구는 140명씩 늘어날 것이다.

· 보잉747 한 대는 6,000,000개 이상의 부품과 60마일의 전선이 사용되었다.

소리

'데시벨' 은 소리의 상대적 크기에 대한 측정단위이다. 10데시벨의 소리보다 20데시벨의 소리는 열 배 더 크고, 30데시벨은 백 배 더 크다. 1데시벨은 어림하여 사람의 귀가 구별할 수 있는 가장 작은 차이로 정의된다.

10데시벨	가녀린 속삭임
20데시벨	조용한 대화
30데시벨	일상적인 대화
40데시벨	한적한 차도
50데시벨	타자기, 큰 소리로 나누는 대화
60데시벨	소란스러운 사무실
70데시벨	보통 차도, 천천히 달리는 기차
80데시벨	록뮤직, 지하철
90데시벨	밀리는 차도, 천둥
100데시벨	이륙하는 제트 여객기
140데시벨	와우! (육체적 고통을 느낌)

제 5 장
물리 · 화학 · 광물

물 리

원자는 비어 있다

양자물리학에서는 원자의 99.9999%가 텅 빈 공간이며, 실제로는 진동하는 에너지의 덩어리인 아원자 입자가 이 공간 속을 빛의 속도로 돌아다니고 있다고 말한다.

숫쥐의 바람기를 잡아라

유전자 처리로 숫쥐의 바람기 억제가 가능한 것으로 드러났다. 에모리 대학의 탐 인셀 박사 연구팀은 한 마리 암쥐와만 교미하는 프레리 들쥐 유전자를 혼교 성향이 있는 숫쥐에게 투여한 결과 이 숫쥐도 들쥐처럼 충실한 성향으로 변했다고 밝혔다.

연구팀은 인간 외의 다른 영장류를 상대로 유사한 실험을 최근 실시했으며 인간에 대한 실험도 계획하고 있다.

프레리 들쥐 수컷은 암쥐와 교미 후 상대 암쥐와 같은 둥지에서 살고 암쥐가 새끼를 낳으면 새끼 옆에서 함께 지내는 시간이 많다. 반면 일반 숫쥐는 암컷과 교미한 뒤에는 암컷을 떠나며 새끼를 키우는 데 관계하지 않는 편이다.

프레리 들쥐의 유전자를 투여받은 숫쥐들은 때때로 다른 암쥐와 교미하기는 했지만 한 마리 암쥐에 충실한 성향으로 변했다는 것이다.

빛도 휘어진다

아인슈타인은 빛이 별을 지날 때 중력에 의해 휘어진다고 말했으며 별의 중력장은 빛을 안쪽으로 휘어지게 해 곧 우주 자체를 휘어지게 하는 결과를 가져온다고 주장했다. 이것은 우주에 존재하는 물체들의 최단 거리는 직선이 아닌 곡선으로 그려진다는 것을 의미한다.

존 달톤의 거짓말

원자학 이론의 창시자 존 달톤

근대 원자학 이론의 창시자인 존 달톤(1766 ~1844)은 1832년 옥스퍼드 대학에서 받은 박사 학위를 영국의 왕인 윌리엄 4세에게 보여야 한다는 왕의 부름을 받았다. 그런데 관례상 윌리엄 4세를 만날 때는 자주색 의복을 입어야 했지만 그는 퀘이커 교도인 관계로 자주색 의상을 입을 수 없었다. 자주색 의복을 안 입자니 왕의 뜻을 거역하는 것이 되고, 자주색 의상을 입자니 그것은 종교의 관례를 어기는 셈이었다. 그가 몹시 고민을 하던 중 해결방법을 찾았다. 한 순간만 색맹인 척하는 것이었다. 그래서 왕으로부터 자주색 의상이 도착했을 때 그는 사람들에게 그 옷이 회색으로 보인다고 말하고 그 옷을 입었다. 달톤은 27세부터 죽을 때까지인 57년간 매일매일 날씨의 변화를 측정하는 등 기상학의 기초를 설립하기도 했다. 그러나 근 100여년간 보존되었던 그의 기상 관측 기록은 2차 세계대전시 나치가 맨체스터를 함락시켰을 때 불타버렸다.

E=MC²

아인슈타인의 E=MC²은 물체의 무게가 에너지로 전환되어 측정될 수 있다는 것을 나타내주는 과학 공식이다. 물체의 무게는 속력에 비례한다는 데 기초를 둔 이 공식(상대성 원리)은, 동일한 속도에서 무거운 물체는 가벼운 물체보다 더 많은 에너지를 가진다.

그 유명한 아인슈타인의 상대성 원리 E=MC² ▶

원자시대부터 핵무기까지

- 1897년, 영국의 물리학자인 조셉 톰슨(1856~1940) 경은 전자를 발견했다.
- 1898년, 피에르 퀴리(1859~1906)와 마리 퀴리(1867~1934) 부부는 라듐을 발견했다.
- 1905년, 스위스계 독일 물리학자이자 수학자인 알버트 아인슈타인 (1879~1955)은 그의 상대성 이론을 책으로 출판하여 물체의 질량이 에너지로 전환될 수 있다는 과학적 진리를 발견했다.
- 1911년, 뉴질랜드의 물리학자인 로드 루더포드(1871~1937) 경은 원자핵을 발견했다.
- 1913년, 덴마크의 물리학자인 이넬스 보흐(1885~1962)는 원자의 구조를 밝혀냈다.
- 1919년, 로드 루더포드 경은 입자로 원자에 충격을 가해 원자를 분리시켰다.
- 1932년, 미국의 화학자인 헤롤드 우레이(1893~1981)는 수소를 발견했다.
- 1932년, 영국의 물리학자인 제임스 체드위크(1891~1974) 경은 중성자를 발견했다.
- 1932년, 미국의 물리학자인 칼 앤더슨(1905~1981)은 양전자를 발견했다.
- 1932년, 영국의 존 콕스로프트(1897~1967)와 아일랜드의 언스트 월톤 (1903~)은 리튬을 2개의 알파 입자로 분리시켰다.
- 1938년, 오스트리아의 리스 메이트너(1878~1968), 독일의 오토 한 (1879~1968), 프리츠 스트레스맨(1922~)은 핵분열을 발견했다.
- 1940년, 오스트리아 태생의 오토 프리스크(1904~1979)와 독일 태생의 루돌프 페이얼스(1907~)는 우라늄-235의 무게를 측정했으며 독일 정부에게 초강력폭탄(super-bomb)의 생산을 권유했다.
- 1941년, 미국의 화학자인 글렌 시버그(1912~)는 원자폭탄의 기본요소

가 되는 플라토늄을 분리시켰다.

· 1942년, 이탈리아 태생의 물리학자인 언리코 페트미(1901~1954)는 시카고에서 최초의 핵 원자로를 개발했다.

· 1945년, 미국의 알라모고르도에서 최초로 원자폭탄의 성능을 실험했다.

· 1949년, 구 소련은 최초로 핵무기를 실험했다.

· 1952년, 영국은 오스트레일리아의 남서부 해안에서 멀리 떨어진 몬테빌로 섬에서 핵무기를 실험했다.

· 1953년, 스위스의 제네바에 유럽 최초의 '핵연구기관' 이 설립되었다.

· 1960년, 프랑스는 알제리의 사막에서 최초로 핵폭탄을 실험했다.

· 1964년, 중국은 신키앙의 롭 노르지방에서 자국의 핵폭탄을 실험했다.

· 1974년, 인도는 자제스탄 사막의 폭하란에서 최초로 핵폭탄을 실험했다.

· 2000~2015년, 유럽, 미국 및 일본의 과학자들에 의해 세계 최초의 핵융합로(fusionreactor)가 개발될 예정이다.

소우주의 세계

원자의 99.9%는 무한소의 입자들이 뭉쳐 있는 핵으로 이루어져 있다. 핵이라는 용어는 라틴어의 '작은 알갱이' 라는 말에서 유래되었다. 만일 원자 하나가 축구공만하더라도 그 원자를 이루는 핵은 육안으로 발견할 수 없을 정도로 작은 입자들로 이루어져 있다. 마찬가지로 원자를 테니스공만하게 확대시켰을 경우 육안으로 보이는 원자는 아마도 원자의 중심부에서 1km나 떨어져 있을 것이다.

우리가 눈으로 볼 수 없는 것들

● 쿼크(Quarks)

양자, 중성자, 그리고 원자핵 속에 있는 다른 분자들은 이보다 더 작은 원소인 쿼크라는 가장 작은 물질로 이루어져 있다. 쿼크는 한번도 직접적으로나 간접적으로 관찰되어진 적은 없지만 현재까지 밝혀진 바에 의하면 다른 분자들과 융합을 할 때 분자 작용이나 충돌을 일으키며 그때 쿼크만의 특징을 보인다고 한다.

쿼크라는 이름은 제임스 조이스의 작품인 '피네간의 웨이크' 에 나온 이름에서 인용되었다고 하는데 쿼크는 색이나 맛에 따라 구분된다는 내용이 쿼크원자의 특성과 일치했기 때문이다.

● 반물질(antimatter)

원자보다 작은 물질로 알려져 있는 반물질은 바로 일반 물질과 충돌하여 서로 없어지지만 충돌할 때에는 그 존재를 확인할 수 있다.

일부 과학자들은 우주에는 거대한 양의 반물질이 진공상태에서 존재할 가능성이 있다고 주장하지만 아직까지 반물질의 존재는 과학적으로 밝혀지지 않고 있다.

● 우주광선(cosmic rays)

강력 충전 분자들로 이루어진 우주광선들이 지구를 향해 쉴새없이 쏟아지고 있다. 과학자들은 초신성 폭발 당시 빠른 속도로 뿜어져 나오는 우주광선이 대기권 안에 들어오면 생물의 세포를 말살시킬 수도 있지만 다행히 우주광선은 지구의 자기장에 걸려 진입하지 못하고 튕겨나가거나 빗나가기 때문에 생물들이 생존하는 것이라고 주장한다.

일반적으로 우주광선이 지나간 자리는 육안으로 분별하기 어려운 물방울이나 구름 성운 등이 생긴다.

● 전자기선(electromagnetic spectrum)

우리가 육안으로 볼 수 있는 색들은 전자기선이라는 거대한 빛의 무리들 중의 일부분일 뿐이다. 이것은 육안으로는 보이지 않는 방사물질이 우리 주변에 존재한다는 것을 의미한다. 전자기선의 예로는 저주파 방사선으로 부터 고에너지를 방출하는 극초단파, 적외선, 자외선, X-ray 그리고 감마선을 들 수 있다.

유리는 고체가 아니다

유리는 고체가 아니라 액체이다. 유리는 고체라고 할 만한 성분을 가지고 있지 않다. 유리는 결정체를 가지고 있지 않으며 융해점을 가지지 않는다.

깃털 1파운드의 무게는 금 1파운드보다 무겁다

깃털은 파운드당 16온스인 아보르두포이스형으로 무게가 측정되지만 금의 무게는 파운드당 12온스인 트로이형으로 측정되기 때문이다.

식초 1갤런은 여름보다 겨울에 더 무겁다

식초의 무게가 여름보다 겨울에 더 무거운 것은 기온의 변화에 따라 식초가 수축하거나 팽창하기 때문이다. 식초의 부피는 고온이 지속되는 여름철에 여느 액체처럼 늘어나는 반면 무게는 줄어든다.

화씨 80도인 여름철, 1갤런당 식초의 무게는 3.78kg이지만 화씨 40도인 겨울철 1갤런당 식초의 무게는 3.80kg이다. 다시 말하면, 1갤런의 식초는 여름보다 겨울에 약 20g이 더 무겁다.

물에서는 타지만 석유 속에서는 타지 않는 금속

금속인 나트륨(sodium)은 물에 있을 때는 타지만 등유에 저장되어 있을 때는 타지 않는다. 나트륨이 물 속에 있을 때는 거센 소리를 내면서 타는데 그때 수소가스가 유리되어 가성소다(sodium hydroxide)가 형성된다.

가솔린으로 불을 끌 수 있다

가솔린과 등유는 면곤포에 불이 붙었을 때 그 불을 끌 수 있다. 이런 경우 물은 소용없다. 왜냐하면 물은 겹겹이 싸인 곤포 안으로 침투할 수 없기 때문이다. 그러나 가솔린과 등유는 산소부족으로 자체 연소되지 않고 불을 끌 수 있다.

면곤포는 전기 스파크에 의해 불이 붙기 쉬우며 그 불길은 금세 면을 태우고 소멸되나 연기가 나지 않는 것이 보통이다. 따라서 불이 꺼진 후에는 면곤포를 묶었던 금속끈만 남게 된다.

곡물가루도 폭발성 물질이다

미세한 곡물가루도 광산가스(메탄가스)처럼 폭발하기 쉽다. 6m×6m×3m의 방에 45kg의 밀가루 주머니가 스파크(전기불꽃)로 점화되면 그 밀가루는 엄청난 폭발력을 가진다.

실제로 1913년 6월 24일 뉴욕 주 버팔로 시의 한 방앗간에서는 그러한 폭발에 의해 33명이 사망하고 80명이 중상을 입는 사건이 벌어졌다. 그리고 그 폭발에 의해 방앗간 전체가 불타서 무너졌고 주변 건물마저 엄청난 손실을 입어야 했다.

아인슈타인의 '광전자 효과'

아인슈타인은 상대성 이론으로 노벨상을 받은 것이 아니라 광전자 효과를 발견한 업적으로 1921년 노벨상을 받았다. 상대성 이론은 아인슈타인이 26세였던 1905년에 발표된 것이다. 하지만 그것을 이해한 사람은 12명에 지나지 않았다.

> " 빛은 1초에 지구를 7바퀴 반을 돈다. 만약에 인간이 빛만큼이나 빨리 갈 수 있다면 몸이 조그맣게 줄어들 것이다. "

10만 명을 죽인 '꼬마와 뚱보'

1945년 8월 6일, 일본 히로시마에 투하된 우라늄 235 폭탄을 '꼬마(little boy)'라 불렀고, 8월 9일 나가사키에 투하된 플루토늄 239 폭탄을 '뚱보(fat man)'라고 불렀다. 히로시마에서는 건물의 67%가 파괴됐고 69,000명이 다쳤으며 66,000명이 죽었다. 또 나가사키에서는 25,000명이 다치고 39,000명이 죽었다. 미국이 나가사키에 '뚱보'를 떨어뜨렸을 때의 원자탄 보유량은 단 하나였다.

little boy

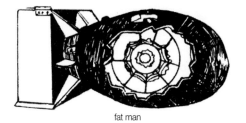

fat man

히로시마와 나가사키에 투하됐던 원자탄 '꼬마와 뚱보'

원자폭탄과 수소폭탄의 차이

원자폭탄과 수소폭탄의 원리는 반대이다. 원자폭탄은 우라늄 원자를 분해하여 그 에너지를 방출한다. 즉 '핵분열'을 이용하는 것이다. 그러나 수소폭탄은 '핵융합'의 원리를 이용한다. 즉 엄청난 양의 열로 수소원자들을 서로 융합시켜 헬륨 원자를 형성하고 이때 생긴 에너지를 방출하는 것이다. 그런데 수소폭탄의 원자를 융합시킬 정도로 강한 열을 만들 수 있는 방법은 원자폭탄의 폭발뿐이다. 따라서 수소폭탄 안에는 원자폭탄이 들어 있다. 원자폭탄이 먼저 폭발하여 엄청난 양의 열을 내면 이 열에 의해 수소폭탄이 폭발하게 되는 것이다.

최초의 원자탄 실험

오펜하이머 박사는 원자탄 제조에 성공하자 1945년 7월 16일에 미국 뉴멕시코 주에 있는 알라모고도에서 최초로 원자탄 실험을 하게 했다. 그러나 영국에서는 1943년 여름 오스트레일리아에 있는 해변 지역에서 원자탄 실험을 한 것으로 알려졌다.

◀ 오펜하이머 박사가 최초로 원자탄을
실험했던 장소를 조사하고 있다.

더운물을 갑자기 유리컵에 부으면

두꺼운 컵이 얇은 컵보다 더 잘 깨진다. 또한 더운물이 찬물보다 더 무거우며, 더러운 눈은 깨끗한 눈보다 더 빨리 녹는다.

유리가 깨지는 속도

유리가 깨질 때 금이 가는 속도는 시속 4,800km이다. 이것을 사진으로 포착하려면 셔터의 속도가 1초에 100만분의 1로 조정되어야 가능하다.

" 빛보다 빠른 Tachion − 빛은 1년이면 약 9조 4,670억km의 거리를 달린다. 이것보다
더 빠른 것은 'Tachion' 이라고 하는데 얼마나 빠른지는 아직 알 수 없다.
"

유리로 만든 공

유리로 만든 공은 고무공보다 더 높이 튄다. 또 강철로 만든 공은 유리공보다 더 높이 튄다.

현대의 수학 이론

· 인간이 빛보다 빠른 속도로 움직일 수 있다면 시간을 거꾸로 거슬러 과거로 돌아갈 수 있다.
· 두 점 사이의 가장 짧은 거리는 직선이 아니라 곡선이다.
· 평행선은 궁극적으로 만난다.
· 시간은 곡선이다.
· 우주는 끝이 없는 동시에 끝이 있다는 모순을 갖고 있다.
· 공간에서 가장 빨리 움직이는 물체가 가장 무거운 동시에 가장 작은 물체이다.

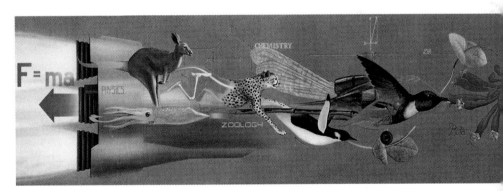

과학과 기술의 발달은 영원하다.

원자 이론

원자이론은 아인슈타인 박사에 의해서 최초로 공개된 것이 아니라, 사실은 데모크리토스(BC 460~371)가 최초로 원자론을 상세히 설명하고 발전시켰다.

수소 폭탄에서 원자 하나의 무게는

1g의 1,000,000,000,000,000,000,000분의 1에 지나지 않는다.

골프공은 왜 울퉁불퉁한가?

골프공의 홈들은 공을 훨씬 멀리 날아가게 해 주면서 항력을 최소화시킨다. 홈이 있는 골프공은 공기의 저항력을 약화시킨다. 같은 힘으로 '공'을 쳤을 때 밋밋한 공은 65m밖에 날아가지 못하지만, 홈이 파인 공은 275m를 날아간다. 하나의 골프공 안에는 약 300개에서 500개 정도의 홈이 있는데, 이 홈은 각각 0.25mm의 깊이로 파여 있다.

그리고 이 홈들은 공을 역회전시키기도 한다. 이런 역회전으로 공은 공기의 압력을 덜 받게 되어 더 높이, 더 멀리 날아가게 할 수 있는 것이다.

물이 끓는 온도는 기압에 따라 다르다

해수면의 높이에서 물은 섭씨 100도에서 끓지만 그보다 낮은 기압에서는 좀더 고온에서 끓는다. 150m 높이에서 물은 섭씨 201도에서 끓는다. 음식을 빠르게 요리할 수 있는 압력 주방용품들은 이처럼 기압이 높아지면 물이 끓는 온도가 낮아진다는 원리를 이용하여 개발된 것이다.

> " 수증기 – 수증기는 사실 눈에 보이지 않는다. 그것이 식을 때 비로소 보이기 시작하는 것이다. "

향수 전문가

향수업계에는 20단계의 농도를 기준으로 19,000종류의 다른 향기들을 구별해 낼 수 있는 향수 전문가들이 있다.

과일 나무 흔들기

과일을 떨어뜨리기 위해 나무를 흔드는 방법에도 특정한 기술이 필요하다. 일반적으로 짧은 동작으로 빨리 흔들기보다는 힘차게 천천히 흔드는 것이 더욱 효과적이다. 그러나 과일 종류에 따라 효과적인 방법 또한 달라진다. 흔드는 빈도수와 폭이 중요한데 예를 들어 자두나무는 2.54cm 폭으로 1분에 1,100번을 흔드는 것보다 5cm 폭으로 1분에 400번 정도 흔들 때

흔들어라! 떨어질 것이다!

세 배나 많은 효과를 얻을 수 있으며, 앵두나무는 되도록 짧은 폭으로 1분에 1,200번 정도, 그리고 사과나무는 큰 폭으로 1분에 400번 정도 흔들 때 가장 좋은 효과를 얻을 수 있다.

파도가 치며 바닷물이 올라갈 때
파도 속에서 사람의 몸무게는 28g 정도 줄어들지만, 파도가 가라앉고 바닷물이 빠질 때 몸무게는 정상으로 돌아온다. 즉 인체는 파도의 출렁임에 따라 영향을 받는다고 할 수 있다. 이것은 바닷물과 마찬가지로 우리 몸안에 물과 소금 성분이 있기 때문이다. 그러나 파도는 사람뿐 아니라 지구상의 대기와 육지에도 영향을 미친다. 바닷물이 3미터 높이로 파도칠 때, 대기 속의 공기도 수킬로미터 이동하게 된다.

> **거품이 둥근 이유** − 거품이 둥근 이유는 거품의 중심으로부터 모든 부분에 전해지는 압력이 똑같기 때문이다.

이런 사실들을 아십니까?

· 고여있는 물은 빙점(섭씨 0도)보다 낮은 온도에서도 액체 상태로 남아 있을 수 있다.
· 샴페인 잔에 넣은 건포도는 잔 안에서 떠오르고 가라앉기를 계속한다.
· 시속 90km로 달리는 차는 시속 80km로 달리는 차보다 연료를 1/3 만큼 덜 소모한다.
· 960km 높이에 1평방인치 넓이의 공기를 달아보면 무게가 6.8kg 정도 나간다. 이것은 갓난아기의 2배나 된다.
· 계란을 소금물에 담갔을 때 가라앉으면 싱싱한 것이고 물 위로 뜨면 오래 된 것이다.

끓는 물에서도 녹지 않는 아이스-7

얼음은 섭씨 0도 이상에서 녹기 시작한다. 그러나 노벨상 수상자인 퍼시 브리지먼 박사는 '아이스-7' 이라는 특이한 얼음을 개발했는데 이것은 물이 끓는 온도인 100도에서도 녹지 않는다고 한다. 브리지먼 박사는 여러 화학 물질에 고압을 가한 후 일어나는 현상을 관찰하던 중 '아이스-7'을 만들어냈다. 그는 얼음에 초고압을 가하면 얼음 속의 원자와 분자가 가까이 붙어 어떤 외부의 힘에도 떨어지지 않는 원리를 이용하여 '아이스-7'을 발명한 것이다.

연기와 완전 연소

불이 붙는다고 반드시 연기가 나는 것은 아니다. 연기는 불이 잘 타고 있지 않음을 뜻한다. 따라서 완전히 잘 타는 불은 거의 연기가 나지 않는다.

LA에서 뉴욕까지

한 방울의 물은 1,700,000,000,000,000,000개의 분자를 가지고 있다. 만약 이것이 모래로 변형된다면 LA에서 뉴욕까지 가는 길을 깔 수 있을 것이다.

염화나트륨을 먹으면 죽는다

소금을 화학적으로 분해하면 염화나트륨이 주성분인데 이것을 먹으면 죽는다.

청산염보다 150,000배 강한 독극물

인간이 만든 화학 독극물 75종류 중에서 가장 독성이 강한 TCDD라는 성분은 우리가 잘 알고 있는 시안화칼륨(청산가리)보다 150,000배나 더 치명적이다.

앞치마를 태운 니트로셀룰로오스

1845년, 독일의 화학자 크리스티안 F. 쉔바인은 부엌에서 질산과 황산을 혼합시키는 실험을 하고 있었다. 그의 부인이 집에서 실험하는 것을 몹시 싫어했지만, 마침 부인이 외출 중이었기 때문에 그는 안심하고 실험할 수 있었다. 그러나 실수로 혼합물을 부엌 바닥에 흘려 당황한 쉔바인은 면으로 된 부인의 앞치마로 바닥을 닦은 후 난로 위에 걸어 말렸다.

그런데 앞치마는 마르자마자 금세 타버렸다. 쉔바인은 이 현상을 연구하여 '니트로셀룰로오스(질산섬유소)'를 개발했다. 이것으로 말미암아 500년 동안 전쟁터에서 무법자였던 화약 대신 니트로셀룰로오스를 원료로 한 신제품이 이 세상에 등장하게 된 것이다.

LSD의 마력

28g의 LSD는 300,000명을 환각에 빠트릴 수 있는 양이다.

황산 대신 주석

1956년, 당시 18세의 영국 소년 윌리엄 헨리 퍼킨은 학교에서 "합성 황산을 만드는 방법을 알아내는 것은 가치 있는 일이다"라는 담임선생님의 말을 듣고 집으로 돌아가자마자 실험해 보았지만 실패했다. 그러나 대신 자줏빛의 주석 덩어리를 만들어 냈다. 그리하여 윌리엄은 당장 학교를 그만두고 주석 공장을 세워 백만장자가 되었다.

사랑은 뇌를 관통하는 호르몬에서 시작된다

· 사랑을 느끼는 감정도 따지고 보면 두뇌에 흐르는 '도파민'이라는 뇌의 신경전달 물질에 의해 이루어진다. 만약 도파민이 뇌에서 분출되지 않으면 사랑이 무엇인지 모르는 삭막한 세상에서 살게 될 뿐만 아니라 이성과 지성의 결여를 나타낼 것이다.

· 이성간의 열렬히 타오르는 에로스적인 사랑은 뇌에서 흐르는 '페닐에틸아민'이란 신경 전달 물질에 의해서 이루어진다. 페닐에틸아민의 분비는 서로 사랑하는 사람들의 눈을 멀게 하여 장님으로 만들기도 한다.

· 사랑에 깊게 빠져 있는 남녀를 사랑의 희열 속으로 빠져들게 하여 황홀경에 이르게 하는 것은 '베타 엔돌핀'이다.

· 남녀가 사랑에 빠져 섹스의 희열 속에서 끝없는 만족감을 느끼게 하는 것은 뇌에서 흐르는 '옥시토신'이다.

섞이면 생명에 위협을 가져올 수 있는 약품과 음식

● 혈액응고제와 비타민 K

혈액응고제(쿠마딘, 디쿠마롤, 리쿼마, 팬와핀, 신트롬, 미라돈)를 비타민 K가 함유된 음식들(아스파라거스, 베이컨, 소 간, 브로콜리, 양상치, 양배추, 레투스, 시금치, 순무, 물냉이)과 함께 복용할 경우, 비타민 K는 인체에 치명적인 결과를 초래할 수 있다. 혈액을 뭉치게 해 생명에 지장을 주기 때문이다. 따라서 혈액응고제를 복용할 때에는 미리 정기 검진(혈액검사)을 받는 것이 필요하다.

● 약방의 감초

알도릴, 안하이드론, 아쿠아타그, 아쿠아텐센, 부티자이드, 디곡신, 디우프레스, 디우릴, 디우텐신, 엔듀론, 엑스나, 하이드로크롤로티아자이드, 하이드로프레스, 하이드로디우릴, 하이그로톤, 래녹신, 래식스 등의 약을 23g 이상의 감초와 함께 복용하면 그로 인한 비정상적인 화학작용으로 인체에 필요 이상의 수분이 축적되기 때문에 위험을 일으킬 수 있다.

● MAO 억제제와 티라민

고혈압 환자에게 흔히 처방되는 MAO 억제제(유트론, 유토닐, 퓨록손, 마플랜, 매튜래인, 나르딜, 파르네이트)를 티라민이 함유되어 있는 음식물들(아보카도, 바나나, 보로냐 소시지, 브리산 치즈, 카멘베르트산 치즈, 캔에 든 무화과, 상어 알, 체다 치즈, 계란, 에멘탈러산 치즈, 긴 콩, 그루이레산 치즈, 고기연화제, 페퍼로니, 피클, 살라미 소시지, 산패유, 간장, 훈제 소시지)과 함께 복용하면 심리적 스트레스, 감염, 암뿐만 아니라 혈압을 상승시켜 중풍을 유발시킬 수 있다.

특히 심한 두통, 가슴 통증 및 맥박 상승, 시력 감퇴, 의식불명 등을 가져올 수 있다.

철 1파운드에는

4,891,500,000,000,000,000,000,000개의 원자가 있다.

> **우라늄의 힘** – 453g의 우라늄은 1,350톤의 석탄과 같은 양의 에너지를 낸다.
> 마그네슘은 타고 나면 무게가 더 나간다.

석유에 대한 기록

석유는 적어도 수천만 년 전에 소행성이 지구와 충돌할 때 죽은 공룡들의 시체와 기타의 식물들이 섞여서 퇴적되었다가 생긴 것이다. 노아가 방주를 만들 때 접착제로 석유를 사용한 기록이 성경에 있다. 고대 이집트인들은 전차 바퀴에 석유를 칠해서 매끄럽게 했으며 고대 중국인들도 석유를 여러 가지로 사용할 줄 알았다. 땅을 파고 석유를 두레박으로 퍼낸 기록도 있다.

석유를 퍼내는 고대인들

손 안에서 녹는 금속

희귀 금속 원소인 갈륨은 섭씨 30도에서 녹으며 만져도 해를 입지 않는다. 따라서 손 안에 갈륨 조각을 쥐고서 잠깐 동안만 있으면 금세 녹는 것을 볼 수 있다.

납과 주석의 합금

납은 화씨 620도에서 녹고 주석은 화씨 446도에서 녹지만 이 두 금속이 함께 녹아 백랍(solder)이라는 새로운 금속이 만들어지면 이것은 화씨 360도에서 녹는다.

가장 무거운 원소, 오스뮴

단단하고 무거운 원소 오스뮴(Os)은 지구상에서 가장 무거운 원소로 금보다 1/16정도 더 무겁다. 1달러 지폐만한 크기에 2.5cm 두께의 오스뮴 덩어리는 거의 6kg에 달한다.

알루미늄 680kg

비행기 날개를 만드는 데 쓰이는 알루미늄은 1평방인치가 40,823kg의 무게를 견딜 수 있다. 또 알루미늄은 가늘게 뽑아낼 수 있어서 680g으로 지구를 한 바퀴 돌 수 있을 정도이다.

세계 최대의 주석광산

영국의 남서부 끝에 위치한 콘월지방은 주석 광산지로 유명한 곳이다. 기원전 13세기, 청동제품에 필요한 금속을 찾는 데 혈안이 되어 있던 페니키아인들은 그곳의 주석을 모두 캐내었다고 한다.

그러나 그 후에도 근 3,000년 동안 콘월 주석광산에서 채굴된 주석의 양은 300만 톤이 넘는다고 하는데 아직까지도 그곳에서는 끊임없이 주석이 채굴되고 있다.

가장 가벼운 금속, 리튬

리튬은 지금까지 알려진 것 중 가장 가벼운 금속이다. 리튬은 일반 알루미늄 합금보다 8퍼센트나 가볍다.

영국의 우주항공학자들은 리튬이 새로운 차세대 유럽 우주항공기의 전형이 될 것이라고 예언했다. 실제로 1990년대에 보잉사는 우주항공기의 무게를 줄이기 위해 알루미늄-리튬 합성물질을 이용했으며 그 결과 오늘날의 747기를 제작했다.

바닷물이 짠 이유

바닷물의 소금기는 수천만 년 동안 땅에서 녹아 나와 여과된 소금 때문이다. 강물은 바위의 소금을 씻어서 바다로 옮기는데, 이 침식된 바위들이 짠물의 가장 큰 원인이다.

또 화산석도 바다에 씻겨 들어가고 화산의 폭발 자체가 소금을 많이 함유한 '젊은 물'을 만들어 내기도 한다. 젊은 물이란 이전에 한 번도 액체 상태로 존재해 본 적이 없는 물이다.

이렇게 계속 바다에 소금이 모여들고 바닷물이 계속 증발하면 너무 짜지는 게 아닐까라고 생각할지도 모른다. 증발된 수증기는 다시 비가 되어 내리고 또 바위의 소금기를 씻어 바다로 옮겨 갈 것이기 때문이다.

그러나 바다에 있는 소금의 양은 15억 년 동안 변하지 않았다. 그 변하지 않는 이유는 다음과 같다.

첫째, 소금은 매우 잘 녹아서 한 곳에 몰리지 않는다. 또 바다는 매우 넓고 모든 곳에 연결되어 골고루 퍼져 있다.

둘째, 소금 전자의 일부는 바닷물의 증발과 함께 날아간다.

셋째, 소금은 기체이면서 액체와 같은 물체로 변하여 바닷물 표면 바로 아래의 미립자에 붙는다.

넷째, 많은 양의 소금이 얕은 바닷가에 결정으로 쌓인다. 바다에 소금이 쌓이는 데는 워낙 오랜 시간이 걸렸기 때문에 일정한 기간 동안 일정한 소금을 더하거나 덜어도 별 변화가 없다. 바닷속에 있는 다른 광물의 양은 변화가 심하지만 소금은 2.5퍼센트로 거의 일정하다.

> " 바다의 염분 양 – 바닷물 속에는 육지를 150m 두께로 덮을 만큼 많은 양의 염분이 들어 있다. "

텅스텐의 융해점

전구의 필라멘트로 널리 이용되고 있는 텅스텐은 어느 금속보다 높은 융해점을 갖고 있다. 텅스텐은 섭씨 6,100도에서 융해된다.

귀금속 분류법

루비나 사파이어 혹은 에메랄드는 특정한 종류로 분류되는 광물이 아니다. 루비와 사파이어는 각각 그 가루가 연마재로 사용될 수 있는 빨간색과 푸른색이 나는 강옥(鋼玉)의 일종이며 에메랄드도 색깔이 푸른, 일종의 녹주석(綠柱石)일 뿐이다.

한 밑천 잡기 위해 캘리
포니아로 몰려든 사람들

금의 전성과 연성

금은 전성과 연성이 매우 뛰어나다. 약 28g의 금으로는 수백 평방피트를
덮을 수 있는 얇은 막으로(282,000분의 1인치보다 얇게) 두들겨 펼 수 있
으며 80Km 길이의 미세한 선으로 뽑아 늘일 수도 있다.

" **몽땅 금으로** – 스페인이 남아프리카를 정복하기 이전에 인디아인들은 철제기구를 만들
지 못해 장식도구뿐 아니라 빗, 손톱깎이 등 가정용품을 모두 금으로 만들었다. "

유용하지만 위험한 석면

석면은 광물이기도 하고 암석이기도 하다. 사실 석면은 천연적으로는 하
얀 섬유질의 암석 형태로 발견되고 있는데 이를 분리하였을 때 나오게 되
는 한 형태인 섬유질은 그 쓰임이 매우 다양하다.
즉 절연체로서 성글게 부풀려서 벽 속에 넣거나 압축시켜 종이로 만들기

도 하고 또 직물을 만들기도 한다. 석면은 열 전도율이 낮기 때문에 널빤지와 판자로 만들어 건축에 이용하기도 하고, 자동차의 브레이크 라이닝을 만들기도 하며, 열을 보존하기 위하여 뜨거운 스팀관의 덮개와 뜨거운 용광로를 둘러싸는 데 쓰기도 한다. 이렇듯 다양하게 이용되는 이 만능 광물질의 주산지는 퀘벡 시이다.

그러나 석면을 가공하는 과정이나 작업 과정에서 공기 중에 떠 있는 석면의 미세한 조각들을 들이마시면 폐병을 유발할 위험이 있고, 실제로 폐병에 걸린 근로자들이 발견되어 심각한 문제가 되고 있다. 그리고 그들의 옷에서 떨어진 가루를 마시게 된 가족도 폐병의 증세가 나타났다. 이렇듯 석면을 마시는 환경 속에서 일을 한 근로자들은 보통 작업을 시작한 때로부터 겨우 16년밖에 더 살 수 없다고 한다.

보석 수집가

1627년에 죽은 인도의 황제 자한기르는 2,235,600캐럿의 진주를 가지고 있었고 931,500캐럿의 에메랄드와 376,600캐럿의 루비, 279,450캐럿의 다이아몬드, 그리고 186,300캐럿의 비취를 소장하고 있었다.

연필 하나로

연필은 흑연으로 만드는데 연필 하나로 적어도 48km 길이의 선을 그을 수 있고 50,000단어 이상을 쓸 수 있다. 그러나 연필의 평균 수명은 그 1/10밖에 안 된다.

다이아몬드 이야기

· 지금까지 발견된 것 중 가공되지 않은 가장 큰 다이아몬드는 3,106캐럿으로 567g이 넘는다. 1905년 남아프리카에서 토마스 걸리버 경에 의해 발견되어 영국으로 옮겨진 후 이리저리 옮겨 다니다가 마침내 에드워드 7세의 손에 들어갔다. 그는 당장 그 돌을 쪼개어 96개의 작은 다이아몬

▲ 엘리자베스여왕의 왕관에
장식된 '아프리카의 별'이
란 다이아몬드는 530캐럿
이나 나간다.

드와 그 유명한 '아프리카의 별' (530캐럿) 등 9개의 큰 다이아몬드로 만
들었다. 그 외 큰 다이아몬드로는 엑셀서스톤(970캐럿), 주빌리(634캐
럿), 조커(736캐럿), 임페리얼(457캐럿) 등이 있다.

· 석탄과 다이아몬드는 동일 화학 요소인 탄소로 이루어져 있다.
· 다이아몬드는 강도에 따라 화씨 1,400도부터 1,607도 사이에서 완전 연
  소된다.
· 실제로 다이아몬드가 형성되는 곳은 땅속 깊이 130km 아래에서이다.
  그러나 화산이 폭발할 때 함께 땅 위로 분출하기 때문에 발견하기 쉬운
  것이다.
· 다이아몬드를 자르는 물체는 역시 더 강한 다이아몬드이다. 한 캐럿의
  다이아몬드를 만들기 위해서는 42톤의 흙과 돌을 파내야 한다.
· 진귀한 다이아몬드일수록 색깔이 없다.

- 다이아몬드는 두 번째로 강한 광물인 코론듐보다 90배나 더 강하다.
- 다이아몬드와 지르코니아석은 모양이 똑같아서 잘 구별이 안 된다. 그러나 지르코니아석의 가격은 1캐럿에 겨우 12달러밖에 안 된다.

깨지는 에메랄드는 보석이 아니다?

1532년 프란시스타 페자로가 이끄는 스페인 군대는 페루 원정 도중 비둘기알처럼 큰 에메랄드를 발견했다. 진짜 에메랄드는 절대 깨지지 않는다고 믿었던 그들은 연장으로 그 에메랄드를 내리치자 산산조각이 났다. 그래서 그 에메랄드를 진짜 보석이 아니라고 판정했다.

60,000,000톤의 광석

일년에 400톤이나 되는 금을 모으기 위해 남아프리카인들은 6,000만 톤에 이르는 광산을 채굴하고 제분시켰다. 그 결과 기젯에 있는 피라미드보다 몇 배나 높이 쌓을 수 있는 만큼의 광석들이 채굴되었고 그들은 9피트 큐브 면적의 금을 만들어낼 수 있었다.

200파운드의 금 덩어리

"이방인을 환영합니다"(Welcome Strangers)라고 명명된 200파운드 무게의 금 덩어리는 1869년 존 디슨과 리차드 오트에 의해 오스트리아의 발레렛지역 근처에서 발견되었다. 세계에서 가장 큰 그 금 덩어리는 현재 시가로 무려 2,440,000달러가 나간다.

제 6 장

발명 · 발견

발 명

지퍼 발명자

1891년 시카고의 발명가인 위트콤 L. 조스튼은 사람들이 매일매일 신발을 신거나 단추를 잠가야 하는 불편을 덜기 위해서 '지퍼' 를 발명했다. 그래서 그는 그의 발명품을 '신발을 위한 자물쇠이지만 동시에 자물쇠를 열어주는 걸쇠' 라고 명명했다.

안전 면도기 발명자

길레트 왕이 안전한 면도기를 만들어내는 데 8년이 걸렸다. 그는 힘들었던 기간에 대해 "만일 내가 정식으로 기술을 전수받은 사람이었다면 당장이 작업을 그만두었을 것이다" 라고 회고했다.

잠수함의 시조

1620년, 영국에서 일했던 독일의 발명가인 코네리우스 반 드레벨은 템즈강의 표면에서 15피트 아래까지 내려갈 수 있는 잠수함을 개발한 적이 있었다. 나무뼈대를 가죽으로 둘러싼 그 잠수함은 13개의 노를 저어야 움직일 수 있었는데 기록에 의하면 제임스 1세 왕은 특히 그 잠수함을 즐겨 탔다고 한다. 드레벨은 잠수 상태에서 계속 공기를 공급받는 방법을 개발해 그 잠수함이 최고 15시간까지 수중에 머무를 수 있도록 하는 데 성공했다.

장님도 볼 수 있다

장님도 볼 수 있는 세상이 왔다. 컴퓨터로 작동되는 선글라스 덕택에 가까이 있는 사물을 볼 수 있게 되었다.

제리(62세)는 장님이지만 선글라스 안에 장착된 카메라가 컴퓨터와 연결되어 있어 사물을 볼 수 있다. 그는 1978년, 부분적으로 시력을 잃게 되자

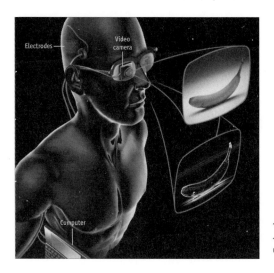

선글라스에 장착된 비디오 카메라가
사물의 형태를 맹인의 뇌로 전달하
여 볼 수 있게 한다.

뉴욕의 데빌 인스튜트에서 시력재생수술을 받은 적이 있다. 그러나 뇌의
시각 피질세포에 68개의 전극을 이식함으로써 시력 재생을 꾀했던 그 수
술은 실패로 끝났다. 제리는 수술 후 안구에 압력을 가할 때마다 별처럼
생긴 빛들이 주위에서 쏟아지는 자각섬광을 느꼈기 때문이다. 반면 컴퓨
터로 작동되는 선글라스에는 사물의 이미지를 정확하게 포착하는 비디오
카메라가 장착되어 있어 제리가 사물을 볼 때 그 일련의 자각광감을 선명
하게 확대시키고 동시에 사물의 위치와 형태에 대한 정보를 제리의 뇌에
보냄으로써 장님도 사물을 보고 느끼게 해 주었다.
그러나 이러한 컴퓨터 시스템은 8인치 내에 있는 사물들만을 조준하여 파
악한다는 단점이 있다.

도시바가 개발한 실리콘 칩

하나의 실리콘 칩에 저장할 수 있는
최대한의 정보는 1메가바이트 정도
였다. 그러나 일본의 도시바사는 4메
가바이트를 수용할 수 있는 실리콘
칩을 개발했는데 이것은 실리콘 칩

실리콘 칩

하나에 160페이지 분량에 해당되는 내용의 정보를 저장할 수 있다는 것을
의미한다.

우주를 꿰뚫어 볼 수 있는 눈

윌리엄 허스켈의 망원경은 세계에서 가장 큰 망원경 가운데 하나이다.
4.2m의 반사경을 가진 그 망원경으로 우리는 자그마치 160,000km 떨어진
곳에서 타고 있는 초의 모습을 정확하게 볼 수 있으며 수백만 광년이나 떨
어져 있는 준성을 발견할 수 있다.

아브라함 링컨이 설계한 배(미 특허 6469호)

미국에서 특허 6469호로 인정받은 일명 '여울 위를 떠다니는 배' 는 부력
을 조종해 기선이나 다른 배들이 얕은 물가나 좁은 틈새를 지나갈 수 있도
록 만든 발명품이다. 그 배를 만든 발명가는 배의 길이를 20인치로 설계했
지만 실제로 그 배는 제작된 적이 없다. 그 배의 발명가는 아브라함 링컨
이다.

신발 뒤축을 발명하게 된 동기

일자리를 얻기 위해 발이 부르트도록 뛰어다녔던 보스턴의 험프리 오술
리반은 어느 날 길거리에 주저앉아 즉석에서 고무로 된 신발 뒤축을 발명
했다.

최초의 플라스틱

1860년대 초반 뉴욕의 한 회사는 종래까지 생산했던 상아 당구공을 상아
대신 다른 물질로 만드는 방법을 개발하기 위하여 10,000달러의 상금을
내걸었다. 그 상금은 셀룰로이드를 개발한 존 웨슬리 하이야트에게로 돌
아갔다. 그 셀룰로이드는 최초의 플라스틱으로 불리고 있다.

사진의 발명자들

최초의 사진은 1822년 프랑스의 발명가 조셉 니세포레 느엡스에 의해 발명되었다. 물론 사진을 현상 인화하는 작업이 오늘날처럼 간단하지 않았다. 적어도 사진을 인화하는 데만 8시간이 걸렸다. 그러나 느엡스가 파산하였을 때 궁여지책으로 1829년에 프랑스의 예술가인 루이자크 멘드 다후에르와 합작으로 작품을 만들었는데 그것이 결국 사진술을 개발시키는 계기를 가져왔다.

"**사진 한 장 찍는 데 15분** – 사진술이 발달하지 않았던 시절에는 사진 한 장을 찍는 데도 많은 시간이 걸렸다. 1837년, 은판 사진 하나를 찍는 데는 약 15분이 걸렸으며 사진사는 모델의 머리를 꺾쇠에 박아 고정시켜야 했고, 모델들에게는 지독한 인내심을 요구하는 일이었다. "

과학 실험을 위해 자신을 희생시킨 사람들

● 마이클 패러데이(1791~1867) ; 영국의 화학자, 물리학자

1812년 패러데이는 스승으로 모시고 있었던 데이비가 실험 도중 눈에 상처를 입는 바람에 그의 비서로 일하게 되었는데 그것을 계기로 그는 데이비에 건줄 만한 화학물리학자로 성장할 수 있었다. 그는 데이비가 고안해낸 전기분해 기술을 수정하였고 전자기 분야에 여러 중요한 업적을 남겼다. 그러나 패러데이 역시 데이비처럼 연구 도중 질소 염화 폭발로 눈에 부상을 입어 오랫동안 고생했다.

● 로버트 윌럼 번센(1811~1899) ; 독일의 화학자

번센은 초기에 유기화학 분야를 전공했지만 여러 가지 이유로 분야를 바꾸었다. 비소의 독극물로 인해 두 번이나 죽을 뻔했고, 1843년에는 카코딜 시안 폭발로 오른쪽 눈을 잃었기 때문이다. 그래서 그는 무기화학 분야로 진로를 바꿔 분광학의 일인자가 되었다. 훗날 그는 자신의 이름을 딴 '번센 연구소'를 세웠다.

● 엘리자베스 플레이쉬먼 에스케임(1859~1905) ; 미국 X-ray 기술자

 X-ray 광선이 발견되기까지는 여러 물리학자들의 희생이 뒤따라야만 했다. 공교롭게도 그 희생자들은 모두 여성들이었다. 첫 번째 희생자는 토마스 에디슨의 조수였던 클라렌스 메디슨 델리라는 여성이었고, 두 번째 희생자도 에스케임이라는 여성이었는데 그녀는 1897년 형부의 의학 연구활동을 돕고자 X-ray 분야에서 연구를 시작했다. 그 후로 7년 동안 방사선 차단도구를 착용하지 않은 채 방사선 실험을 했을 뿐 아니라 환자들에게 임상실험을 하기 전에 본인 스스로가 먼저 X-ray를 쏘인 후 그 반응을 살펴보았다. 결국 X-ray 광선에 과다 노출되어 1904년부터 심각한 피부염으로 고통받았고, 1905년에는 팔을 절단해야만 했다. 그리고 그해 겨울에 숨을 거두었다.

● 마리 스클로고스카 퀴리 (1867~1934) : 폴란드 태생의 프랑스 화학자

마리 퀴리는 방사선 실험으로 최고 과학자라는 명성을 얻었지만 그녀는 생명을 잃었다. 노벨상을 두 번이나 받을 만큼 유명한 과학자였던 퀴리와 그녀의 남편 피에르(1906년 교통사고로 숨졌다)는 1898년 라듐을 발견했고, 그후 퀴리 부인은 남은 여생을 방사선 연구에 몰두했다. 그러나 방사선에 너무 많이 노출되어 백혈병으로 고생하다가 1934년에 고통스럽게 죽었다.

퀴리 부인

● 프란시스 베이컨

해부학 시간 – 베이컨은 과학적 탐구로 '사실'을 증명할 수 있다고 믿었다.

스스로를 새시대의 선구자로 일컬었던 프란시스 베이컨은 과학적인 이론이 실질적인 실험을 통해 증명될 수 있다고 주장한 최초의 과학자이다. 65세가 되던 1626년의 어느 겨울날, 친구인 위더븐 박사와 함께 런던의 외곽지대인 하이게이트 힐을 마차를 타고 여행한 적이 있었다. 그들은 때마침 어떻게 음식이 얼음으로 저장될 수 있는가를 논의하고 있었다. 이때 흰눈으로 뒤덮인 언덕의 꼭대기를 보면서 베이컨은 실험을 제의했다. 그는 근처에서 살아있는 닭을 산 후 창자를 꺼내어 눈으로 덮었다. 실험을 통해 냉동보관이 가능하다는 것을 검증하기까지 바깥에서 오랫동안 서 있던 베이컨은 감기에 기관지염까지 겹쳐 병원으로 실려갔다. 그러나 그 후에도 시름시름 앓다가 그 다음해 4월 9일 사망했다. 그는 마지막으로 일기에 "실험은 성공적이었다"고 적어놓았다.

● 갈릴레오 갈릴레이(1564-1462) ;

　이탈리아의 천문학자

갈릴레이는 망원경을 정교하게 발전
시켜 세상 사람들이 우주에 대해 눈
을 뜨게 해 주었지만 이것은 이미 약
해질 대로 약해진 그의 눈에 치명적
인 손상을 입혔다. 망원경으로 태양
을 세밀히 관찰하던 그의 각막은 회
복될 수 없을 정도였고 만년에는 장
님이 되어 4년 동안 고통에 시달리다
사망했다.

태양을 관찰하다 시력을 잃은 갈릴레오

살아있는 전설 스티븐 호킹

핵물리학의 대가 스티븐 호킹

아인슈타인에 버금가는 금세기 최고의 이론 물
리학자 가운데 한 사람인 케임브리지 대학교의
스티븐 호킹은 특별한 노력 없이는 머리조차 들
지 못하며, 불분명하고 단조로운 어조마저 지극
히 친밀한 몇 사람 외에는 아무도 이해할 수 없
다. 신경과 근육 계통의 희귀한 황폐성 질환의
희생자인 호킹은 글을 쓰지 못하기 때문에 난해
한 방정식이 그의 머리를 스쳐 지나갈 때마다 기억력에 의존해야만 한다.
이는 모차르트가 교향곡 전체를 머리 속에서 작곡하는 것에 비견할 만하
다. 호킹은 특별히 블랙홀 물리학의 전문가이다.

파스퇴르의 강박관념

저온 살균을 해야 하는 포도주
나 식초 또는 맥주에 관해 연
구한 루이스 파스퇴르는 오물
과 감염에 대한 강박관념에 사
로잡혀 있었다. 그는 악수하기
를 거절했으며 식사 전에 접시
와 잔을 특별한 방법으로 세척
하곤 했다.

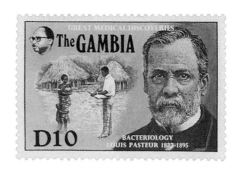

위대한 의학의 발명가로 잠비아의 우표에
소개된 세균학자 파스퇴르

" **누가 발명했을까?** – 합판은 노벨상의 창시자 알프레드 노벨이, 흔들의자는 미국의 벤자
민 프랭클린이, 가위와 콘텍트렌즈는 레오나르도 다빈치가, 룰렛은 파스칼이 발명하였다. "

수메르인의 바퀴

인류 최고의 발명은 역시 바퀴이다. 바퀴는 BC 3500년경에 수메르인들이
발명했고 이들은 이때 이미 글을 쓰고 있었으며 도시도 건설했다.

고대 메소포타미아 남부 지방에서 최고
(最古)의 문명을 이룩했던 수메르인들

측량 단위와 발명자의 이름

몇몇의 측량 단위들은 과학자들의 이름을 따 명명되었다.

· 전기 저항의 단위인 옴(Ω)은 1854년 사망한 독일 물리학자 게오르그 시
몬 옴의 이름을 따서 명명되었다.

· 전압의 단위인 볼트(V)는 전자과학의 선구자인 이탈리아의 알렉산드로
볼타의 이름을 따 명명되었다.

· 전하의 단위인 쿨롬(C)은 프랑스의 물리학자 샤를 드 쿨롱에 의해 명명
되었다. 쿨롱은 전기와 자성에 많은 업적을 남겼다.

· 전류의 실용 단위인 암페어(A)는 전자기(학)의 발전을 꾀했던 프랑스의
물리학자 앙드레 마리 암페어의 이름을 따서 명명되었다.

· 진동수와 전자파의 단위인 헤르츠(Hz)는 19세기 독일의 물리학자 하인
리히 헤르츠의 이름을 따서 명명되었다.

· 에너지의 절대 단위인 줄(J)은 19세기 열역학에서 많은 업적을 남긴 물
리학자 제임스 프레스코트 줄의 이름을 따 명명되었다.

> 1Ω : 양 끝에 1V의 전위차가 있는 도선에서 1A의 전류가 흐를 때 나타내는 저항
> 1V : 1A의 전류가 1Ω의 도선을 흐를 때 도선 양 끝의 전위차
> 1C : 1초 동안 1A의 전류에 의하여 운반되는 전기량
> 1A : 매초 1C의 전기량이 흐를 때의 전류의 세기

과학자들의 세계

· 토머스 에디슨은 사후에도 생이 있다는 것을 증명해 주는 기계를 발명
하여 1920년 〈사이언티픽 아메리칸〉 잡지에 발표했다.

· 라듐과 폴로늄을 발견한 퀴리 부부는 특허를 내지 않은 채 평생동안 가
난하게 살았다. 라듐은 세계의 것이지 개인의 것이 아니므로 혼자서 이
익을 얻을 권리가 없다고 생각했기 때문이다. 1895년에 X선을 발견한

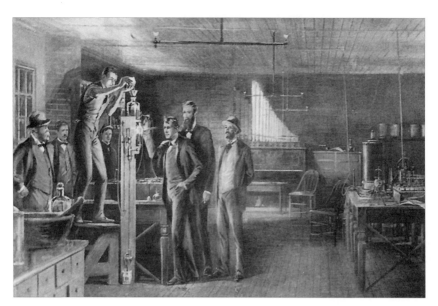
에디슨이 전구를 실험하고 있다.

독일 물리학자 뢴트겐도 특허를 내지 않고 가난하게 살다 죽었다.
· 역사에 길이 남을 만한 가장 기괴한 발명가 중의 한 사람인 월터 헌트는 안전핀을 발명해 수백만 달러를 벌어들일 수도 있었는데, 고작 28만원을 받고 다른 사람에게 팔아버렸다. 또한 헌트는 미싱 기계를 발명했는데, 특허를 내지 않은 바람에 또다시 기회를 날려버렸다.
헌트는 이렇게 두 번씩이나 기회를 놓쳤지만 결국 화재 경보장치와 칼 가는 기구, 얼음 깨는 기구, 만년필 등을 발명해 부자가 될 수 있었다. 많은 사람들이 월터 헌트의 이름을 알지 못하지만 그는 천재적인 발명가 중의 한 사람이었다.
· 망원경은 1608년, 한 젊은 견습공에 의해 발명되었다. 안경 기술자인 한스 리퍼쉐이가 출타 중일 때 혼자 렌즈를 만지고 놀던 견습공이 우연히 렌즈를 이용해 사물들을 가깝게 보이게 할 수 있다는 사실을 발견하게 되었다. 젊은이는 이 사실을 리퍼쉐이에게 알렸고, 리퍼쉐이는 관의 양쪽 끝에 그 렌즈를 달아 사용했다.

대과학자들이 저지른 실수

● 레오나르도 다 빈치(1452~1519)

과학적인 사고력과 관찰력을 지녔을 뿐 아니라, 미술가로도 유명했던 다 빈치는 스스로 연구 기록을 적어가며 무거운 물체가 어떻게 땅에 떨어지는가를 연구했다.

일단 떨어지는 물체의 속력은 계속 증가한다고 밝힌 그의 주장은 옳은 것이었다. 그러나 다 빈치는 낙하하는 물체의 속력은 처음 떨어진 곳에서 멀리 떨어질수록, 즉 거리에 비례해서 증가한다고 했는데, 이런 그의 주장은 틀린 것이었다. 떨어지는 물체의 속력은 시간에 비례해서 증가하기 때문이다.

● 어니스트 마하(1838~1916)

마하는 프라하 대학과 비엔나 대학에서 재직하고 있었을 당시에 물리학자로서의 위대한 명성을 얻게 되었다. 그의 걸작품인 '마하' 는 업적의 일부에 지나지 않으며, 기계와 광성에 관한 연구로 아인슈타인을 놀라게 했을 정도였다.

그러나 그도 노후에 중대한 실수를 범했다. 즉 모든 물질은 원자 구조로되어 있다는 사실을 부인했으며, 원자 존재론이나 그 비슷한 종류의 이론들과 마찬가지로 '상대성 원리' 역시 받아들이기 힘든 이론이라고 언급했기 때문이다.

● 어니스트 루더포드(1871~1937)

뉴질랜드 과학자 루더포드는 핵 물리학의 선구자였다. 그는 케임브리지 대학 카벤디쉬 연구실에서 핵물리학을 연구한 핵물리학의 창시자이다.

그러나 1933년, 그는 원자핵 안에 존재하는 에너지를 끌어낼 수 있다는 이론을 조롱하고 무시했으며, 핵에너지의 생성 원리에 기본이 되는 아인슈타인의 상대성 원리를 부정했다. 뿐만 아니라 미래에 인간이 핵에너지를 이용할 줄 알게 될 것이라는 주장에 코웃음을 치기도 했다. 그러나 그는 훗날 제자들과 함께 핵에너지와 원자탄을 발명했다.

미국을 바꾼 책 한 권

1813년, 공부하기를 싫어했던 16세의 소년 요셉 헨리(1797~1878)가 알바니 근처에서 놀고 있을 때였다. 그는 교회 빌딩 아래에서 토끼 한 마리를 쫓다가 몇 개의 마루 널빤지들이 떼어져 있는 것을 보고 교회를 수색하기로 결심했다. 교회 안의 책장에서 그는 『실험 철학에 관한 강의들』이라는 책을 발견하게 되었다. 헨리는 그 책 속에 빠져들었고, 주인의 허락으로 그 책을 가질 수 있었다.

이 책을 계기로 학구적인 소년이 된 헨리는 남북전쟁 동안 미국의 과학적인 토대를 설립하여 19세기의 미국에서 가장 위대한 과학자가 되었다. 통신 전보 시스템의 근원이라고 할 수 있는 전자 전보를 처음으로 고안했고, 날씨 보도 시스템을 설립했으며, 새로이 세워진 스미스소니언 연구소의 첫 연구실장을 맡기도 했다. 헨리가 사망했을 때는 미국의 19대 대통령인 루더포드 B. 헤이스 대통령까지도 장례식에 참석했을 정도였다.

가장 수명이 긴 차

세계에서 가장 수명이 긴 차는 디젤엔진으로 움직이는 1957년형 벤츠 180D이다. 그 차의 수명은 21년으로 무려 1,906,879km를 달릴 수 있다. 이것은 달을 두 번 반이나 왕복하는 거리와 같다.

주판이 시작된 곳

주판은 보통 중국에서 사용한 것으로 알려져 있으나 사실은 기원전 3,000년경 바빌론에서 처음 사용되었다. 그후 기원전 600년경 그리스와 로마에서 쓰이다가 기원전 500년경에야 중국에서 쓰이기 시작했다.

오르간은 언제 만들어졌을까

오르간은 피아노보다 2,000년 앞서 만들어졌다. 기원전 3세기경, 알렉산드리아의 체시비우스는 키보드로 조종되고 수력으로 작동되는 파이프 오르간을 발명했다. 그러나 피아노는 1690년대까지 발명되지 않았다.

1690년 피아노가 출현하기 전에 사용된 '하프시코드'. 이것이 피아노의 시초다.

감기 걸리는 컴퓨터

음악을 작곡하거나 미술 도안을 하거나 바둑을 두는 것도 컴퓨터로 할 수 있다. 또 셰익스피어의 작품에 사랑이라는 말이 2,271번 나온다는 것도 쉽게 확인할 수 있다. 그러한 컴퓨터 가운데 CDC 7600은 1초에 36,000,000번이나 정보를 처리할 수 있다고 한다. 또 그것은 몹시 민감해서 조금이라도 온도가 내려가거나 찬 곳에 두면 감기에 걸린다고 한다.

레이저 광선의 위력

1950년에 발명된 레이저 광선은 인간이 발견한 에너지 가운데 가장 강한 것이다. 레이저 광선을 만들어내기 위해서는 냉장해 두었던 루비 크리스

탈에 빛을 쪼인다. 이 빛이 루비의 원자를 자극하면 아주 강렬한 붉은 빛을 방사한다. 이 빛은 5,000분의 1초만에 다이아몬드에 구멍을 낼 수 있으며, 태양빛보다 1평방인치당 2,000배가 넘는 에너지를 낼 수 있다

그레이트 이스턴호의 성능

1858년 런던 템즈 강에서 진수된 증기선 그레이트 이스턴호(22,500톤, 길이 231m)는 당시 가장 큰 배보다 5배나 더 컸다. 이 배는 77년 후에 진수된 퀸메리호의 2배에 해당하는 4,000명의 승객을 태울 수 있도록 건조되었다. 그레이트 이스턴호는 15,000톤의 석탄을 적재하고 연료의 재 공급 없이 지구를 한 바퀴 돌 수 있었다.

대서양을 가로질러 뉴욕으로 처녀항해를 하고 있는 'Grate Eastern' 호

세계에서 가장 작은 모터

세계에서 가장 작은 모터는 바늘귀보다도 작으며 무게는 50만분의 1파운드이다. 캘리포니아의 윌리엄 맥렐런에 의해 제조된 이 모터는 사방이 64

분의 1인치이며, 13개의 부품으로 이루어져 있고 출력은 백만분의 1마력이다.

이 모터의 작동 모습은 현미경을 통해서만 볼 수 있다고 한다. 맥렐런은 이쑤시개와 현미경 그리고 시계를 만들기 위해 특별히 고안된 선반을 이용하여 이 모터를 만들었다.

제임스 와트는 증기 기관을 발명하지 않았다

토머스 뉴코멘이 1712년 증기 기관을 처음 발명했다. 1778년에 이르러서는 콘웰 광산에만 70개 이상의 뉴코멘 기관이 가동되고 있었다. 와트는 뉴코멘 기관의 수리를 의뢰받아 바퀴를 돌릴 수 있는 매우 효율적인 기관으로 개조했다. 이렇게 개조된 증기 기관의 유용성은 초기의 뉴코멘 기관을 곧 사람들의 기억 속에서 사라지게 만들었다.

또한 기차를 발명한 사람은 조지 스티븐슨이 아니다. 1804년 리처드 트레비딕이 처음으로 기차를 발명했다. 하지만 철도 위를 달릴 수 있는 기차는 10년 뒤인 1814년 스티븐슨이 발명했고, 그 기차는 영국 리버풀과 맨체스터까지 64km를 달렸다.

색을 분석하는 로봇

로봇은 색을 감지하여 큐브 퍼즐도 푼다.

미국의 연구가들은 루빅스 큐브를 풀어내는 로봇을 개발하였다. '큐 로봇' 이라고 불리는 이 로봇은 한 손으로 큐브를 잡고 각 표면에 칠해져 있는 색의 조합을 읽으면서 직접 큐브를 조작하여 퍼즐을 푼다. 이 로봇은 어떤 복잡한 색의 조합도 3분 안에 풀어낸다고 한다.

로봇의 예술적 기능

일본의 로봇은 이제 예술 분야에서 활약하고 있다. 이 '와수로봇'은 눈으로 악보를 읽어내려 가면서 건반과 발판을 사용하여 전자 오르간으로 연주해낸다. 또 다른 로봇은 앞에 앉아 있는 사람을 20초 정도 비디오 카메라로 관찰한 다음 그 사람의 초상화를 스케치한다.

첨단로봇의 기능이 인간의 역할을 대신해 가고 있다.

발 견

최초의 세계일주, 세바스찬 델 카노

존 세바스찬 델 카노는 스페인의 항해사에서 최초로 세계일주를 한 사람으로 기록되어야 할 것이다. 그의 기장인 페르디난도 마젤란이 필리핀 원주민들과의 전쟁에서 사망했을 때 그는 마젤란의 유언대로 그의 자리를 승계하여 인도양을 가로질러 아프리카의 남쪽 끝을 돌아 항해를 시작한 지 3년 만인 1522년 9월 8일 스페인으로 무사히 귀환했다. 그러나 카노는 4년 후 태평양 쪽으로 두 번째 항해하던 도중 사망했다.

신대륙으로 간 사람들

● 신세계를 발견한 콜럼버스

정작 북아메리카를 밟아보지 못한 콜럼버스

비록 자국의 국기를 달지 못했지만 신세계로의 항해를 완주한 역사적인 인물들은 모두 이탈리아인들이다. 이탈리아인 크리스토폴로 콜럼버스는 스페인 함선으로는 최초로 신세계를 발견했다. 그리고 이탈리아인 지오나비 카보토는 영국함선으로서는 최초로 신세계를 발견했으며 마찬가지로 이탈리아인인 지오나비 다 베라자나도 프랑스 국기를 달고 프랑스 함선으로서는 최초로 신세계를 발견했다. 그러나 정작 이탈리아함선은 신세계를 발견하지 못했다.

콜럼버스는 북아메리카 대륙에 간 적이 없다 ― 그는 네 번이나 신대륙에 갔지만 북아메
리카 대륙에는 간 적이 없다. 처음과 두 번째에는 서인도 제도의 섬에, 세 번째는 남아메리
카, 네 번째는 중앙 아메리카에 갔다. **"**

● 북아메리카를 제일 먼저 발견한 휘순(AD450, 중국인)

중국 양나라 황실의 문서와 지도를 기초로 중국의 탐험가이자 승려였던
휘순은 5세기에 북아메리카 대륙을 발견했다. 458년, 중국에서 알래스카
로 항해를 마친 그는 4명의 아프가니스탄 제자들을 거느리고 태평양을 계
속 항해하며 남쪽으로 향하던 중 멕시코에 도착했으며 그곳에서 그는 멕
시코 원주민들과 유카탄의 마야족들에게 불교를 포교했다. 40년 이상 포
교활동을 끝내고 502년 중국으로 돌아온 휘순은 그의 모험담을 유기 황제
와 우왕에게 보고했다.

● 오스트레일리아를 발견한 캡틴 쿡

1768년 캡틴 제임스 쿡은 비너스가
지나간다는 타히티 섬을 처음 발견했
다. 그는 타히티 섬에 도착해 밀봉된
문서를 발견했는데 거기엔 다음과 같
은 글이 적혀 있었다. "타히티 섬에서
남쪽으로의 항해를 계속하라. 그러면
세계에서 아무도 발견하지 못한 미지
의 대륙을 발견하게 될 것이다. 그리
고 이 문서를 연 사람은 바로 광활한
땅의 주인이 될 것이다." 그리하여 제
임스 쿡은 오스트레일리아를 발견했
다.

독학으로 항해술을 배운 제임스 쿡

● 스페인 국기를 달고 원정에 나선 마젤란

페르디난드 마젤란은 포르투갈인이었지만 스페인의 국기를 꽂고 이제까지 어느 누구도 감히 엄두를 못 낸 세계항해를 시작했다. 그가 포르투갈인으로서 스페인의 국기를 달고 세계원정을 나설 수밖에 없었던 이유는 그의 파란만장한 인생사에서 찾아볼 수 있다. 그는 일찍이 인디아로의 항해를 위해 재정보조를 요청했던 콜럼버스의 요구를 거절한 포르투갈의 왕존 2세의 법정에서 수행원으로 일한 적이 있었다. 동부 인디아를 탈환하려는 포르투갈의 원정에 출전했으며 모로코 왕국과의 결전에서는 전투 중에 부상을 입어 불구가 되었다. 그러나 그는 당시 반역행위에 속했던 모로코인들과의 무역으로 기소당해 1517년 군대에서 쫓겨나게 되자 앙심을 품고 스페인군에 입대했던 것이다.

실수로 만들어진 페니실린

영국의 세균학자 알렉산더 플레밍은 1928년에 페니실린을 발견할 때까지 수많은 실패를 거듭하였다. 플레밍이 어느 날 세균을 배양하는 접시에 실수로 푸른색 곰팡이를 떨어뜨렸는데, 잠시 후에 그 곰팡이 근처의 세균들이 모두 죽은 것을 알게 되었다. 그리하여 질병에 시달리는 수많은 사람들을 구하게 될 페니실린을 발견하였고 실패를 거듭한 지 17년 만에 노벨의학상을 수상하였다. 참으로 우연한 실수가 역사에 뚜렷한 대사건을 만들어냈던 것이다.

실수로 발견한 경화 고무

1830년대 이전에 고무는 그리 유용한 물질이 아니었다. 추운 날에는 딱딱하고 뻣뻣해지며 더운 날에는 물렁물렁해지고 끈적거렸다. 찰스 굿이어는 실패한 사업가로 빚 때문에 감옥살이까지 하였으며 더욱이 화학자도 아니었지만, 고무를 개량하는 방법에 마지막 행운을 걸기로 결정했다. 굿이어는 고무에 유황을 첨가해 보았지만 별다른 효과를 보지 못하였다. 그러던 어느 날 그는 실수로 그 혼합물을 난로 위에 쏟았다. 뜨거운 고무 유황 혼합체를 집어들었을 때 굿이어는 그의 발견을 '경화 고무'라는 제목으로 출원하여 1844년에 특허를 받았다. 이것이 고분자화학 분야의 첫 출발이다. 그러나 굿이어의 과정은 너무 간단하여 지금까지 많은 사람들이 특허를 침해했다.

항생제의 발견

모든 과학적 발견이 과학자들의 젊은 시절에 이루어진 것은 아니다. 미국의 식물학자 벤자민 민제 두가는 66세 되던 1948년에 학문적 절정기를 맞이하였으며, 이때에 대역 분광 테트라사이클린 항생제를 발견하고 그 용법을 소개하였다.

책 속의 책

최초의 신호등

우리에게 친숙한 신호등은 언제 발명되었을까? 아마도 대부분의 사람들은 신호등을 자동차 생산의 보조산물로 생각하기 쉽다. 그러나 신호등은 자동차가 발명되기 수십 년 전인 1868년, 영국의 국회의사당 앞에 설치되었다. 빨간색과 초록색 두 개의 불빛으로 이루어진 이 신호등은 인적이 많은 교차로에서 사람들이 부딪히지 않고 안전하게 걸어갈 수 있게 하기 위해 고안되었다. 그러나 어느 날 신호등이 강풍에 흔들려 지나가던 경찰관이 부상당하자 그 신호등은 영원

처음 영국 국회의사당 앞에 등장한 신호등은 빨간색과 초록색 두 가지로 이루어져 있었다.

히 모습을 감추었다. 그후 1924년 영국의 클리블랜드에 등장한 빨간 신호등이 최초의 신호등으로 불려지고 있다.

시속 27,000km의 속도로 나는 비행기

우리가 보통 타고 다니는 747여객기는 시속 1,030km로 난다. 프랑스와 영국의 합작 비행기 콩코드는 시속 2,100km, 소련 여객기 TU-144는 시속 2,550km로 날 수 있다. USAF 록히드 TR-7LA 정찰기는 시속 3,530km까지 날 수 있었다. 그러나 1988년 1월 15일 미 공군의 스텔스기는 30,480m 상공에서 시속 6,115km의 기록을 세웠다. 또 USAF의 윌리엄 J. 나이트 소령은 시속 7,270km의 기록을 세웠다. 그러나 2005년쯤에는 음속보다 25배나 빠른 시속 27,000km의 속도를 낼 수 있는 최신 비행기가 개발된다고 한다. 이 비행기가 지구를 한 바퀴 도는 데는 1시간 40분밖에 걸리지 않을 것이다.

2005년에 개발 예정인 비행기. 음속보다 25배나 빠르다.

비행기의 연료 소모량

비행기는 9,144m 상공에서보다 7,620m 상공에서 더 많은 연료를 소모한다. 하늘 높이 올라갈수록 대기의 압력이 줄어들어 저항을 적게 받기 때문이다.

로켓 카운트 다운

'3, 2, 1 제로 발사!' 이 유명한 로켓 카운트 다운을 고안한 사람은 독일인 영화 감독 프리츠 랑(Fritz Lang) 인데, 1928년 그가 제작한 영화 〈Die Frau im Mond(달 속의 여인)〉라는 작품에서 이 카운트 다운을 처음으로 선보였다(이 영화는 〈로켓으로 달까지〉 라는 제목으로도 알려져 있다).

라이트 형제와 보잉 747

라이트 형제가 만든 최초의 비행기

라이트 형제가 키티호크에서 최초로 비행한 역사적인 기록은 12초였다. 이 12초 동안의 비행거리는 보잉 747의 날개 길이보다 짧은 거리다.

소리의 속도

소리는 해수면에서 1초에 332m 속도로 달린다. 소리는 금속을 통할 때 가장 빠르고, 그 다음이 물 속, 그 다음이 대기에서이다. 금속에서는 1.6km 가는 데 1/3초, 물 속에서는 1초, 공기 속에서는 5초가 걸린다.

제 7 장
시간의 속도·승산·확률·통계

시간의 속도

1초 후

일상 생활에서는 1분이 60초임을 아는 것으로 충분하다. 그러나 당신의 지적 능력이 허락한다면 기가세컨드(gigasecond)나 찰나적 순간인 아토세컨드(attosecond)의 영역을 생각해 볼 수 있다(기가세컨드는 일조 초로서 30년이 조금 더 되고, 아토세컨드는 십경분의 1초로서 0.000000000000000001초이다). 하루는 86,400초, 1주일은 604,800초, 30일로 이루어진 한 달은 2,592,000초, 그리고 1초는 0.000116일임을 우리는 안다.

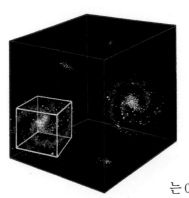

　　　　　이만한 정밀도에 이르면 시간에 대한 생각을 더욱 진전시키기에 앞서, 부서진 시계와 하루에 10초 늦게 가는 시계 중 어느 시계가 더 정확한가를 질문받은 한 과학자의 의견을 심각하게 생각해 볼 필요가 있다. 그 과학자는 심사숙고 끝에 부서진 시계가 더 정확한 시계라고 발표했다. 왜냐하면 부서진 시계는 적어도 하루에 두 번은 정확한 시각을 가리키는 반면, 하루에 10초 늦는 시계는 11.8년에 단 한 번 정확한 시각을 가리키기 때문이다.

" 1967년 — 짧은 1초의 연속으로 이루어진 세월 중 1967년은 특별히 중요한 해이다. 이는 1초를 세슘 원자가 9,192,770번 진동하는 사이로 다시 정의한 해이기 때문이다. "

시간의 극대와 극소

우리는 우주에서 일어나는 일들에 걸리는 거대한 시간의 흐름 중 아주 조그만 부분밖에는 경험하지 못한다. 다음의 현상은 시간의 극명한 차이를 보여줄 것이다.

① 원자핵의 반동 1×10^{-18} SEC

  소립자가 원자핵으로 분열될 때 핵은 밖으로 튀어나간 후 곧 반동되어 오거나 파멸된다. 이 현상은 1/10초 내에 일어난다.

② 레이저 광선에 의해 모인 중수소가 압축되는 시간 1×10^{9} SEC

③ 총탄이 터질 때 1×10^{6} SEC

④ 신경 맥박이 신경세포의 연접부를 1×10^{3} SEC
   지날 때, 혹은 비누방울이 터질 때

⑤ 벌이 날갯짓할 때   0.03 SEC

⑥ 인간의 심장 박동 수   1 SEC

⑦ 태양빛이 지구까지 오는 시간   492 SEC

⑧ 파도가 높을 때와 낮을 때의 평균 시간   21,600 SEC
   약 6시간

⑨ 지구의 자전   86,164.1 SEC
   23시간 56분 4.1초, 즉 하루

⑩ 지구가 태양 주위를 완전히 공전하는 시간   31,472,329 SEC
  365일 6시간 13분 53초, 즉 1년

⑪ 가장 오래 산 사람   3,804,796,800 SEC
  일본의 게치오 이주미, 120년 237일

⑫ 지구에서 가장 오래 산 생명체 145×10^9 SEC
  캘리포니아 화이트산의 거친 털솔방울 소나무(일명 메추슬라), 4,600년

⑬ 14번 탄소의 반감기(Half time)
  이 방사성 동위 원소의 1/2 덩어리는 1,790억 초(5,700년) 동안 부서진
  다. 이는 탄소를 이용한 연대측정에 유용하게 쓰인다.

⑭ 유태인 달력에 의한 창조 이후의 시간
  5736년 말(AD 1976년 9월 24일), 이것은 수천 년 동안 계속 셈하여 왔던
  랍비들에 의해 발표되었다. 첫 달력은 힐젤 2세에 의해 AD 358~359년
  에 소개되었고 현재의 유태인 달력의 형태는 AD 1000년 이후에 정해진
  것이다.

⑮ 태양계가 은하계의 중심 둘레를 한 번 공전하는 기간
  양력으로 2억 2천 5백만 년

⑯ 우주의 나이
  가장 최근 자료에 의하면 1백 1억 2천 5백만 년, 우주 연도로 약 45년

자, 여러분! 우리는 단숨에 1×10^{-18} 초부터 10,125,000,000년까지의 긴 시
간 여행을 했습니다. 너무 빨랐다고요?

아인슈타인의 꿈

상대성 이론의 원리에 의하면 빛보다 빠른 물체를 타고 우주를 달린다면 영원히 살 수 있다고 한다. 말을 타고 다닐 때는 하루에 130km를 여행할 수 있었고 1800년에 기차가 생긴 뒤에는 8시간에 240km를, 1925년 자동차 발명 뒤에는 8시간에 480km를 갈 수 있었다. 또 비행기가 생긴 뒤에는 1시간에 175km를 갈 수 있었고, 1964년 미 공군 SR-71 정찰기는 1시간에 3,500km를 날아갔다. 또 1961년 세계 최초의 우주 비행사 유리 가가린이 탄 보스토크 1호는 우주권에서 1시간에 29,000km의 속도로 지구를 돌았다. 1982년 11월의 콜롬비아호는 5일 동안 지구를 82바퀴나 돌아 총 3,210,000km를 여행했다.

대나무의 성장 : 3.8cm/hour

달팽이 : 48m/hour

나무늘보 : 109m/hour(땅에서) 274m/hour(나무 위에서)

큰 거북 : 274m/hour

미시시피강의 유속 : 4.8km/hour

꿀벌 : 17.7km/hour

인간이 가장 빨리 뛸 때 : 24km/hour

뛰는 캥거루 : 64km/hour

치타가 뛸 때 : 96km/hour

칼새 : 107km/hour

근육 섬유 조직을 통한 신경 전달 : 330km/hour

경주용 자동차 : 410km/hour

음속(20도에서) : 1,220km/hour

USSR 미그 25 전투기 : 3,400km/hour

LOCKHEED SR71A(정찰기) : 3,530km/hour

달이 지구를 돌 때 : 3,680km/hour

우주선 콜롬비아호 : 26,900km/hour

> 지구가 태양을 돌 때 : 107,245km/hour
> 수성이 태양을 돌 때 : 172,000km/hour

잉카의 우편 배달부

잉카에는 말이 없었기 때문에 사람이 소식을 전해야 했다. 잉카의 우편 배달부는 채스뀌즈라고 불렸는데, 한 사람이 약 2.4km씩 분담했다.

그리하여 키토에서 쿠스코까지 2,000km 거리에서도 소식은 5일 안에 전달될 수 있었다. 이것은 1시간에 16km 속도로 달린 것이다.

"**만약 발사된 총알을 촬영하려면** – 총알은 시속 3,620km의 속도로 날아간다. 이것을 촬영하려면 1초에 11,000,000의 속도로 찍을 수 있는 카메라가 있어야 한다. "

총알은 시속 3,620km의
속도로 날아간다.

콜롬버스에서 암스트롱까지

콜롬버스가 신대륙을 발견했다는 사실을 이사벨 여왕에게 전하는 데 5개월이 걸렸고, 유럽 신문들은 링컨 대통령의 암살을 보도하는 데 2주일이 걸렸다. 그러나 암스트롱은 달에서 1.3초만에 지구에 소식을 전할 수 있었다.

거북은 토끼에게 이길 수밖에 없었다

우리는 토끼와 거북의 경주에서 느림보 거북이 토끼를 보기 좋게 이긴 이야기를 알고 있다. 이것은 매우 타당성이 있는 이야기이다. 자라나 거북의 몸은 공기 저항과 마찰을 잘 극복할 수 있는 포물선 모양으로 되어 있기 때문에 스피드를 내기에 이상적이라는 것이다.

고성능 총을 수평으로 발사해도 총알은 공기 중에서 포물선을 그리며 날아간다. 그러므로 거북이 경주에서 토끼를 이긴 것은 하나도 이상할 것이 없다.

원자에서부터 우주의 지평선까지

우주의 무한한 공간과 비교하면 우리 삶은 먼지처럼 미세하다.

물체	크기(mm)
수소원자의 지름	0.00000003
설탕 입자	0.0000007
헤모글로빈 입자	0.0000068
타바코 모자이크 바이러스의 넓이	0.00004
적외선 파장의 길이	0.0007
엽록체	0.008
몸의 세포	0.05
먼지	0.1
페인트칠의 두께	0.1
핀 머리	1
벼룩	1.5
손톱	10
발	299
소화기관	10,000
알려진 가장 큰 나무	109,860
지구의 지름	12,750,000,000
빛이 진공 상태를 1초에 가는 거리	300,000,000,000
지구에서 달까지	384,300,000,000
빛이 1년 동안 가는 거리	9,460,000,000,000,000,000
가장 가까운 별 프로시마 센토리까지	40,200,000,000,000,000,000
우리 은하계의 지름	946,000,000,000,000,000,000
은하계가 있는 은하단의 지름	49,200,000,000,000,000,000,000
관측 가능한 가장 먼 곳의 물체	94,600,000,000,000,000,000,000
궁극의 수평선	189,200,000,000,000,000,000,000,000

인간이 탄생되기까지

우주의 탄생 : 145억 년 전

태양과 지구 : 46억 년 전

프리모다이얼 숩(아미노산 같은 것들) : 40억 년 전

유전 인자(DNA) : 39억 년 전

세포(cells) : 38억 년 전

초록색의 조류 : 32억 년 전

세포의 핵(nucleus) : 14억 년 전

바이러스(viruses) : 13억 년 전

원생동물(Protozoa) : 12억 년 전

섹스(sex) : 10억 년 전

해면동물(sponge) : 9억 년 전

조개(clams) : 6억 5천만 년 전

게, 새우, 가재(crab, shrimp, crayfish) :
5억 5천만 년 전

낙지(octopus) : 5억 5천만 년 전

물고기(fishes) : 5억 년 전

이끼, 고사리(moss, bracken) : 4억 3천만 년 전

지네(centiped) : 4억 2천만 년 전

양서류(amphibia) : 3억 9천만 년 전

곤충(insect) : 3억 5천만 년 전

파충류(reptilia) : 3억 4천 5백만 년 전

포유동물(mammalia) : 2억 2천 5백만 년 전

공룡(dinosaur) : 2억 2천 5백만 년 전

캥거루(kangaroo) : 1억 3천 6백만 년 전

코끼리(elephant) : 1억 년 전

쥐(mouse) : 6천만 년 전

토끼(rabbit) : 5천 5백만 년 전

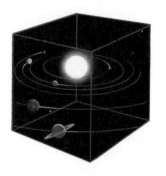

10만 년 전 인류의 출현 - 아프리카의 호모 사피엔스

새(bird) : 1억 9천 5백만 년 전

꽃(flower) : 1억 년 전

공룡의 멸종 : 6천 5백만 년 전

원숭이(monkey) : 6천 5백만 년 전

인간(man) : 2천만 년 전

인간이 걷기 시작 : 6백만 년 전

여성(woman) : 4백만 년 전

호모 사피엔스(Homo sapiens) : 10만 년 전

네안데르탈인 : 5만 년 전

미국 인디언 : 3만 5천 년 전

공룡이 멸종하자마자 출현한 것은 원숭이다.

호모 사피엔스 – 아프리카와 아시아에 출현한 현생 인류

네안데르탈인 – 독일의 네안데르탈에서 유골이 발견된 구석기 시대의 원시 인류

미국 인디언 – 몽골에서 시베리아를 거쳐서 알래스카까지 왔고 또 그곳에서 미국까지 이주해 왔다.

우주의 속도 제한

빛은 1초에 지구를 일곱 바퀴 반 돈다. 빛이 1초에 가는 거리는 97,600km 고 1분에 17,856,000km, 1시간에는 1,071,360,000km, 하루 동안에는 25,712,640,000km, 1년 동안에는 9,385,113,600,000 km의 거리를 달린다. 우리가 살고 있는 은하계의 넓이는 100,000광년으로 거리로 환산하면 9,385,113,600,000,000,000km나 된다.

하루는 48시간이다

우리는 하루를 24시간으로 알고 있지만, 사실 지구상에서의 하루는 48시간이다.

예를 들어보자. 월요일은 한 변경선(자오선 180도)인 지점에서는 일요일의 자정이 지난 직후부터 시작된다. 한 시간 후에 월요일은 한 변경선의 서경 15도 지점에서 일요일을 대신하게 된다. 그리고 두 시간 이후에는 월요일은 서경 30도 지점에서 시작하게 된다. 그리고 12시간 후에는 자오선 0도의 그리니치에서 월요일이 출발하게 된다. 또 오후 6시에는 서경 90도에서 월요일이 시작됨에 따라 월요일은 이때쯤이면 지구의 4분의 3을 돌게 되는 것이다. 그리고 5시간 후인 오후 11시에는 또다시 자오선 165도의 중부 태평양에서 출발하게 된다. 다시 말해, 오후 11시에 월요일은 한 변경선의 동경 15도인 지점에 있는 셈이다.

그리고 한 시간 후에는 자오선 180도인 지점에서 다음날인 화요일이 시작된다. 그러나 동경 15도 지점에 있는 월요일은 동시에 25시간을 가리키고 있다. 즉 화요일 자오선의 동쪽에서 출발한 것처럼 월요일도 자오선의 동쪽에서 출발한다고 볼 수 있다.

하루가 서부 알래스카까지 도착하는 데는 25시간이 걸린다. 그리고 그곳 알래스카에서 출발하면서 하루는 또 다른 24시간을 가진다. 그래서 48시간이 되는 것이다.

단 한번의 승부

· 마잘린 공작 부인(1646~1699)은 5,000,000프랑이 넘는 유산을 받았다.
  그러나 그녀는 카드놀이로 이것을 한 푼도 안 남기고 다 날렸다.

· 가이스 공작(1519~1563)은 8,000,000프랑이 넘는 전 재산을 단 한장의
  카드를 뒤집는 데 걸었다. 그는 400대 1의 비율에서 이겼다. 그 결과
  20,000달러를 벌었는데 이것을 승리의 소식을 가지고 온 심부름꾼에게
  모두 주었다.

· 프랑스의 케로신성은 1880년에 단 한번의 카드 게임으로 주인이 바뀌었
  으며 저명한 영국의 정치가 찰스 제임스 폭스(1749~1806)는 50만 파운
  드가 넘는 돈을 21세기가 되기 전에 잃었다.

· 영국 오크 햄튼의 윌리엄 노스모어
  (1690~1735)는 단 한장의 카드로
  400,000파운드를 잃었다. 하지만
  1714년에 불쌍하게 여긴 이웃들이
  그를 하원의원으로 뽑아 주었다.

행운은 한 순간에 찾아오지만 그 행운을 누리는
사람은 극소수일 뿐이다.

… 할 확률

· 예술가가 예술가를 만나 결혼할 가능성은 과학자가 과학자를 만나 결혼
  할 가능성보다 다섯 배나 더 적다.

· 정신과 의사들이 자살할 확률은 일반 사람들이 자살할 확률보다 여섯
  배가 더 높다.

· 은퇴한 사람은 같은 나이에 일을 하고 있는 사람들보다 자살률이 다섯 배나 된다.

· 바둑에서 각 점에서 처음 네 번 움직이는 데 가능한 방법의 수는 318,979,564,000가지이다.

· 덴마크인은 4,000명 중 한 명이 자살한다.

· 담배를 피우지 않는 사람이 꿈을 더 자주 꾼다.

· 하프를 켜는 대부분의 여자들은 바이올린을 켜는 남자들과 결혼을 한다.

· 아침에 집을 나설 때 아내에게 키스를 해주는 남편은 그렇지 않은 남편보다 경제적으로 더 안정된 생활을 하는 사람이다.

" **프랑스의 국립도서관** – 프랑스의 국립도서관은 한 장의 카드를 뒤집는 것으로 얻어졌다. 1644년 유명한 카디널 마자린과 자크 투베에프는 200,000프랑을 걸고 카드놀이의 일종인 피케를 하였다. 그 결과 마잘린이 이겨 이 도서관 건물을 얻었던 것이다. "

한 표의 위력

● 토머스 제퍼슨 vs 아론 버르
1800년, 미국 대통령을 뽑는 하원의원 선거에서 토머스 제퍼슨은 테네시의 클레아본 의원이 던진 한 표로 아론 버르를 누르고 대통령에 당선될 수 있었다.

● 잭슨 vs 존 퀸시 아담스
1824년 잭슨과 존 퀸시 아담스의 대통령직 경합은 한 표의 차이도 나지 않아 교착 상태를 이루었다가 스티븐 루엔실라 장군의 한 표로 아담스가 대통령에 당선되었다.

● 워싱턴, 오리건, 아이다호

한 표 차이로 워싱턴, 오리건, 아이다호가 미국의 주로 병합되었다. 1843년 5월 2일의 투표에 참가하였던 의원들의 의견은 51 대 51로 양분되었으나 마침내 마티유가 찬성표로 기울어 결국 50 대 52로 이 안건이 통과되었다.

" 텍사스를 구한(?) 에드워드 헤네가 – 텍사스는 에드워드 헤네가 상원의원이 던진한 표로 미국의 주가 되었다. 이 당시 상원의원들은 26 대 26으로 팽팽한 의견 대립을 하고 있던 중 헤네가 상원의원이 마음을 돌려 찬성표를 던져 텍사스가 미국의 주로 합병되는 안건을 25 대 27로 통과시켰다. "

● 루서포드 헤이스 vs 사무엘 틸덴

루서포드 헤이스는 대통령 선거인단 투표에서 185표를 얻어 184표를 얻은 사무엘 틸덴을 한 표 차이로 눌러 승리했다.

● 총사령관 크롬웰

1645년 6월 10일, 영국 의회에서는 91 대 90이라는 한 표 차이로 크롬웰 장군이 총사령관으로 임명되었다.

● 찰스 1세의 몰락

영국의 찰스 1세는 135명의 재판관으로 구성된 위원회의 심판을 받게 되었는데, 그 중 68명의 재판관들이 찰스 1세의 처형에 동의하였다. 한 표가 왕의 목숨을 빼앗아버린 것이다.

● 영국 주거 칙령

영국의 왕권이 하누오버 왕가로 넘어가게 된 계기를 만든 '영국 주거 칙령'은 1701년 5월 14일, 96 대 95의 한 표 차이로 통과된 법령이었다. 이 마지막 한 표는 웨일즈의 아더 오웬 경이 던진 것인데 이 한 표로 조지 1세가 왕위에 오르게 되었다.

● 프랑스 제3공화국의 흥망

프랑스 제3공화국은 1875년, 706명의 대표들이 치열한 공방전을 벌인 끝에 탄생될 수 있었다. 그 당시 프랑스의 국가 형태를 놓고 다투던 이 의회에는 공화당 대표와 왕정당 대표의 수가 353 대 353으로 같은 수였으나 왕정당 의원 한 명이 배앓이로 불참하게 되자 결국 353 대 352가 된 것이다. 하지만 이렇게 탄생된 프랑스 제3공화국은 1940년 6월, 그 전성기의 막을 내리게 되는데 그것은 공화당 의원 카밀레 샤템프스가 스스로 공화당에 반기를 들어 13 대 11로 공화당이 패배하였기 때문이다.

룰렛에서 당신이 이길 승산

찰스 데빌 웰즈가 호주머니에 400파운드를 가지고 몬테카를로에 나타난 때는 1891년이었다. 카지노에 들어선 그는 3일 후 40,000파운드를 거머쥐었다. 웰즈는 '몬테카를로에서 은행을 파산시킨 장본인'으로 명성이 자자했다. 그 후 룰렛 바퀴에 0이 들어갔고 한 회전에 걸 수 있는 돈의 계약 때문에 이와 같은 일은 다시는 일어나지 않았다. 0의 존재는 카지노가 이길 승산을 높여준다. 볼이 0에 멈추면

카지노 측이 테이블 위의 판돈을 모두 쓸어가게 되고 결과적으로 카지노
가 이길 승산은 무려 1과 1/18에서 1에 이른다.

웰즈가 1891년에 기록을 세울 때에는 0이 없었으며 그는 질 때마다 판돈을
두 배로 거는 원리를 이용했다. 판돈을 두 배로 거는 방법은 무척 위험하
다. 판돈을 1파운드로 시작해서 매번 질 때마다 두 배씩 건다면 연속해서
30번을 질 경우에 무려 1,073,741,823파운드를 판돈으로 내놓아야 한다.

> **룰렛에서 하우스를 이기는 방법** — 바퀴의 기계적 구조에 비결이 있다. 지난 세기
> 말에 영국인 윌리엄 재거스는 완벽한 평형을 이루는 룰렛 바퀴는 없으므로 자세히
> 관측하면 그 치우침이 드러나리라는 이론을 시험해 보기로 했다. 몬테카를로를 두루
> 살펴본 후 그는 적합한 테이블을 발견했고 그가 80,000파운드를 땄을 때 그 룰렛 바
> 퀴는 폐기되었다.

파이프의 물 통과량

지름이 61cm인 파이프가 지름이 30cm인 파이프보다 4배나 많은 물을 통
과시킬 수 있다.

통계와 승산에 관한 이야기

● 아이를 낳아야 오래 산다

·O형인 남자는 B형인 남자보다, B형인 여자는 O형인 여자보다 더 오래
산다. 아이를 분만한 경험이 있는 여자들은 아이를 낳아보지 못한 여자
들보다 더 오래 산다.

> **스리랑카에서는** — 16년 동안 지속된 내전 때문에 죽은 사람이 6만 명인 데 비해 자
> 살한 사람은 8만 명이나 된다.

● 안식교인과 몰몬교인

·수녀가 다른 종교에 종사하는 사람들보다 더 오래 산다. 안식교인과 몰
몬교인들이 다른 종교를 가진 사람들보다 7년 정도 더 장수한다.

결혼과 정신병 – 결혼하지 않은 사람이 정신병으로 입원할 가능성은 결혼한 사람보다 7.5배나 더 높다. 미국 국가 정신병 협회의 1975년 통계에 의하면 14세 이상의 결혼하지 않은 환자의 수가 100,000명 중 685.2명, 결혼한 사람은 100,000명 중 89.9명이었다.

● 일본 여자와 인도 남자
· 세계에서 가장 오래 사는 사람들은 일본 사람들로서 여자의 평균 수명은 85세가 넘는다. 그러나 인도 남자들의 평균 수명은 52세 4개월이고 여자의 평균 수명은 52세로서 인도 남자들이 인도 여자들보다 평균 4개월 정도 더 오래 산다.

● 알코올 중독인 총각 노동자는 단명한다
· 목사가 다른 직업을 가진 사람들보다 장수하고 의사, 변호사, 작가 등과 같이 전문적인 직업을 가진 사람은 기술이 없는 막노동자보다 장수한다. 노동에 종사하는 사람이 결혼을 안했거나 이혼 경력이 있고 게다가 알코올 중독자라고 한다면 가장 단명한다는 통계가 나왔다.

● 문둥병 걸릴 확률
· 남자가 문둥병에 걸릴 가능성은 여자보다 2배나 높다.

● 지진이 일어날 때
· 지진이 일어나기 쉬운 시기는 보름달이 뜰 때, 지구가 태양과 달의 사이에 있을 때, 초승달일 때, 달이 태양과 지구 사이에 있을 때이다.

● 고층은 No!
· 10층 이상의 고층에 사는 사람일수록 저층이나 단독주택에 사는 사람보다 9년 정도 수명이 단축된다.

● 조깅을 합시다
· 규칙적으로 조깅을 하는 사람은 그렇지 않은 사람보다 더 창조적인 일
을 해낼 수 있는 가능성을 가지고 있다.

"
교육 수준이 높을수록 – 교육 수준이 높을수록 감기에 잘 걸린다는 연구가 미시간
대학에 재직하는 두 명의 학자에 의해 발표되었다. 또 킨제이 보고서에 의하면 교육
수준이 높은 사람일수록 자위 행위를 많이 한다고 한다. "

Rh+인 남자와 Rh-인 여자가 결혼하면

첫째 아이는 무사하겠지만, 둘째 아이는 축적된 중독 물질로 인하여 치명
적인 빈혈 증세를 나타내며 적혈구 수가 파괴되는 증세를 동반하고 태어
날 것이다. 산모가 Rh라 해도 아버지에게서 유전된 태아의 Rh피에 노출되
는 것이다. 그것은 산모가 후에 Rh+형인 아기를 갖지 못하게 하는데 산모
의 혈액 속에서 아기의 적혈구를 공격하여 파괴시키는 항체를 생성하기
때문이며 이로 인하여 태아가 죽게 된다. 결혼한 미국인들의 약 12%가 이
런 태아를 낳는다.

인생의 한 페이지를 더 장식할 가능성

보통 출산을 앞둔 미래의 어머니들은 인체상의 반응으로 출산 예정 시간
을 감지한다. 그러나 아이러닉하게도 대부분의 신생아들은 자정 이후부터
오전 8시 사이에 태어난다. 부모에게 고하는 첫 인사로서는 대단히 무례
한 행동임에 틀림없다.
대부분의 죽음도 출생과 마찬가지로 이른 아침에 일어난다. 따라서 당신
이 죽을 날을 기다리고 있는 불치병 환자라 해도 아침 10시까지 살아 있다
면 그 다음날도 당신 인생에 한 페이지가 늘어날 확률이 높다.

검은 양들이여! 안녕

프랑스의 라프로(Lapleau) 지방에 천둥번개를 동반한 폭풍우가 몰아닥친

적이 있었다. 그러나 검은 양들만 모조리 죽었을 뿐 흰 양들은 어떤 피해도 입지 않았다.

" **아직도 담배를?** – 만약에 당신이 하루에 담배를 한 갑씩 핀다면 담배를 피지 않는 사람보다 7년 먼저 죽고, 하루에 두 갑 정도 핀다면 14년 먼저 죽게 된다. "

교회에 나가면 장수한다

텍사스 대학, 콜로라도 주립대, 플로리다 주립대 공동 연구진이 지난 9년 간 2만 2,000명을 상대로 신앙생활과 수명과의 연관성을 분석한 결과에 따르면 정기적으로 교회에 가는 등 종교의식에 참여하는 사람은 그렇지 않은 사람보다 평균 수명이 10% 정도 길게 나타난 것으로 분석됐다.

재즈 음악을 좋아하는 사람

평소 TV를 많이 보는 사람, 재즈 음악을 좋아하는 사람, 음악회에 자주 가고 스포츠 경기를 좋아하는 사람들은 성생활이 평균 이상으로 활발한 편인 반면 일주일에 한 번 종교적인 집회에 나가는 사람은 성생활이 비교적 약한 것으로 나타났다. 특히 재즈를 좋아하는 사람은 성생활의 강도가 평균치보다 30% 높았다.

미국 내 대량학살 주범

지난 50년간 미국에서 일어난 대량 살인사건 100건을 분석한 결과에 따르면 범인의 24%가 대학에 다닌 적이 있고, 35%는 학사 이상의 학위를 소유한 것으로 밝혀졌다.

" **여성의 유방은** – 문명국 여성일수록 그리고 사회적 신분이 높을수록 유방의 위치가 높다. "

휴대폰과 뇌종양

휴대폰을 사용하는 사람은 그렇지 않은 사람보다 뇌종양에 걸릴 가능성이 높다는 연구 결과가 나왔다.

> **술을 좋아하는 남성은 주로 딸을 낳는다** – 술을 심하게 마시는 남성이 딸을 낳을 확률은 그렇지 않은 남성의 경우보다 10배가 높은데 그 이유는 알코올이 남아를 생산하는 테스토스테론 호르몬의 분비를 저하시키기 때문이다.

키 작은 사람이 키 큰 사람보다 오래 산다

신장이 작은 사람들은 큰 사람들보다 적게는 6%, 많게는 20%까지 더 장수했다. 173cm 이하의 미 대통령 5인의 평균 수명은 80.4세인 데 비하여 185cm 이상의 대통령 5인의 평균 수명은 66.8세에 불과했다. 이와 비교하여 231cm 이상 되는 거인들의 평균 수명은 39.8세에 불과했다.

그렇다면 인간에게 가장 적합한 신장은 얼마일까? 우리는 지금 인류에게 가장 알맞은 평균 신장에 대해 생각하기 이전에 30년마다 2.54cm씩 늘어나는 인류의 평균 신장이 이대로의 속도로 증가하다가는 우리를 21세기의 공룡으로 만들지 않을까 하는 문제에 대해 먼저 연구해야 할 것이다.

> **푸른 눈과 갈색 눈** – 거의 모든 인간의 눈 색깔은 원래 갈색이며 푸른 눈의 빛깔은 출산하기 바로 직전 색소의 변화에 의하여 형성된다. 그러나 사람이 죽을 때 눈은 모두 갈색으로 변한다.

완벽한 숫자

그리스인들은 숫자 '6'을 '완벽한 숫자'라고 여겼다. '6'의 제수들의 합은 '6'이 되기 때문이다. 즉 '6'은 1, 2, 3으로 각각 나누어지는데, 각 제수 1+2+3=6이기 때문이다. 그리스인들이 그런 생각을 한 이후부터 2000년이 지난 1952년에 수학자들은 컴퓨터를 이용하여 '6' 이외에 다른 '완벽한 숫자'를 찾아내기에 이르렀는데, 이때까지 밝혀진 바에 의하면 그 완벽한 숫자들은 '6' 이외에 11개라고 알려졌다. 그 중 최대로 큰 숫자는 12003개의 아라비아 숫자로 기입된다.

미국의 도둑들

미국의 대부분의 도둑들은 12월, 1월, 2월에 도둑질을 많이 한다. 특히 추운날 밤 토요일에 도둑질을 많이 한다. 한편 절도, 강간, 살인들은 무더운 7월, 8월에 가장 많이 일어나는 경향이 있다.
그리고 특히 살인은 주말에
자주 일어난다.

제 8 장
건강·의학·음식·약

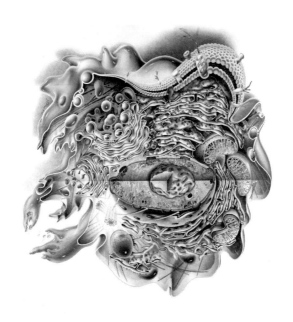

인간은 결코 늙지 않는다. 천천히 사라질 뿐이다

피카소와 버나드 쇼와 톨스토이와 다른 장수한 천재들에게 창조성과 지혜가 죽는 날까지 영감을 불어넣어 주었다. 베르디는 자신의 대작 오페라 '팔스타프'를 80세의 나이에 작곡했다. 그리고 독일의 박물학자 알렉산더 폰 훔볼트는 그의 걸작 '코스모스'를 89세 때 완성했다.

대가들이 남긴 노년의 업적 속에는 무한한 아름다움과 품위가 배어 있다. 성 베드로 성당의 돔은 미켈란젤로가 90세에 설계한 것이라는 사실 때문에 더 원숙하게 보인다.

창조성을 연구하는 심리학자들은 예술가와 작가들이 흔히 20대보다는 60대, 70대에 새로운 아이디어를 더 많이 낼 수 있다고 말한다. 한 가지 흥미로운 사실은 나이가 많이 든 후에 창조적인 일에 손을 댈수록 그것을 노년까지 추구해 갈 가능성이 더욱 커진다는 점이다.

미국의 뛰어난 풍경사진 작가 중 한 사람인 엘리엇 포터는 50살이 넘을 때까지 첫 작품을 공개한 적이 없었다. 줄리아 차일드는 중년이 지나서야 TV에 출연했다. 두 사람 모두 그 후 30년이 지나도록 꾸준히 더 큰 성공을 거두었다.

아침 식사를 거르면

미국 의과대학 연구팀에서 인간의 라이프 스타일과 생활 습관을 조사한 결과 아침 식사를 매일 하는 사람들이 하지 않는 사람들보다 훨씬 더 건강하고 지적인 삶을 산다고 한다.

늙을수록 젊어진다

인간의 사망률은 중년부터 80대에 이르기까지 꾸준히 증가하다가 그 후부터 줄어드는데, 90~95세까지 사는 사람들은 대부분 양호한 건강상태를 유지한다.

100세 이상의 노인들은 20~30년 연하보다 더 건강하며 110세 노인들의 사망률은 80세와 같고, 90년대 중반 후에는 치매도 안 생긴다는 하버드 의과대학의 연구발표가 있었다.

무서운 노르아드레날린

인간은 화를 내거나 강한 스트레스를 받으면 뇌에서 노르아드레날린 (noradrenalin, 강한 혈압 상승 역할을 하는 신경전달 물질)이라는 물질이 분비된다. 이것은 호르몬의 일종으로 대단히 강한 독성을 갖고 있다. 뱀 다음으로 그 독성이 강하다고 한다.

사랑해요, β엔도르핀

뇌는 β엔도르핀(βendorphin)이라는 호르몬도 분비한다. 이 호르몬은 뇌에서 분비하는 호르몬 가운데 가장 긍정적인 효력을 발휘하는 물질인데, 현대 과학이 밝힌 바에 의하면 노르아드레날린과 β엔도르핀은 아주 기묘한 상관관계를 가지고 있다 한다. 다른 사람에게 어떤 말을 듣고 '기분이 나쁘다'고 생각하면 뇌는 독성이 있는 노르아드레날린을 분비한다. 하지만 '기분이 좋다'고 생각하면 β엔도르핀을 분비한다.

창자가 가난해야 오래 산다

성조인 학이나 거북의 배를 따보면 장 속에 아무것도 없다. 학과 거북은 장수한다. 창자가 가난하니 장수할 수 있는 것이다. 창자를 비우지 않고는 바르고 건강하게 오래 살 수 없다.

짐승도 아프면 먹지 않는다

만병의 원인인 몸속의 썩은 찌꺼기(숙변)를 빼내지 않고는 몸을 회복시킬 수 없다는 자연법을 알기 때문이다. 대장세척은 자연법이자 가장 근본적인 치료요법이다.

> "
> **술을 좋아하는 사람들에게** – 추울 때 술을 마시면 동상에 걸릴지도 모른다. 술은 체온을 높이는 것이 아니라 반대로 떨어뜨리기 때문이다. 또 추울 때 몸이 떨리는 이유는 몸이 떨림으로써 자연적으로 근육운동을 일으켜서 체온을 높이기 때문이다.
> "

핸드폰(Cellular Phone) 수난

대만은 인구 2,000만 명에 1,000만 대의 핸드폰이 있어 할아버지 할머니까지 핸드폰을 들고 다닌다고 한다.

한국의 경우 인구 4,000만 명에 약 1,000만 대의 핸드폰이 팔렸다고 한다. 이 휴대폰을 사용하는 사람은 그렇지 않은 사람보다 뇌종양에 걸릴 가능성이 2배 이상 높다는 연구 결과가 나왔다. 전자파 때문이다.

의 학

현대 의학의 반인륜성

● 악명 높은 매독 연구

1932년, 미 보건복지부는 매독을 치료하지 않고 오랜 기간 방치할 경우 일어날 수 있는 건강 문제들을 알아내기 위해 앨라배마주 메이콘 카운티에 거주하는 시민들 중 매독에 감염된 400명의 흑인들과 200명의 정상인들을 대상으로 임상 실험을 실시했다.

이 실험은 무려 39년 동안 실시되었고 매독환자들 중 100명이 예측보다 일찍 사망하게 되면서 실험은 중단되었다. 그러나 정작 실험에 참가한 매독 환자들은 자신들이 치료를 지속적으로 받는다고 생각했지만 그들은 실험의 대상이었을 뿐 치료의 대상은 아니었다.

그후 미 정부는 1974년 생존자와 죽은 환자 가족에게 900만 달러 상당의 위로금을 전달했다.

● 당뇨병 환자들을 죽인 제약회사들

1970년 미국 대학 당뇨병 연구소는 12개의 의과대학과 함께 1,000명 이상의 환자들을 대상으로 한 실험연구 결과를 발표했다. 그 연구결과에 따르면 당시 사용되고 있었던 톨부타미드 당뇨병 치료제는 실제로 별 효과가 없을 뿐 아니라 건강에 치명적인 결과를 초래할 수 있는 위험한 약으로 밝혀졌다.

실제로 이 약을 사용한 환자들이 심장마비 같은 심장병을 일으켰던 사례들이 증거로 지적되었다. 그러자 이에 발끈한 미국 제약회사들은 미 당뇨병 연구소는 잘못된 방법으로 톨부타미드 치료제를 분석했으며 비도덕적인 방법으로 환자들을 임상실험에 참여시켰다는 점을 지적하여 실험결과를 믿을 수 없다고 비판했다. 그러나 1978년 이 실험결과는 정부로부터 공식 인정받았고 그 이후부터 톨부타미드 당뇨병 치료제 사용은 법적으로 금지되었다. 그러나 정작 제약회사들은 보상금 처리가 원만하게 이루어져 재산상의 손해를 보지 않았지만 그 보상금 문제가 해결되는 동안 수백 명의 당뇨병 환자들은 목숨을 잃었다.

● 이상한 전액골 백질절제술

1940년부터 1955년까지 미 정부는 약 50,000명의 정신병자들을 치료하기 위하여 전액골 백질절제술을 시행했다. 그러나 소수의 환자들만 전액골 백질 수술로 정신병을 치료할 수 있었을 뿐 대부분의 환자들에게는 별 효과가 없었다.

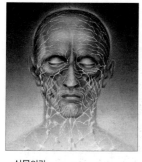
식물인간

심지어 일부 환자들은 수술 직후 식물인간으로 평생을 살아가야 했다. 그러자 시민들의 비판이 거세지면서 전액골 백질 수술을 받는 환자들의 수는 1950년대 들어서 급격히 감소되었지만 1973년까지 매년 100명에서 1,000명 정도의 환자들은 연방정부 보조금으로 이 수술을 받았다고 한다.

● 인간을 쥐의 목숨보다 가볍게 여겼던 나치의 실험

1946년 나치가 수감된 사람들을 실험용 쥐처럼 사용하였다는 사실이 한 시민에 의해 폭로되었다.

나치는 인체의 항생 작용을 관찰하기 위해 건강한 죄수들에게 장티푸스, 홍역, 디프테리아, 말라리아 등 병원균 주사를 놓았다. 뿐만 아니라 엑스레이 광선으로 인해 인체의 신장 기관이 어떤 영향을 받았는지를 관찰하기 위하여 수감자들에게 엑스레이 광선을 오래 쏘인 다음 2주에서 4주 후에 죽여 시체를 해부했다. 또한 인체 근육과 장기 이식 실험을 위해 멀쩡하게 살아 있는 죄수들의 팔, 다리를 마취도 하지 않고 절단하기도 했다.

이런 식으로 죽은 사람들은 수천 명에 달한다고 한다. 결국 훗날 그들 중 12명의 나치들은 살인죄로 수감되었고, 그 중 7명은 종신형, 그리고 나머지 3명은 실형을 선고받았다.

관절염과 임신
미국에서는 약 3천 7백만 명의 관절염 환자들이 고통을 받고 있는데 이 중 2천만 명 정도가 여성 환자들이다. 그런데 관절염은 신비하게도 여자들이 임신하자마자 다 사라진다고 한다. 그 이유는 아직까지도 밝혀지지 않고 있다.

맥주를 마시면서 구두를 닦고 있다면
병이 들거나 심하면 죽을 수도 있다. 구두약의 성분인 니트로벤젠은 인간의 피부에 쉽게 흡수되는 독성이 있어서 폐에 들어가거나 음식물에 섞여 섭취되면 매우 위험하다. 니트로벤젠은 드라이클리닝을 할 때, 물감을 들일 때, 금속에 광을 낼 때 사용하는 액상의 노란색 물체로, 미국에서 1978년 258,750톤을 생산하였다. 니트로벤젠에 중독된 환자는 얼굴색이 파랗게 변하거나 경련을 일으키고 심하면 죽는다.

구두는 겨울철에도 밀폐되지 않은 공간에서 닦아야 한다.

저온학
저온학은 지금까지 우주 내에서 기록된 가장 낮은 온도인 영하 273℃에서 다루는 것을 말한다. 저온학(ultracoldness)이 발달하면 암으로 죽은 사람을 초저온으로 얼려 저장했다가 병이 치료될 수 있을 때 다시 소생시킬 수도 있다.

히포크라테스의 맹세

나는 다음 맹세와 서약을 최선의 능력과 최대의 판단력을 동원하여 지킬 것을 모든 남신과 여신을 증인으로 하고 치료의 신 아폴로를 걸고 맹세합니다.

나는 이 의술을 가르쳐 준 스승님을 친부모나 다름없이 존경하고 사랑하겠습니다. 내가 지닌 재산을 함께 나누며 도움이 필요할 때 아낌없이 도와주겠습니다. 그의 자손을 내 친형제와 같이 생각하여 그들이 이 의술을 원하면 대가와 조건 없이 가르쳐주겠습니다. 나는 이 의술을 내 아들뿐만 아니라 나의 스승님의 자녀와, 맹세와 서약에 의해 맺어진 제자들에게 의술의 법칙에 따라 훈계와 강의와 어떤 방법이든 다 동원하여 반드시 전하겠습니다.

내가 사용하는 치료법은 환자의 유익을 위해서만 사용할 것이며, 그들을 상하게 하거나 해치는 데는 결코 쓰지 않겠습니다. 어떤 사람이 부탁한다 할지라도 결코 독약을 쓰지 않을 것이며, 도움이 되는 상담도 하지 않겠습니다. 특히 여자들의 낙태를 돕지 않겠습니다. 어떤 집에 가서라도 모든 잘못과 타락한 행실을 억제하고, 특별히 남자의 유혹이나 여자의 유혹, 후환이 있든 없든 어떤 비행에도 빠지지 않겠습니다. 환자를 돌볼 때나 또는 환자와 관계없는 일이라 할지라도 사생활에 관한 한 무슨 일을 보든 듣든 신성한 비밀인 것처럼 침묵을 지키겠습니다. 순수함과 거룩함이 나의 의술과 생활을 지킬 것입니다.

"
히포크라테스(BC460?~377?) – 고대 그리스의 의학자로 의술을 마법이나 미신으로부터 해방하고 경험을 중시하는 과학적 의학의 기초를 확립한 서양 의학의 아버지이다.
"

◀ 헬라인들의 동전에 나타난
히포크라테스의 초상

에드워드 제너

제너는 1796년에 종두법을 개발하였는데, 그가 태어난 해보다 150년 전에 태어났더라면 최소한 60,000,000명의 생명을 구했을 것이다. 유럽에서 1618~1648년의 30여 년 동안 천연두로 죽은 사람은 무려 60,000,000명이나 된다.

◀ 어린아이에게 우두(牛痘, 소의 천연두)를 주사하고 있는 제너

이상한 병

· Diphallic Terata : 음경이 2개 이상인 상태.

· Herleguin Fetus : 40cm 크기에 3cm 두께의 지방질 표피의 커다란 판에 싸여 태어난 신생아. 이 판은 몸 전체와 얼굴을 둘러싸서 마치 돌벽에 감싸인 듯하다. 또 피부가 몹시 뻣뻣하고 죄어 있어서 눈을 제대로 뜰 수 없고, 뜬다 해도 다시 감을 수가 없다. 입도 마찬가지여서 젖을 빨 수 없다. 이런 아기는 대부분 굶어 죽거나 체온이 너무 내려가 죽게 된다.

· Naevus Pilosus : 태어날 때부터 있는 커다란 점이나 많은 털로 덮인 큰 사마귀. '수염 난 여인' '성성이 남자' 등 서커스에서 볼 수 있는 사람들이 대부분 이 병의 희생자들이다.

· Plica Polonica : 피부와 손톱 · 발톱이 스펀지처럼 변하여 검어지는 상태. 또 몸의 털들이 끈끈한 액을 분비하여 털을 만지기만 해도 아프다. 폴란드인들에게서 가장 많이 발견된다.

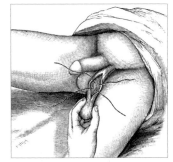

Diphallic Terata

· Polyorchidism : 고환이 3개 이상인 상태.

- Anorchism : 고환이 전혀 없는 상태.

- Saltatoric Spasm : 엉덩이, 무릎, 장딴지 등의 근육이 경련하며 수축하는 상태. 보통 가만히 서 있으려고 해도 스프링처럼 튀어 오르거나 펄쩍 뛰는 등 자신의 동작을 제어하지 못한다.

- Xeroderma Pigmentosum : 노랗고 작은 사마귀 같은 것이 온몸을 덮은 상태. 피부에는 주름이 지며, 하얀 비늘이 덮인다. 상당히 드물긴 하지만 어린이들에게서 볼 수 있다.

> **황열병** — 모기에 의하여 매개되어 내장, 특히 간장·신장에 중독성 변성을 일으켜 발열·황달·단백뇨·위장 출혈 등을 일으키는 급성 바이러스성 전염병

파나마 운하를 만들 때

맨 처음 이 공사를 시작한 프랑스 정부는 20,000명이 죽고 260,000,000달러를 소모한 뒤에야 포기하고 미국에 넘겼다. 미국은 1904년 이 공사를 인수한 뒤 군의관 윌리엄 코로호드고가스를 보내 황열병의 원인을 알아보게 했다. 1년 안에 그는 그 병의 원인이 모기에 있음을 알아내고 황열병을 몰아내고 공사를 진행시켰다.

의수

톱니바퀴와 지레를 이용하여 움직이는 손가락을 가진 인공 손이 1551년 프랑스의 암브로이스 페레에 의해 디자인되었다. 이것은 심지어 손이 없는 마부가 말의 고삐를 잡는 것도 가능하게 했다.

음 식

항암 물질이 들어있는 음식

· 된장, 간장, 고추장은 암 해독제이다.

· 송이버섯은 항암 활성이 제일 높다.

· 시금치, 콩, 브로콜리는 노화를 예방할 뿐 아니라 암세포의 확산을 억제하는 물질이 있는 것으로 알려졌다.

· 약 4,600년 전 이집트의 피라미드 건설 때 건축 노동자의 건강을 보존하기 위해서 특식으로 양파와 마늘이 나왔는데 이 속에 항암물질이 들어있는 것을 믿었기 때문이다.

· 딸기 속에서 항암제 역할을 하는 엘라직 산(Ellagic acid)이 검출되었다.

> **흡연자에게 좋은 딸기** – 암을 유발시키는 발암제들을 제거시키는 역할을 하는 딸기 속의 엘라직 산은 담배 연기와 오염된 공기 속에서 발견되는 탄화수소들 혹은 아플라톡신(발암제), 또한 이 모든 것들에서 검출되는 니트로사민(nitrosa mine)을 없애는 데 주된 역할을 한다고 한다.

마늘에는 항암 성분이 들어 있다.

· 아몬드, 해바라기씨, 호박씨 등을 먹으면 암을 예방하는 데 도움이 된다
고 한다. 하지만 사과씨는 독성이 있어 먹으면 두통과 현기증을 일으키
고 가슴이 뛰며, 목소리가 마비되고 호흡이 곤란해져 토하기도 한다. 그
러나 많은 양이 아니고 적은 양일 때는 안심해도 된다.

> **독성을 가진 씨앗** − 독성을 가진 것들로는 살구씨(잎사귀 포함), 복숭아씨, 버찌씨,
> 나팔꽃씨, 네시꽃씨, 낙원새꽃씨 등이 있다.

감자에는
몸에 해로운 솔라닌과 아무리 센 열에도 파괴되지 않는 비타민 C가 들어
있다.

소금
소금은 인간이 필요로 하는 귀중한 것 중의 하나이다. 소금의 구성 요소를
화학적으로 분리하면 염화나트륨이 주성분임을 알 수 있는데 사람이 염화
나트륨을 먹으면 죽는다. 그래서 중국에서는 자살하기 위하여 소금을 먹
었다고 한다.

아직도 젓갈 김치를 선호하십니까?
우리 한국인들의 전통 음식인 김치는 주로 배추와 무로 만들어진다. 이런

채소를 소금에 절여 발효시킬 때 채소 속에 있던 질산염이 분출된다. 이때 소위 '젓갈'이라고 불리는 어패류인 조개, 새우, 오징어, 꼴뚜기, 황새기 등은 '아민'이라는 물질을 갖고 있는데 채소와 결합하면 채소 속의 질산 염과 합쳐져 놀랄 정도로 무서운 '니트로자민'이란 발암물질을 만들어낸 다. 아직도 젓갈이 있는 김치를 좋아합니까?

비린내 나는 생선은 먹지 말라

사람들은 비린내를 싫어한다. 비린내 나는 생선은 그 비린내를 풍겨서 사 람들로 하여금 먹지 못하게 하는 신호이다. 이러한 신호를 무시하고 사람 들은 비린내 나는 생선을 좋아한다. 더러운 물 속에 살면서 지저분한 것만 골라먹고 사는 오징어, 갈치, 조개, 미꾸라지, 뱀장어, 고등어, 꽁치, 새우, 아지 등 어패류는 독소를 많이 먹기 때문에 자신의 생명을 보존하기 위해 서 몸에 기름이 많다.

그 기름 냄새가 바로 비린내이다. 그래도 비린내 나는 생선을 좋아하겠습 니까?

> **회를 좋아하는 분들께** – 민물고기는 말할 것도 없고 바다고기라도 날로 먹게 되면
> 우리는 본의 아니게 물고기에 기생해 살고 있는 촌충들도 먹게 된다.
> 이 촌충들은 10미터까지 자랄 수 있으며 우리의 내장 앞에 붙어서 최대한 13년까지
> 살 수 있다. 이 촌충들은 때때로 현기증을 일으키기도 한다.

돼지고기를 먹지 말라

돼지는 창자 속에 무려 3~3.7미터나 되는 촌충을 넣고 살 수 있는데 이 촌 충은 돼지 살에 알(트리키넬라 유충)을 까놓는다. 이 유충이 있는 돼지고 기를 사람이 먹으면 소화액에 의해 유충을 둘러싸고 있는 껍질이 녹아 없 어지게 되고 이 껍질이 벗겨진 유충은 사람의 장벽에 달라붙어 있다가 때 로는 혈관 속으로 들어가는데 특히 암유충의 경우는 혈관이나 림프액 속 에 직접 알을 낳기도 하여 선모충병에 걸리는 원인이 되기도 한다.

우유는 과연 건강식품인가?

상하지 않은 신선한 우유를 마시고 계속 설사를 한다면 우리에게 그 음식을 소화하는 데 필요한 효소가 결핍되어 있는 것은 아닌지 알아보아야 한다. 한국인을 포함한 동양인들과 아프리카 흑인들에게는 우유 속의 당분을 소화하는 데 필요한 효소가 비교적 결핍되어 있어 우유를 마시면 바로 설사를 할 때가 많다.

황금 열매 파파야

파파야

열대 지방에서만 자라는 과실이다. 이 나무는 신비스럽게도 다른 나무처럼 한 그루에 암수가 있는 것이 아니라 암수 딴 그루이다. 이 열매는 마치 인간의 임신 기간처럼 9개월 10일이 지나야 성숙한 열매가 된다. 파파야에는 오렌지보다 비타민 C가 더 많고 피부미용에 좋아 젊어지고자 하는 여성들에게 인기가 대단하다. 또 파페인이라고 하는 젊음을 재생시키는 신비한 효소가 있으며 소화 기능도 돕는다. 또 맛이 좋고 매우 부드러운 과일이기 때문에 갓난아이들의 음식으로도 쓸 수 있는 이 파파야는 콜럼버스, 마젤란, 마르코폴로와 같은 항해가들이 모두 예찬한 황금의 열매이다.

검은 포도에서 흰 포도주를?

검은 포도에서 흰 포도주를 만들어내는 것을 알게 되면 대부분의 사람들은 놀란다. 진한 붉은빛 포도에서 어떻게 흰 포도주를 얻어낼까? 해답은 간단하다. 냉장고로 가서 가장 검은 포도를 꺼내거나 지체없이 상점에 가서 검은 포도를 사와서 손가락으로 으깨어 보면 금방 알 수 있다. 거의 모든 포도즙은 흰색이거나 노란빛인데 붉은 포도주가 그토록 진하고 선명한 이유는 그 빛깔이 포도의 즙이 아니라 과일을 발효시킨 껍질에서 나오는 것이기 때문이다. 껍질이 없으면 어떠한 빛깔의 포도에서도 흰 포도주를 만들어낼 수 있다. 샴페인도 부분적으로 검은 포도에서 만들어낸다.

우리 식탁의 메뉴는 물

우리가 먹는 모든 음식물은 거의 물로 구성되어 있다.
오이는 96%, 수박은 92%, 우유는 87%, 사과는 84%, 감
자는 78%, 쇠고기는 74%, 치즈는 40%, 빵은 35%의
수분으로 구성되어 있다.

우리 몸도 70~80%가 물로 구성되어 있다. 우리
의 생체는 1~2%의 수분을 잃어도 심한 갈증을 느
끼고 괴로워한다. 5% 이상의 수분을 잃으면 반 혼수상
태에 빠지고 12% 이상 잃으면 생명을 잃게 된다.

사람은 밥을 먹지 않고 90일간 생존이 가능하지만 물
을 마시지 않으면 신진대사가 이루어지지 못해서 체
내의 독소가 배설되지 못한다. 이렇게 되면 자가중독증이 일어나서 1주일
을 견디지 못한다.

물은 외계에서부터 왔는가

1986년 미국 아이오와대 루이스 프래크 교수는 "물은 유성에 실려 지구에
들어왔다"고 발표했다. 미 우주항공국(NASA)이 북극 위에 띄운 인공위성
의 관측 결과가 이 사실을 뒷받침해 주고 있다. 몇 달간 찍은 위성사진을
분석한 결과 생각 밖으로 많은 분량의 물이 유성에 실려 들어오고 있다는
사실이 확인된 것이다.

새로 알려진 사실은 집채만한 크기의 작은 유성이 매일 몇만 개씩 지구인
력권에 들어와 지상 수천 Km 고공에서 분해된다는 것이다. 그리고 이 유
성들의 주성분이 물이라는 것이다.

이런 식으로 수십억 년간 물이 우주로부터 계속 쏟아져 들어왔다면 정말
바다를 채울 만도 하다. 그뿐 아니다. 혜성에는 복잡한 탄소화합물도 많이
들어 있다는 사실이 밝혀지고 있다. 모든 생물체의 핵심원소인 탄소 역시
유성을 타고 지구에 온 것이 아니냐는 추측도 일어난다. 생명은 과연 외계
에서 왔을까?

가장 인기 있는 소프트 드링크

세계에서 가장 인기 있는 청량음료는 코카콜라이다. 1995년 판매기록을 살펴 보면 하루에 약 5억 7천 3백만 병이 팔렸다고 한다. 1995년 코카콜라사의 총수익은 180억 달러에 이르는데 이것은 세계시장 점유율의 47%를 차지한다.

가장 큰 레스토랑 체인

맥도날드사는 음식 서비스업체 중 세계적으로 가장 많은 체인점을 가지고 있다. 1995년말까지 89개국에 퍼져 있는 맥도날드의 체인점은 18,380개에 이르며 1995년 맥도날드의 세계 판매 수익은 300억 달러에 이른다.

꿀은 영원하다

꿀 속에는 철, 구리, 망간, 규소, 염화칼륨, 나트륨, 인, 알루미늄, 마그네슘 등이 들어 있어서 글자 그대로 영양 덩어리이다. 또 꿀은 아무리 오래 두어도 썩지 않는다.

이집트 왕 바로의 무덤에서 나온 5,000년 전의 꿀은 아직도 제 맛 그대로 먹을 수 있다고 한다.

튀긴 옥수수와 팝콘

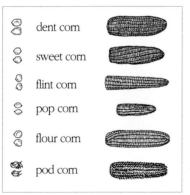

dent corn

sweet corn

flint corn

pop corn

flour corn

pod corn

튀긴 옥수수가 곧 팝콘이라고 생각하겠지만, 사실 팝콘은 옥수수의 일종이다. 6종류의 옥수수 가운데 팝콘만이 열에 튀겨지고 다른 종류들은 말라버리거나 쪼개져버린다.

◀ 여러 종류의 옥수수
팝콘만이 열에 튀겨진다

"커피 한 잔 하실까요?"

젊은 남녀를 사랑에 빠지게 하는 첫 마디가 바로 이 말이다. 하지만 과학적인 실험 결과에 의하면 이 커피 한 잔 속에는 85밀리그램의 카페인이 들어있는데, 인간이 두 잔 반에 해당하는 200밀리그램 이상의 카페인을 마시게 될 경우 숨이 가빠지고 불안과 초조의 증상이 나타나게 된다.

또 1,000밀리그램 이상의 카페인을 섭취했을 경우에는 귀와 손발이 떨리게 되고, 오랫동안 많은 커피를 마신다면 심장과 혈압에 나쁜 영향을 주며 췌장암에 걸릴 가능성도 있다.

자, 그래도 커피를 좋아하시겠습니까?

> **천의 얼굴을 가진 땅콩** – 땅콩은 마가린, 치즈, 마요네즈, 종이, 잉크, 물감, 플라스틱, 구두약, 캔디, 화장품, 비누, 샴푸, 페인트 등 안 쓰이는 데가 없다. 또 놀랍게도 다이너마이트를 만드는 니트로글리세린의 원료로도 쓰인다.

커피를 마신 거미들

거미가 거미줄을 치는 것이 얼마나 정교하고 정확한지는 잘 알려진 사실이다. 이렇듯 정교함을 자랑하는 거미에게 로마린다 대학 보건 대학원의 하딩 박사는 두 잔에 해당하는 커피 성분을 거미에게 주사하는 실험을 하였다. 그 결과가 참으로 주목할 만하다.

주사하기 전에는 몇 시간만에 정확한 모양의 원을 30~35개나 만들던 거미들이 주사 후에는 48시간이 지나도 겨우 12~13개의 원을 만드는 데 그쳤으며 그나마도 모두 찌그러진 원이었다고 한다.

또한 이 거미들이 정상으로 돌아온 것은 커피 성분을 주사 후 96시간이 지나서였다고 하니 커피가 얼마나 해로운지 쉽게 짐작할 수 있다.

다이어트도 가지가지

미국 공식 자료에 의하면 다이어트를 위해 시도된 방법들은 무려 28,000가지에 이른다.

새우

새우에는 사람에게 해로운 콜레스테롤이 많고 또 비소도 들어 있다.

신의 선물 '만나'

광야에서 히브리인들이 먹었다던 신의 선물 '만나'는 사실상 위성류(渭城柳) 식물의 기생충인 곤충에 의해 생성되는 달콤한 분비액이었다.

성경에 의하면 이스라엘 백성이 애굽을 탈출하여 40년간 광야 생활을 하는 동안 하나님이 아침마다 이슬처럼 내려준 작고 둥근 '만나'를 식구 수대로 거두어 식량으로 먹었다고 한다.

우리가 실제로 마실 수 있는 물은

지구에 있는 물의 0.009%에 지나지 않는다. 97%가 바다의 짠물이고 2%는 얼음과 눈이다.

얼마나 물이 필요한가?

미시간 주립대학교의 한 과학자의 계산에 의하면 달걀 하나를 생산하기 위해서는 120갤런의 물이, 빵 한 덩이를 위해서는 300갤런의 물이, 그리고 쇠고기 1파운드를 위해서는 3,500갤런의 물이 필요하다고 한다. 상당히 큰 한 그루의 참나무는 한 해의 성장철에 28,000갤런의 습기를 대기로 방출한다.

겨(Bran)

한자로는 '강(糠)'이라고 한다. 겨는 콜레스테롤을 막고 여러 가지 암을 예방할 수 있으며 당뇨병이 악화되지 않게 하기도 한다. 우리 선조는 벌써 수천 년 전에 그것을 알고 쌀 '미(米)'자에 건강 '강(康)'자를 붙여 겨를 나타내는 한자를 만든 것 같다.

역사 속의 인물과 커피 - '커피'에서 영감을 얻은 바흐

'대위법(counterpoint)'으로 더욱 잘 알려진 요한 세바스찬 바흐는 너무 커피를 즐겨 마시고 커피향에 반했던 나머지, 소위 '커피 칸타타(Coffee Cantata)'란 일막장 코미디 가극을 창조해냈다.

"**대위법** – 음악에서 정선율(定旋律)에 다른 선율을 조합시키는 작곡법 "

요한 세바스찬 바흐

알코아 강의 생선요리

아마도 요리 역사상 가장 경제적이고 효과적인 방법으로 요리를 한 사람들은 포르투갈의 알코바카에 있는 크리스천 수도원 신도들일 것이다. 그들은 신선한 생선요리를 위해 그들의 부엌 바닥 아래 구멍을 뚫고 바로 아래에서 흐르는 알코아 강의 싱싱한 물고기들을 그물로 잡아 올려 생선요리를 해먹었다.

좋은 것도 과하면 탈이 나는 법

· 베타 카로틴 : 일일 권장량 - 제한 없음
당근을 많이 섭취하면 피부가 황갈색으로 변할 수 있다. 과학적으로 검
증된 사실은 아니지만 당근의 다량 섭취는 암을 유발시킬 확률을 증가
시킨다고 한다.

· 비타민 C : 일일 권장량 - 남녀 모두 60mg
암 치료제의 효력을 경감시킨다. 특히 직장암 환자는 금물.

· 비타민 E : 일일 권장량 - 여성은 8mg, 남성은 10mg
권장량보다 50배 이상의 양을 섭취할 경우, 피를 희석해 주는 약을 복용
하는 사람들에게 치명적인 결과를 가져올 수 있다.

· 비타민 B_6 : 일일 권장량 - 여성은 1.6mg, 남성은 2mg
권장량보다 500배 이상 섭취할 경우 신경에 해를 미친다.

· 칼슘 : 일일 권장량 - 남녀 모두 1g
신장 기능의 저하와 변비를 유발시킨다.

· 철 : 일일 권장량 - 여성은 15mg, 남성은 10mg
심장병을 유발시킬 확률이 높아진다. 특히 어린아이들이 성인기준 권장
량을 섭취했을 경우 그 결과는 치명적이다.

· 아연 : 일일 권장량 - 여성은 12mg, 남성은 10mg
면역체계의 기형화와 위장에 탈을 일으킨다.

· 셀렌 : 일일 권장량 - 여성은 55μg, 남성은 70μg
머리와 손톱, 발톱이 빠지게 된다. 신경계와 위장에 탈이 날 확률이 높다.

미라
이집트의 미라는 18세기까지 유럽 약학계의 표준 의약품 중 하나였다. 의학계 내부의 비판에도 불구하고 의사들은 미라 가루를 내복약으로 처방하곤 했다. 과학과 상식이 이 처방전을 폐지시킬 때까지 유럽인들은 상당량의 이집트 미라를 먹어치웠다.

쑥은 목성의 정기를 받고 자란다
오늘날 약국에 표시하는 R은 원래 목성을 나타내던 천문학의 기호였다. 중세에 들어와서 의사들이 목성의 정기가 인체에 어떤 영향을 미친다고 믿기 시작했을 때부터 R을 쓰기 시작했다. 목성은 질병을 치료하는 데 가장 큰 효력이 있는 천체로 간주되었다. 어떤 한의사들은 쑥이 목성의 정기를 받아 자란다고 믿고 있다.

> **위궤양으로 고생하는 사람들에게** – 암 예방을 돕는 비타민 C는 감자에 들어 있고 비타민 K는 간의 기능을 원활하게 하며 비타민 T는 빈혈을 치료한다. 그러나 비타민 중에 위궤양 치료를 돕는 비타민 U가 있다는 것을 아는 사람은 드물다.

아스피린은 만병통치약
아스피린이 심장마비와 각종 암을 예방한다는 연구결과가 계속 발표되고 있다. 지난 수년 동안 1백만 명 이상을 대상으로 한 수십 건의 연구 결과 아스피린에 이런 약효가 있고 매일 1알씩 혹은 최소한 이틀에 1알씩 아스피린을 복용했을 때 심장병, 암을 예방해 주며 치매환자의 뇌기능 활성화를 돕고 편두통 완화, 임신부 고혈압을 예방하며 담석 재발을 막아 주는 역할까지 한다는 사실이 알려졌다.

전립선 문제

50세 이후 남성에게 잘 나타나는 전립선 문제에 도움을 주는 최고의 건강보조식품은 '쇼 팔머토' 로 알려졌다.

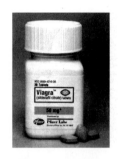

발기부전 치료제 '비아그라'

발기부전 치료제 '비아그라' 를 사용하는 사람들에게 종종 계속적인(4시간 이상) 발기와 사정 현상이 나타나며 여성 파트너에게는 지속적인 오르가슴 현상이 일어날 수도 있다고 한다.

허준 선생이 처방한 죽염

죽염을 만드는 과정은 다음과 같다.

처음에 3년 이상 된 대나무를 잘라서 그 속에 서해안의 천일염을 다져 넣고 오염이 되지 않은 깊은 산속의 황토흙으로 대나무의 양끝을 막는다.

이것을 황토흙으로 만든 토가마(직접 불이 닿지 않도록 특수 설계된) 속에 가득 넣고 소나무 장작불(송진)로 1,200℃∼1,500℃의 열을 가한 다음 열이 밖으로 새어나오지 못하도록 봉한다.

4∼5일 동안 열이 식기를 기다렸다가 꺼낸 후 암석처럼 단단하게 구워진 죽염을 분쇄한다.

이것을 다시 대나무 속에 넣어 처음과 같이 굽기를 아홉 번 반복한 후 만들어진 것이 바로 죽염이다.

이러한 죽염의 처방은 이미 '동의보감' 에서 허준 선생에 의하여 표명된 바 있다.

건강 보조식품을 처방약과 동시에 복용했을 때

일반 건강보조 식품과 처방약의 동시 복용은 인명에 치명적인 해를 일으킬 수 있다. 독일의 물리학자인 퓨 버맨은 기분 회복제와 수면제로 이용되는 세인트 존슨즈 와트(St. Johnson's wort)와 프로작(Prozac) 같은 우울병 치료제를 함께 복용하면 경련, 발작, 설사로 인한 탈수증상이 일어날 뿐만 아니라 뇌의 신경물질 전달제인 세로틴의 과다분비를 유발시킬 수 있다고 주장했다. 은행나무잎으로 만든 킹코(Cinko)는 응혈작용을 막아주는 처방약인 와라인과 함께 복용할 경우 출혈을 일으킬 수 있으며 남성 발기를 도와주는 요힘빈(Yohimbine)은 환계 항울제와 동시에 복용할 경우 고혈압을 일으킬 수 있다. 그러나 일부 건강 보조식품은 그 자체만으로도 건강

에 해를 가져올 수 있다. 아시아산 약초식품들은 납이나 비소에 오염된 경우가 많아 인체에 해가 될 수도 있다.

◀ 병원에서 처방해준 약을 복용하는 사람이 각종 건강 보조식품을 함께 먹으려면 반드시 의사에게 자문을 구해야 한다.

병균을 죽일 수 있는 벌꿀

벌꿀로 병균을 죽일 수 있는지 실험하기 위하여 순수한 벌꿀에 여러 가지 종류의 병균을 집어 넣었다. 그랬더니 발진티푸스 A와 B균은 24시간 안에, 대변과 물 속의 균들은 5시간 안에, 기관지와 폐렴균은 4일만에 죽었다.
복막염균, 늑막염균, 화농성균도 마찬가지이고 이질균도 10시간 안에 죽었다.

꽃에서 꿀을 운반하는 벌

콩으로 만든 항생제, 페니실린?

항생제란 결국 미생물을 죽이거나 성장을 억제하는 화학 물질인데, 중국인들은 이미 기원전 1,500년부터 특수한 콩을 발효시켜 만든 곰팡이로 상처나 염증을 치료하기 시작했다. 그로부터 2,000년 후 서방 세계에서는 소위 인류 역사의 획기적인 발명이라고 일컫는 항생제 페니실린을 발명하게 되지만, 결국 이 페니실린의 성분도 이미 2,000년 전 중국인들이 사용했던 것과 똑같은 곰팡이였다는 사실을 생각하면 사실 그것은 발명이라는 이름조차 얻을 자격이 없다.

"오, 놀라운 DHEA! — 1980년대 말에 템플 대학의 생화학자인 아서 슈바르츠는 DHEA를 생쥐에게 투여하여 눈에 띌 만한 노화의 역전 현상을 관찰함으로써 굉장한 흥분을 일으켰다. 늙은 생쥐는 활력을 되찾았고 털은 매끄럽고 윤기 나는 모습으로 되돌아왔으며 초기 증상의 암이 사라져 버렸다. 뚱뚱한 놈들은 정상 체중으로 돌아왔고 면역 증상이 증가되었으며 당뇨증을 가진 쥐는 증상이 극적으로 개선되었다. "

비타민 E가 결핍되면

동물의 수컷에 비타민 E가 결핍되면 생식기의 고환이 위축되고 정충이 사멸하여 성욕이 없어진다.

동물은 왜 심장마비와 뇌졸중을 일으키지 않을까

동물에게는 심장마비와 뇌졸중이 없다. 물론 동물이 나이가 들어 죽기 바로 전에는 가끔 이런 현상이 일어나는 경우가 있기는 하지만 일반적으로 이러한 심장 질환은 거의 일어나지 않는다. 그렇다면 동물들이 이런 질병에 걸리지 않는 이유는 뭘까?

그것은 다름 아닌 심장마비와 뇌졸중을 예방하는 데 필요한 비타민 C를 동물의 체내에서, 즉 간에서 스스로 생성해 내기 때문이다.

그러나 인간은 불행하게도 이러한 기능을 가지고 있지 않기 때문에 음식의 섭취를 통하여 비타민 C를 공급받아야 한다. 그러나 우리가 먹는 음식에는 비타민 C가 충분히 함유되어 있지 않을 뿐 아니라 요리 과정에서 많이 파괴되고, 설령 많이 섭취했다 해도 체내에 저장되지 않고 배설되기 때문에 비타민 C가 결핍되어 심장마비나 뇌졸중이 쉽게 유발되는 것이다.

고혈압 치료제 레제르핀

1950년대부터 고혈압 치료에 널리 쓰였던 레제르핀(reserpine)은 사실상 전혀 새로운 약이 아니다. 열대 라우올피아(rauwolfia)의 성분 가운데 가장 활성이 강한 레제르핀은 아프리카와 인도에서 정신병 치료에 수백 년 동안 사용되어 왔다.

진통제 아편

아편은 미국 남북전쟁 당시 군의관에 의해 진통제로 흔히 사용되었다. 남북 전쟁이 끝날 무렵 믿을 만한 연구 조사에 의하면 100,000명의 병사가 아편에 중독되었다고 한다. 이때 미국의 총인구는 4천만 명이었다. 오늘날 미국에는 500,000명의 마약 중독자가 있는 것으로 추정된다.

방울뱀의 독

방울뱀의 독은 20세기 초에 유행하다시피 사용되었던 간질병 치료제였다. 뱀에 물린 뒤 2년 동안 발작이 없었다는 간질병자에 관한 이야기를 듣고 일부 의사들은 그들의 간질병 환자들에게 서둘러 독을 처방해 주었다. 간혹 성공적이었다고 보고된 사례도 있었으나 결국 독은 효과가 없음이 드러났다. 독의 사용은 1930년 완전히 사라졌다.

제 9 장
미생물·생물·식물

영원히 죽지 않는 생명체들

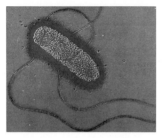

스스로 DNA 복제가 가능한 박테리아

모든 생명체들이 죽는 것은 아니다. 자손을 번식하는 능력은 반드시 교미만으로 이루어지는 것이 아니기 때문이다. 충분한 영양분 공급과 쾌적한 환경이 주어지는 한 죽지 않고 자손을 번식하는 생명체들이 존재하고 있으며 그들은 결코 죽지 않는다.

지구상에서 박테리아는 유독 환경과 상관없이 스스로 번식하는 능력을 가졌다. 스스로 DNA 복제가 가능한 박테리아는 모체와 동일한 유전인자를 지닌 두 생명체로 분열되고 그 두 개의 박테리아 역시 단시간 내에 분열이 가능하다. 특별한 환경 제약이 없는 한 우리가 지구상에 존재하는 박테리아를 전멸시킬 수 있는 방법을 찾지 못하는 이유가 바로 여기에 있다.

해면의 생활사

해면은 무성생식과 유성생식이 가능한 생명체이다. 분열과정을 거쳐 태어난 해면은 모체와 똑같은 유전인자를 가지고 태어나고 이런 과정은 무기한 계속된다.

유 · 무성생식이 가능한 해면

> **무성생식** – 아메바처럼 암수의 어울림이 없이 한 개체가 분열하거나 한 부분이 싹과 같이 성장, 분리하여 새로운 개체를 형성하는 생식 방법

세균 번식의 조건

사람의 몸 안에 살고 있는 대부분의 세균은 따뜻하고 습한 환경 속에서도 잘 번식한다. 따뜻한 물로 목욕이나 샤워를 하여 수많은 세균을 씻어내지만 살아남은 세균의 번식률은 20배나 더 증가된다.

> **8일간의 생존** – 중앙 아프리카에서 서식하는 물고기인 킬리휘시는 단 8일밖에 살지 못한다. 아침에 태어났지만 오후에 교미하여 자손을 번식시키고 저녁에 죽는 곤충들도 있다. 녹내장 원생동물들은 매 시간마다 분열한다.

바실러스 서브틸리스의 번식

세균의 한 종류인 바실러스 서브틸리스는 20분마다 한 번씩 분열할 수 있다. 2분법에 의해 간단히 분열하는 이 세균은 적절한 조건이 갖추어지면 한 마리가 8시간 안에 무려 1,600만 마리로 분열한다.

세균과 악어

세균은 다른 미생물처럼 암수의 교미 없이 몸이 둘로 분해되어 번식한다. 태어난 지 20분만에 또 다른 세균을 생산할 수 있다. 이렇게 해서 24시간이 지나면 한 마리의 세균이 약 40억의 자손을 번식시키는 셈이 된다.

아메바는 약 2일이면 다른 아메바를 번식시키며 파리는 태어난 지 하루면 다른 파리를 번식시킨다. 그러나 코끼리는 태어난 지 15년이 지나야 완전히 성숙하며 악어는 16년이 지나야 새끼를 낳을 수 있다.

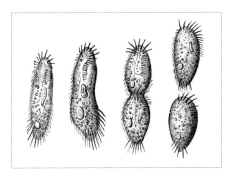

미생물의 분열 과정

기생하는 생물

연체동물이나 바위에서 기생하는 생물들이 남극의 빙하에 파묻혀 있던 냉동 바위에서 발견되었다. 이러한 생물들은 일반 꽃집에서 볼 수 있는 피튜니아(가지과에 속하는 나무)처럼 오래 산다.

수컷이 암컷으로 변하는 굴

굴은 지렁이처럼 양성(兩性) 동물은 아니지만 정기적으로 필요에 따라 수컷이 암컷으로 변한다.
또한 특정한 조개나 소라 종류도 상대의 성(性)에 따라 다른 성(性)으로 변한다.

위궤양의 주범, 헬리코박터

헬리코박터 세균이 말썽이다. 우리 국민 4명 중 3명의 위장 속에서 발견될 정도로 흔한 이 세균이 위궤양과 위염은 물론 위암까지 일으킬 수 있다는 연구결과가 속속 보고되고 있다.
인간의 위장 내에 서식하는 이 세균은 1982년 호주인 의사 워렌과 마샬이 처음 발견했다. 염기성을 띠는 암모니아를 합성해냄으로써 강력한 위산에서도 거뜬히 생존할 수 있으며 주로 오염된 음식물을 통해 감염된다. 국내에 감염자가 많은 이유도 술잔을 돌리거나 식기를 같이 쓰는 습관에서 비롯되는 것으로 추정된다.

늑막폐염 유기체

독립 생활에 필요한 모든 화학 성분을 내포한 생명체 중에서 현재까지 우리에게 알려진 가장 미세한 생명체는 '늑막폐염 유기체'라 불리는 세균이다. 이 세균은 너무 작아서 2.5cm 길이를 만들기 위해서는 2천만 개의 세균이 일렬로 늘어서야 할 정도이다.

가장 빠른 세균

막대 모양으로 생긴 브델로비브리오 박테리 오보라스라는 세균은 극편모를 이용하여 초당 100번 회전하며 1초에 자기 몸 길이인 2㎛의 50배를 움직인다. 사람으로 볼 때, 이는 단거리 주자가 시속 320km로 달리며 수영 선수가 영국 해협을 6분에 가로지르는 것과 같다.

> **물 한 방울 속의 세균** − 생명체 중 가장 왜소한 세포 조직체인 세균은 사실상 굉장히 작다. 물 한 방울 속에는 5천만 개의 세균이 존재한다고 한다. 5천만 개의 세균이 서너 번만 분열한다고 해도 그 수는 기하학적으로 커질 것이다.

세상에서 가장 작은 박테리아

길이가 불과 20~150나노미터(10억분의 1미터)인 나모비는 지구상에 생존하는 박테리아들 중 가장 작은 생물체이다. 나노미터가 출현 전까지 가장 작은 생물체로 알려진 박테리아의 길이는 200나노미터였다.

DNA의 복제 능력

DNA 분자는 가장 복잡하게 구성되어 있지만 반면 가장 빠르게 복제하는 미립자이다. DNA는 뉴클레오티드(핵산성분)를 포함하고 있는 수백만 개의 연결고리로 이루어져 있다. 세포 하나가 분열할 때 DNA 분자는 연결고리를 풀고 이때 필요한 모든 뉴클레오티드는 재합성된다.

이러한 모든 분열과 결합은 세포 하나가 분열하는 동안인 불과 20분만에 이루어진다. 이것은 초당 수백 개의 연결 고리가 풀리고 초당 수천 개의 뉴클레오티드들이 재합성된다는 것을 의미한다.

미생물의 천국

전형적인 농장의 1,224평의 흙에는 1톤의 균류와 수톤의 세균과 91kg의 원생동물과 45kg의 해초와 45kg의 이스트가 있다.

게들의 공격

바다 및 민물에 사는 게들의 전면 좌측 공격은 적들을 겁주게 하려는 제스처로 보일 수 있지만 사실상 그것은 상대를 유혹하는 신호이다.

게들은 먹을 때도 이러한 좌측공격을 하지 않는다. 게들은 거대한 발톱을 바느질하는 동작처럼 앞뒤로 움직여서 음식을 집어삼킨다. 어쨌든 단 한 번의 좌측 공격을 받은 암컷 게들은 수컷의 굴속으로 들어가 교미 준비를 시작한다.

지렁이의 재생력

지렁이는 한 몸에 중요한 기관이 여러 개 있으므로 반으로 잘라도 곧 두 마리의 지렁이로 재생되어 살 수 있다.

빈대의 번식

빈대는 단위생식을 하므로 암컷 빈대는 정자 없이도 알을 생산할 수 있다.

진주를 만드는 고통

조개가 진주를 만드는 데는 5~10년이란 세월이 걸린다. 성숙한 진주는 외부로부터 자극을 받으면 조개의 체내에서 이상한 분비물이 생긴다고 한다. 진주 한 알을 생산하기 위해서 조개는 10년 동안 이물질과의 싸움에서 오는 고통과 아픔을 참아야 한다.

면도날 위의 달팽이

달팽이는 일생에 한 번 교미를 하는데
무려 12시간이나 계속된다. 수명은 2년
~3년 정도 되고 14,175개나 되는 이를
가지고 있으며, 달팽이가 배설하는 무채색의 점액
질은 기어다닐 때 보호막이 되어 준다. 가령 달팽이들이 면
도날 위를 기어갈 때도 몸이 잘리지 않는 것은 달팽이의 몸
아래에 붙어 있는 이 배설물 때문이다.

일생에 한 번 교미하는 달
팽이는 오랜 시간 껍질 속
에서 잠을 잔다.

달팽이는 꽤 오랜 시간 잠을 잔다. 겨울 동면 기간인 몇 달 이외에도 뜨거
운 태양과 폭우를 피하기 위하여 껍질 속에 들어가 잠을 잔다.
뜨거운 태양열이 달팽이를 말려 죽일 수도 있고, 폭우가 달팽이를 완전히
침수시켜 죽일 수도 있기 때문이다. 결국 달팽이는 살기 위하여 잠을 자는
것이다. 심지어 사막의 어떤 달팽이들은 2~3년 동안 잠을 자기도 한다.

토양을 바꾸는 지렁이

지렁이는 1헥타르의 땅속에 평균 12,000마리 이상이 살고 있다. 이 많은
지렁이가 1년 동안에 2,500kg 이상의 흙을 먹고 땅 위로 배설하여 흙을 기
름지게 한다.
지렁이의 배설물인 땅속의 흙이 5cm 두께의 양질의 흙으로 바뀌는 데 약
10년이 걸린다. 지렁이는 종류에 따라 작게는 0.1cm, 크게는 30cm로 크기
가 매우 다양하다. 지렁이는 폐가 없기 때문에 피부를 통해 숨을 쉬며 특
정한 종류의 지렁이는 10개가 넘는 심장을 갖고 있다.

어미 펭귄의 자식 사랑

지구상에 존재하는 모든 생물 중에서 가장 신비에 싸인 동물이 펭귄일 것
이다. 이들은 남극의 지독한 추위 속에서도 번성할 수 있고, 적도의 작렬
하는 태양 아래서도 쉽게 생존할 수 있다. 남극 대륙 외에도 적도에 있는
갈라파고스 제도가 펭귄의 원산지가 되고 있다.

펭귄이 알을 낳을 때에는 날개의 깃을 끌어올려 그 속에서 알을 낳고, 새끼가 바깥의 찬 기온을 견딜 수 있을 때까지 깃 속에서 키운다. 때로는 새끼가 얼지 않도록 하기 위해서 자신을 희생하기도 한다.

또한 펭귄은 먹이를 어린 새끼에게 곧바로 주지 않는다. 어미는 먼저 먹이를 삼키고 음식이 부분적으로 소화되면 부리를 크게 벌려 새끼 펭귄에게 이미 소화된 먹이를 먹게 한다. 어미는 새끼의 먹을 것을 위해서는 필요하다면 굶어죽기도 한다.

눈으로 듣는 개구리

연꽃 위의 개구리들 – 개구리는 눈으로 보고 듣는다.

개구리는 청각 기관이 눈에도 달려 있어서 눈으로 보고 듣는 것이 모두 다 가능하다.

가장 작은 생물체

기생식물을 제외하고 가장 작은 체구를 가진 생물체는 마이코프래스마 레이드라위이다. 직경이 0.0000001미터이며, 평균 길이는 0.0000003미터, 무게는 0.0000000000000001그램이다.

지네와 노래기

지상에서 최초로 서식하기 시작한 생물체는 지네였을 것이라고 한다. 눈과 털이 전혀 없는 지네는 4억 2,000년 전에 생겨난 것으로 추정되는데 영어로는 centipede라고 한다. centi라는 접두사는 라틴어의 100이라는 숫자에서 온 말로 얼핏 지네의 다리가 100개인 것에서 유래된 것처럼 느껴지지만, 사실 지네의 다리는 100개가 아니다.

각 마디마다 한 쌍의 다리가 나와 있는데 대부분의 지네는 30개나 42개의 다리를 가지고 있고, 간혹 160개의 다리를 가진 지네가 있긴 하다.

노래기는 영어로 millipede인데 mille라는 말은 1,000분의 1이란 뜻이다. 그러나 1,000개의 다리를 가진 노래기는 없다. 노래기는 각 마디마다 두 쌍의 다리가 있고 대부분 마디는 100개가 되지 않는다. 가장 마디가 많은 노래기는 355쌍의 다리를 가진 것으로 알려져 있다.

독즙을 내어 작은 벌레를 잡아먹는 지네는 30~42개의 다리를 갖고 있다.

식 물

식물의 세계

· 당아욱은 햇빛을 따라 움직인다. 해가 지면 아침에 다시 해가 떠오를 동쪽으로 얼굴을 돌린다.

· 벵갈 보리수는 땅 위로 솟아올라 땅 속으로 자란다.

· 큰 떡갈나무는 잎사귀를 통해서 하루에 7톤의 물을 배출한다.

· 쌀의 종류는 1,500가지나 된다.

200년만에 꽃을 피우는 거목 세쿼이어의 씨는 눈에 잘 안 보일 정도로 작다.

· 모든 식물이 흙으로부터 얻는 영양분은 10% 정도밖에 안 되고 나머지 90%는 모두 공기 속에서 얻는다.

· 거목 세쿼이어는 무려 200년이 지나야 겨우 첫 꽃이 피고, 씨는 몹시 작아 3,000개가 모여야 28g이 된다.

· 오렌지 나무는 100년 이상 오렌지 열매를 맺는다.

· 대나무는 나무가 아니라 풀이다.

· 꽃가루는 영원히 부패되지 않는 천연의 신비를 가진 성분 중의 하나이다.

· 꽃이 피는 식물 가운데 남극에서 죽지 않는 식물은 잔디와 카네이션 두 종류뿐이다.

· 버섯의 한 종류인 '가노데마 어플라나툼'은 50년 동안 살 수 있으며 크기가 직경 60cm까지 성장한다.

· 옥수수는 미국의 유일한 원산 곡물이며 1년생 초목과에 속하는 키가 큰 풀이다.

> **식물도 감정을 가지고 있다** – 거짓말 탐지기 전문가인 백스터가 다년간 연구한 결과, 식물도 감정을 가지고 있는 것으로 결론을 내렸다. 그는 식물의 잎사귀를 바늘로 찔렀을 때와 불로 태웠을 때와 따뜻한 햇빛을 받았을 때, 그리고 비를 맞았을 때의 반응이 각각 다르게 나타나는 것을 탐지기로 발견하였다.

가장 작은 꽃과 가장 큰 꽃

세상에서 가장 작은 꽃을 피우는 식물은 주로 연못의 수면을 푸르게 장식하고 있는 월피아이다. '오리풀' 혹은 '물밥'이라고도 불리는 이 수초는 직경이 0.085~0.051cm로 작으며 세상에서 가장 큰 꽃을 피우는 식물인 '아모루포팔루스 티타늄'과 비교하면 그 차이는 7000만분의 1이나 된다.

사막 식물 메스퀴트

메스퀴트는 넝쿨과 비슷한 사막 식물이다. 수많은 뿌리를 갖고 있으며 사막의 모래 밑 30미터까지 뿌리를 뻗어 내려 수분을 흡수한다.

물이 귀한 사막에서 자라는 사막 식물들은 깊은 ▶
모래 밑까지 뿌리를 내려 수분을 흡수한다.

항상 움직이는 패션 플라워

'움직임' 이란 동물의 세계에만 국한된 단어는 아니다. 움직이는 속도가 극히 느리기 때문에 우리의 눈에 띄지만 않을 뿐 수많은 식물들이 스스로 움직이고 있다. 어떤 식물의 모습을 장시간 지속적으로 카메라에 담아본다면 이러한 식물의 움직임을 뚜렷이 포착할 수 있다.

덩굴을 문어발처럼 움직여 주변의 물체에 감기는 패션플라워

패션 플라워(Passion flower : 순교화, 시계초)의 모습을 지속적으로 카메라에 담아보면 그 덩굴이 마치 문어발처럼 움직인다는 것을 알 수 있을 것이다. 이 패션 플라워의 곧은 덩굴은 대체로 원을 그리며 뻗어가다가, 근처의 다른 식물이나 어떤 물체에 부딪히면 그것에 감기기 시작한다.

> **예수의 꽃, 패션플라워** – 초기 미 대륙에 정착한 스페인 사람들에게 패션플라워는 마치 예수의 순교를 상징하는 것처럼 보였다. 스페인 사람들은 이 순교화의 10개의 꽃잎을 십계명으로, 5개의 수술을 예수의 다섯 군데 상처로, 세 가지로 분류되는 이 꽃의 종류를 예수의 손톱 3개로, 왕관처럼 생긴 이 꽃의 모양을 예수가 썼던 가시관으로 비유하였다.

오렌지가 과일이라고요?

오렌지, 수박, 레몬은 과일이 아니다. 야채류는 더욱 아니다. 그것들은 장과(漿果)이다. 식물학자들은 오렌지, 수박과 레몬을 '장과(漿果)' 로 분류한다.

체리나무의 잎사귀

다른 과일처럼 체리는 먹어도 좋으나 체리나무의 잎을 먹으면 죽고, 장군풀은 맛이 있으나 그 잎사귀를 먹는다면 최후의 식사가 될 것이다.

현미경으로만 볼 수 있는 식물, 다이어텀

세계에서 가장 작은 식물인 다이어텀은 육안으로 도저히 볼 수 없고 현미경으로만 볼 수 있을 정도로 작다. 물 한 방울 속에서 500개 이상의 다이어텀을 볼 수 있다.

얼케의 꽃씨

가장 비싼 꽃 중의 하나인 얼케의 꽃씨는 800,000개가 모여도 겨우 28g도 안 된다.

아보카도의 열매

아보카도 나무는 열매가 너무 많이 열려 결국 그 무게에 짓눌려 쓰러지고 만다. 이 열매에는 각종 비타민과 풍부한 오일이 들어 있어 위궤양 환자에게 좋다고 한다.

10,000년만에 싹이 튼 씨앗

한 알의 씨앗이 생명력을 얼마나 오랫동안 유지할 수 있을까? 주어진 여건만 양호하다면 씨앗의 생명력은 아마 영원할지도 모른다. 만주 지방의 토양에서 간혹 발견되고 있는 1,400년 묵은 연의 씨에 작은 구멍을 낸 후 물을 주면 금방 싹이 터 완전한 연으로 성숙하는 것을 볼 수 있다. 또한 1967년 북극에서 서식하고 있는 루피너스 관목의 씨가 최소한 10,000년이 넘은 것으로 측정되는 동물의 잔해와 함께 얼어 있는 채로 발견되었는데 이 씨앗들을 배양에 알맞은 환경으로 옮겼더니 모두 48시간 이내에 싹이 나기 시작했다.

황금의 과일과 꽃의 여왕은 친척지간

사과는 약 250만 년 전부터 인간의 사랑을 받았던 과일로 추정되며 실제로 유럽과 중앙아시아 지역

비타민C가 풍부한 사과는 장미과의 교목이다.

에서는 약 기원전 6,500년의 것으로 보이는 사과 화석이 발견되고 있다. 이 사과가 재배된 것인지 야생사과였는지는 알 수 없지만 한 가지 확실하게 밝혀진 것은 과일의 왕인 이 사과가 꽃의 여왕인 장미과에 속한다는 사실이다.

역사의 기록을 보면, 나일강의 삼각주에 처음으로 사과를 경작했던 이집트 왕 람세스(BC1290~BC1224)의 이야기가 나오며 그리스인들 또한 기원전 300년부터 사과를 경작하여 여러 가지 종류의 사과를 수확했다. 또한 '황금의 과일'이라고 부르던 사과를 무려 36종이나 수확하여 식탁을 풍요롭게 장식하기도 했던 로마인들의 기록이 플리니우스의 저서 「자연의 역사」에도 소개되고 있다.

생물학자들의 호기심 덩어리, 바나나

바나나는 역사가나 생물학자들의 호기심을 자극하는 식물이다. 언뜻 보면 나무와 같이 생긴 모습 때문에 마치 거대한 무화과나무의 일종처럼 생각되지만 실제로 바나나는 과일 나무가 아니고 열매를 맺으면 죽는 풀 종류에 속하는 식물이다. 사람의 손에 의해서만 번식할 수 있는 이 바나나 무는 목질(木質)이나 단단한 몸통이 없는 초과(草科) 식물 중 가장 큰 덩치를 갖고 있다.

파초과의 풀인 바나나는 초과
(草科) 식물 가운데 가장 크다.

3명을 지탱할 수 있는 수련

남미의 아마존 지역에서 볼 수 있는 빅토리아 수련은 사람의 무게를 지탱할 수 있을 정도로 잎이 크다고 한다. 이 정글 괴물의 잎은 둥근 받침대 모양이며 지름이 2m 이상인 것도 있다.

이 식물을 발견하고 이름까지 지은 영국의 탐험가들은 이 잎이 물에 잠기

지 않고 3명의 사람까지 안전하게 지
탱할 수 있다고 보고하였다. 물 속에
서 접근하는 벌레를 잡아먹기 위하여
종종 새들이 수련잎 위로 내려앉기도
하는데, 새들이 이 벌레들을 잡아먹지
않으면 수련은 벌레로부터 피해를 입
게 될 것이다.

어른 세 명을 거뜬히 태울 수 ▶
있는 아마존의 빅토리아 수련

가장 큰 풀, 대나무

대나무는 10층 건물의 높이까지 자라기도 한다.
또 어떤 대나무는 무더기로 30m까지 자란다. 대
나무는 앞마당의 잔디와 마찬가지로 풀과에 속하는
데 자라는 속도가 몹시 빠르다. 몰로카 대나무는
하루 동안 60cm까지 자라기도 한다. 이렇게 대
나무는 엄청나게 빨리 자라지만 꽃의 성장 속
도는 아주 느리다. 어떤 대나무는 20년이 지
나야 꽃을 피운다.

귀여운 소리를 내는 앵초꽃

노란 앵초꽃은 새벽녘에만 피는데 꽃이 필 때는 비누방울이 터지는 것 같
은 귀여운 소리를 낸다.

향기 없는 꽃들

일반적으로 꽃을 생각하면 그 아름다움과 향기로움이 떠오르겠지만 사실
90% 이상의 꽃들이 불쾌한 냄새를 가지고 있거나 냄새가 전혀 없다.

7,000명이 야영할 수 있는 벵갈 보리수

230개의 몸통에서 3,000개의
가지를 뻗어내는 벵갈 보리수

인도산 무화과로도 알려진 벵갈 보리수는 특이한 방식으로 성장한다. 새가 벵갈 보리수의 씨앗을 적당한 기주 나무의 가지에 떨어뜨리면 그곳에서 씨앗이 발아된다. 그리고 발아된 씨앗에서 밧줄과 같은 어린 가지가 내려와 나무 밑의 흙에 뿌리를 내린다. 어린 가지들은 점차 두꺼워져서 나무의 몸통이 되고, 싹이 난 어린 가지들은 땅으로 내려가서 무거운 큰 가지를 지탱한다. 결국 벵갈 보리수는 몸통과 가지가 한 덩어리로 엉켜 기주나무를 완전히 덮어버리는 것이다. 벵갈 보리수는 많게는 230개의 몸통과 3,000개 이상의 작은 가지들을 만들어낼 수 있으며, 한 번에 총 7,000명이 큰 벵갈 보리수 밑에서 야영을 할 수 있다.

다람쥐가 나무를 심는다

수백만 그루의 나무는 다람쥐에 의해서 심어진다. 다람쥐는 자기가 먹기 위해 땅 속에다 숨겨놓은 나무 열매를 못 찾기 때문에 그 열매가 자라서 자동적으로 숲을 이룬다.

다람쥐

야생 아이리스의 꽃봉오리

푸른 빛깔의 야생 아이리스 줄기는 너무 약하기 때문에 한 번에 한 송이밖에는 지탱할 수 없다. 그래서 아이리스는 매일 아침 꽃봉오리를 맺고, 저녁이면 다음날의 꽃봉오리를 위해 진다.

콩의 회춘 작용

잘 알려진 대로 콩은 영양 덩어리이다. 40% 정도가 단백질이고 지방 18%, 섬유 3.5%, 당분 7.0%, 펜토산 4.4% 등으로 구성되어 있다. 콩에는 비타민 A, C, D, E는 물론 비타민 B 복합체가 풍부하다. 특히 콜레스테롤을 감소시키는 데 도움이 되고 아미노산을 함유하고 있어 회춘 작용을 한다.

태양을 흠모하는 아욱

대부분의 다른 식물들의 경우처럼, 아욱의 잎들도 태양빛에 민감한 반응을 보인다. 태양이 서쪽으로 넘어가면 아욱잎들도 같은 방향으로 움직인다. 재미있는 것은 일몰 때의 아욱잎들의 반응이다. 태양이 지자마자, 모든 아욱의 잎들은 태양이 아침에 다시 떠오르는 동쪽 방향으로 일제히 돌아선다.

세계에서 가장 커다란 씨앗, 세이셸 코코넛

식물 자체의 크기가 다양한 것처럼 씨앗의 크기도 매우 다양하다. 난초 중에는 씨앗이 너무 작아 3,500만 개의 무게가 28g밖에 안 되는 것도 있는 반면, 세이셸 코코넛 씨앗은 사과 2개보다 더 무거운 것이 있다.

세이셸 코코넛은 아프리카 동해안에 위치한 작은 섬들로 이루어진 세이셸 공화국에서만 자라는 야자수이다. 씨앗의 형태가 2개의 코코넛이 붙어 있는 모양과 닮아서 종종 쌍둥이 코코넛으로 불리기도 하며, 여성의 골반과 유사하여 전통적으로 신비한 성질을 지닌 것으로 여겨지기도 하였다.

이 희귀한 야자 씨앗은 다육질의 섬유질 껍질이 단단한 땅콩껍질 모양의 씨앗을 감싸고 있어 학술적으로 보면 열매에 해당한다. 그러나 각각의 열매 속에는 씨앗이 하나만 있어 많은 학자들은 세이셸의 열매를 씨앗이라고 보는 것이다. 물론 이것은 세계에서 가장 커다란 씨앗이다(사실 씨앗 중에서 가장 큰 것은 남미의 모라나무의 씨앗으로 최대 15cm까지 자란다). 세이셸 코코넛의 거대한 씨앗은 숙성하는 데 길게는 10년이 걸리기도 하며, 길이가 46cm, 무게가 18~23kg까지 나가기도 한다.

자극에 대한 미모사의 반응

성장한 미모사의 얇은 잎은 줄기를 중심으로 하여 균형을 이루면서 밖으로 뻗는다. 그런데 잎을 건드리면 모든 잎은 즉시 수직 운동을 하며 줄기를 중심으로 움츠러들고 이때 줄기는 힘없이 아래로 구부러진다. 이를 반복해서 같은 자극을 두 번씩 주면 나무 전체가 시들면서 공포를 느끼는 듯한 인상까지 주는 것이다.

미모사는 강한 바람, 고온, 진동, 갑작스런 어둠과 이 밖의 다른 자극에도 사람이 만질 때와 같은 반응을 보인다. 이렇게 시든 상태에서 잠시 시간이 지나면 잎들은 천천히 원래의 위치로 움직인다. 그러나 이때 다시 자극을 주면 운동을 시작한다. 신기한 것은 미모사가 짧은 시간 안에 계속해서 자극을 받게 되면 더 이상 개폐 운동을 하지 않는다는 것이다. 게다가 어떤 온도 범위 내에서는 결코 반응하지 않는다.

이러한 기이한 운동은 잎줄기 밑에 있는 펄비니(pulvini)라는 작은 몸체 때문에 일어난다. 잎이 팽창될 때 펄비니는 단단해지고 물로 채워진다. 이때 자극을 받으면 전기적 충격이 식물을 통해 전달되고 물은 신속히 펄비니를 지나 줄기로 들어간다. 수축된 펄비니는 더이상 잎들을 지탱할 수 없게 되므로 식물이 움츠러드는 모습을 보이는 것이다.

미모사는 사람이 만지지 않아도 강한 바람이나 고온,
진동, 갑작스런 어둠에도 움츠러든다.

커피 1파운드

한 그루의 커피나무에서 1년에 생산되는 커피 열매의 양은 약 6파운드이나 커피열매를 갈아 실제 우리가 이용할 수 있는 커피량은 1파운드에 불과.

잘못 알기 쉬운 것들

· 아일랜드 감자(Irish potato)는 감자도 아니고 아일랜드산도 아니다. 페루가 원산지인 덩이뿌리이다.

· 땅콩(peanut)은 견과류가 아니라 콩류이다.

· 토마토는 과실이 아니고 채소이며, 오이는 채소가 아니라 과실이다. 감자는 뿌리가 아니고 줄기이며 대(竹)는 나무가 아니라 풀이다.

양파

· 양파는 채소가 아니라 백합의 일종이다. 남부지방의 나무에서 자라는 이끼는 식물학적으로 파인애플과 같은 과에 속한다.

> **죽어야 산다** – 정원을 가꾸어 본 사람은 식물이 씨를 떨어뜨린 후에는 죽거나 시들어 버린다는 사실을 알 것이다. 씨가 생기지 않는 식물들은 그렇지 않은 식물보다 더 오래 산다.

잉카의 유물

잉카제국의 알려지지 않은 여러 유산 중 하나는 식량 밭을 꼽을 수 있다. 특히 감자, 호박, 파인애플 등은 잉카제국에서 처음으로 재배되어 세계에 전파되었으며 코카인의 원료인 코카와는 잉카 제국의 유물이다.

가짜 과일

딸기는 식물학적으로 말해서 열매라고 말할 수 없다. 과일이란 씨를 가지고 있어야 하는데 딸기는 씨가 없을 뿐만 아니라 딸기꽃이 부풀어오른 것에 지나지 않는다.

제10장
조류·어류·곤충

조 류

새의 세계

음의 마술사 마킹버드

· 마킹버드(mockingbird)는 7분 동안에 87번이나 음을 변화시키면서 노래를 부를 수 있다.

· 모든 새는 생존하기 위해 매일 자기 몸무게의 반에 해당하는 모이를 먹으며 어떤 새는 자기 몸무게보다 더 많이 먹는다. 어린 새일수록 더 많이 먹는다.

· 가장 빨리 날개를 젓는 새는 열대 남아메리카의 헬리악틴 코누타라는 새로 알려져 있으며 1초에 90번 날개짓을 한다.

· 조류학의 아버지 알렉산더 윌슨은 2,230,272,000마리의 기러기 떼가 380km나 길게 떼를 지어 날아가고 있는 것을 보았다.

기러기 떼

- 세상에서 가장 작은 벌새는 쿠파산 벌새로 길이가 57mm인데 그중 절반은 날개와 꼬리가 차지한다. 무게는 2그램 미만으로 세계에서 가장 소량의 혈액으로 살아가는 동물이다.

- 거의 대부분 이를 갖고 있지 않은 새들은 정기적으로 쪼아 삼킨 작은 자갈이나 돌 조각을 이용하여 뱃속의 음식물을 갈아 소화시킨다.

- 미국산 대머리 독수리의 몸집은 네 살 때보다 두 살 때가 더 무겁다.

- 새 중에서 부엉이만은 푸른색을 감지할 수 있다.

- 갈매기들은 눈의 색깔을 보고 서로 알아본다.

- 새는 땀을 흘리지 않는다.

- 카나리아의 심장은 1분에 1,000번 뛴다.

- 가장 멀리 나는 새는 이주 시기 동안 22,400km를 나는 북극산 제비갈매기이다.

물갈퀴가 있어 헤엄을 잘
치는 갈매기는 눈의 색깔
을 통해 서로를 알아본다.

새끼 섬새의 비애

아마도 세계에서 가장 헌신적
인 어미를 가진 동물은 어린 섬
새일 것이다. 어미 섬새는 한 마
리의 새끼 섬새가 어미보다 더
크고 뚱뚱해질 때까지 먹이를
먹인다. 그후 어미는 멀리 날아
가 버리지만, 새끼는 너무 뚱뚱하고 어려서
스스로 먹이를 찾아나설 수 없게 된다. 그러
므로 며칠 동안 뚱뚱해진 살에 의존하여 생
활하면서 날 수 있을 정도로 말라 몸이 가벼
워지면 혼자 먹이를 찾아 나선다.

어미 섬새는 새끼가 자신보
다 뚱뚱해질 때까지 먹이를
먹인 후 새끼를 떠난다.

벌새의 세계

· 벌새는 맥박이 1분에 500번 뛰며 흥분하면 1,200번 뛴다. 이에 비해 타조는 38번 뛴다. 인간의 경우엔 1분에 16번, 비둘기 25번, 벌새는 250번이나 숨을 쉰다.

· 다른 새들의 맛봉오리의 수는 40~60개인데 비해 벌새의 그것은 10,000개나 된다. 그러나 너무 빨리 음식을 삼키므로 음식의 맛을 잘 모른다고 한다.

· 가장 큰 벌새의 무게는 20g 정도이지만 가장 작은 벌새의 무게는 2g 정도밖에 되지 않고, 이 벌새의 알 125개의 무게는 보통 우리가 먹는 계란 하나의 무게와 비슷하다.

· 벌새의 에너지 소비량은 하루에 10kcal 정도이다. 인간이 하루에 2,500kcal를 소모해야 하는 점과 비교할 때 벌새의 무게를 감안하면 벌새는 인간보다 150배 정도 되는 에너지를 소비하는 셈이 된다.

· 벌새가 나는 것은 보통 새들이 나는 것과 완전히 다르다. 대부분의 새들이 비행기가 나는 것처럼 앞으로 나는데 벌새는 마치 헬리콥터와 같이 직선으로 올라갔다가 내려오기도 한다.

· 벌새는 영어로 hummingbird(콧노래하는 새)인데 이름과는 달리 노래를 많이 하지 않는다. 콧노래와 같은 소리는 날개를 재빠르게 움직일 때 나는 소리로 움직임이 너무 빨라서 거의 눈에 잘 보이지 않는다.

벌새의 비행은 헬리콥터처럼 수직으로 올라갔다 내려오기도 한다. 날개의 움직임이 너무 빨라서 눈에 보이지 않는다.

교미를 위한 흥정

● 죽은 벌레를 바치는 전갈파리
몇몇 수컷 새들이나 벌레들은 먹이를 선물로 줌으로써 짝을 찾는다. 예를 들어 암컷 전갈파리의 경우 크기가 큰 죽은 벌레를 선물로 바치는 수컷에게만 반응을 보인다. 따라서 보통 암컷 파리가 스스로 먹이를 찾는 경우는 거의 드물다.

● 신방을 꾸며야 하는 위버새
주로 열대 지방에 서식하고 있는 위버새의 암컷은 형편없는 둥지를 갖고 있는 수컷과는 절대로 교미를 하지 않는다. 둥지를 이유로 거절을 당한 수컷은 암컷의 마음에 들 때까지 자신이 공들여 만든 둥지를 모두 해체하여 다시 짓는 작업을 계속하는 것이 보통이다.

● 세레나데를 부르는 지빠귀
풍조류의 수컷 새는 조가비와 꽃 같은 장식품 등을 건네주며 암컷들을 유혹한다. 농병아리들은 맛있는 음식 조각을 주면서 암컷들의 마음을 사로잡는다. 그러나 대부분의 새들은 노래를 부른다. 만일 지빠귀가 있는 힘을 다해 노래를 부르고 있다면 암컷 지빠귀가 덤불 어딘가에 숨어 있을 것이다. 이 세레나데는 구혼 신호이기 때문이다.

암컷

수컷

풍조류

● 자존심 강한 꿩
자존심이 강한 꿩은 특이한 교미 작전을 벌인다. 즉 수꿩은 꼬리의 깃털을 흩날리고 날개를 쭉 펴면서 뽐내는데 이러한 모습에 반해 암컷 꿩이 올 때까지 으스대면서 암컷 주위를 걷는다.

새벽 4시를 알리는 새들의 노래

새벽 4시만 지나면 벌써 지빠귀가 지저귀는 소리가 들려온다. 3시쯤에 들려오는 휘파람 소리 같은 노랫소리는 메추라기의 지저귐이다. 블랙 캡이라고 불리는 머리가 까만 새는 4시쯤에 나무 사이에서 지저귄다. 집 주위에 서식하는 참새나 박새들은 실상 아침 새 중에서 가장 늦게 깨는 새에 속한다. 4시가 지나자마자 땅 위에서 붉은 가슴울새와 굴뚝새가 연속적으로 울어댄다. 종달새는 푸른머리새나 홍방울새 등이 한창 지저귄 후에야 비로소 일어나 지저귄다.

새는 일생 동안 교미를 하는가

모든 새가 일생 동안 교미를 하는 것은 아니다. 반려자가 죽었을 때 남은 짝은 시름시름 앓다가 죽는다고 알려졌다. 또한 한 마리와 오랫동안 교미를 하면 할수록 배우자 새와의 사랑은 더욱 강해진다고 한다. 젊은 새는 짝에게 무슨 일이 생기면 다른 새와 교미를 하지만, 늙은 새는 다시 교미를 하지 않는다. 특히 몇몇 유럽산 제비는 매년 똑같은 제비와 똑같은 둥지로 돌아와 교미를 한다.

이와는 대조적으로 하우스렌 같은 새는 변덕스러워서 일생 동안 만났다 헤어졌다 하는 행위를 반복한다. 그리고 언제나 암컷의 소굴만 배회하는 수컷 새도 있고 아주 많은 수컷들과 하는 암컷 새도 있다. 대부분의 새는 1년에 한번 교미를 하는데 철따라 이동하기 때문에 매년마다 똑같은 새와 교미를 하는 것은 어려운 일이다. 몇몇 수컷은 무력으로 교미를 하기도 한다.

수컷새가 속빈 나무에 둥지를 만들어 놓고 암컷이 알을 품으러 들어갈 때마다 수컷은 둥지의 입구를 꽉 막아 암컷이 나오지 못하

종달새는 다른 새들이 한창 지저귄 후에야 비로소 일어난다.

게 하는 것이다. 그러나 먹이를 쪼아다 주면서 암컷을 보살피기도 한다. 더욱 신기한 것은 그 수컷이 죽으면 근처에 있던 다른 수컷이 그 암컷을 돌봐준다는 것이다. 새들도 과부와 고아에게는 자비를 베푼다.

부리가 몸보다 큰 터칸

터칸은 남미의 열대 지역에서 열매를 먹고사는 새의 한 종류로서 굉장히 큰 부리를 가지고 있는 것이 특징이다. 실상 어떤 종류는 자기 몸보다 더 큰 부리를 가지고 있다. 이 큰 부리 때문에 터칸은 본의 아니게 우스꽝스러운 모습으로 보인다. 그러나 그 큰 부리를 달고 다니는 것이 그리 힘들지는 않다고 한다.

몸보다 더 큰 부리를
갖고 있는 터칸

날지 못하는 새들

도도, 모아, 펭귄, 키위, 에무, 가마우지, 화식조 (키위) 등이다. 키위는 종족번식을 못해 거의 멸종되고 말았다.

모아

도도

키위

날지 못하는 새들

새들의 통신수단

● 암컷을 유혹하는 노랫소리
새의 노래는 여러 역할을 한다. 기쁨을 전하기도 하지만 경고나 서로를 부르는 신호도 된다. 봄철 동안 수컷 새는 땅을 확보하고 나서 노래를 부르곤 하는데 이것은 암컷을 유혹하는 소리일 뿐 아니라 그 땅이 자신의 소유임을 알리는 경고이기도 하다.

● 경고의 울음소리
까마귀들이 밭에서 옥수수를 훔칠 때 언제나 근처의 나무 위에는 보초를 보는 까마귀가 숨어 있어 위험시 거칠게 울면서 신호를 보낸다. 이 외에도 새끼가 둥지에서 떨어졌을 때 근처에 있는 어미들은 경고의 울음소리를 낸다.

● 통나무를 두드리는 뇌조
뇌조는 모든 새들 중 가장 신기한 방법으로 의사 소통을 한다. 야밤에 뇌조는 통나무 위에 서 있다가 날개로 통나무를 두드리면서 의사 소통을 하는데, 날갯짓이 무척 빨라서 사람의 육안으로는 먼지가 날리는 것만 볼 수 있다.

이름만큼이나 빠른 칼새
세상에 존재하는 어떤 동물도 칼새(swift)라고 불리는 이 새만큼 빠르게 여행하지는 못할 것이다. 칼새는 시속 160km까지 속도를 낼 수 있다. 뿐만 아니라 여러 시간을 쉬지 않고 날 수도 있다. 일생의 대부분을 공중에서 보내는 칼새는 공중에서 곤충들을 잡아먹고, 날아다니면서 짝을 찾는다.

칼새는 아주 드물게 땅에 내려온다. 그들은 날다가 쉬고 싶을 때 대개 장대 끝처럼 높은 곳에 내려앉는다. 자연은 칼새가 날아다니기에 적합한 몸 형태를 선사했다. 튼튼한 가슴 근육과 거기에 붙은 날개가 그들의 빠르고 지속적인 비행을 가능케 한다.

일생의 대부분을 공중에서 보내는 칼새는 시속 160km까지 속력을 낸다.

위험한 기러기들의 비행

봄이나 가을에 망원경으로 달의 움직임을 지켜보면, 검은 점선의 V자형 실루엣이 잠깐 나타났다가 사라지는 것을 볼 수 있을 것이다. 그것은 남쪽으로 이주하거나 다시 북으로 돌아오는 기러기 떼의 모습이다. 기러기들은 우두머리를 앞세우고 서열 종대로 비행하는데, 우두머리가 총에 맞으면 전체 기러기들은 우왕좌왕하게 된다. 그러나 기러기들은 서로 울어대면서 그 혼란을 안정시키려고 한다. 기러기들은 이주할 때 많은 위험을 겪게 된다. 폭풍과 바람, 등대, 봉화, 전기줄, 사냥꾼의 공격 등이 기러기를 위협하는 것이다. 특히 기러기들은 전기줄을 볼 수가 없기 때문에 전기에 감전되어 떼죽음을 당하기도 한다. 그리고 하늘의 해적인 매와 부엉이도 기러기의 생명을 위협한다. 사람들의 눈에 기러기의 비행은 흥미롭게 보일지 몰라도 사실 기러기 떼는 이렇게 위험을 무릅쓰고 이동한다.

여름에는 북쪽으로, 겨울에는 남쪽으로 이주하는 기러기 떼는 폭풍과 바람, 전기줄, 사냥꾼들의 위협을 무릅쓰고 이동한다.

" 기러기가 V자형으로 날아가는 이유 ― 기러기는 에너지를 절약하기 위해 V자 대형을 이루며 날아간다. 기러기의 날개는 바람을 일게 하여 뒤에 공기의 흐름을 남긴다. 각 새들은 앞에 있는 새가 남긴 공기의 흐름에 의해 부력을 얻도록 쐐기 모양의 대형으로 자기의 위치를 잡는다. 이렇게 하여 선두를 제외한 모든 새가 쉽게 날 수 있다. "

갈매기의 이동

갈매기는 매해 두 번 지구의 반 바퀴 정도의 거리를 이주한다. 여름에는 북극에서 지내다가 가을이 되면 17,600km나 되는 먼 여행을 하면서 남극으로 이주하여 거기서 가을과 겨울을 보내고 다음해 봄이 되면 북극 여행을 떠난다.

고독한 비둘기

암컷 비둘기는 혼자 있으면 알을 낳지 못한다. 난소의 기능이 활발해야만 알을 낳을 수 있는데, 그러기 위해서는 다른 비둘기를 보거나 다른 비둘기가 없을 때에는 거울에 비친 자신의 모습이라도 보아야 한다.

비둘기(pigeon)   비둘기(dove)

조류학자들은 'pigeon' 과 'dove' 의 조류학적 차이를 아직 발견하지 못하고 있다.

철새의 체력 관리

철새들은 사막이나 바다를 가로지르는 긴 여정 동안 필요한 체력을 비축하기 위하여 이동하기 전에 집중적으로 먹는다. 휘파람새와 같은 작은 조류는 이 기간 동안 몸무게가 2배로 불어나기도 한다.

계속해서 2년간 날 수 있는 새

남해왕조는 날개의 폭이 가장 큰 새로서 한쪽 날개 끝에서 다른 쪽 날개

끝까지의 길이가 3~4m에 이른다.

이 새는 대서양 바람을 타고 살도록 잘 적응되어서 어린 남해왕조가 태어난 섬을 한 번 박차고 떠나면 2년 동안은 육지에 내리지 않아도 된다고 한다. 남해왕조는 날개 끝이 뾰족하여 활강하거나 날아오르는 동안 가속할 수 있다. 이 새는 주로 물고기나 떠다니는 썩은 고기 같은 부유물을 먹고 살며 물 위에 착륙할 수도 있다고 한다.

독수리 둥지의 무게는 1톤

대부분의 새는 알을 낳기 위하여 매년 새로운 둥지를 만들며 한 계절에 두세 번의 새로운 둥지를 만들기도 한다. 그러나 흰머리 독수리는 여러 해 계속해서 같은 둥지를 사용한다. 이 힘센 동물은 일생 동안 한 마리의 배우자만 선택하여 높은 나무 위에 보금자리를 짓

는다. 이 독수리는 새로운 재료를 더하여 매년 거대한 둥지를 보수하여 몇 년이 지났을 때 둥지의 무게가 900kg까지 나가기도 한다.

날개 달린 태양 숭배자, 북극 제비갈매기

갈매기의 화려하고 우아한 친척인 북극 제비갈매기는 지구상의 모든 철새 중 가장 장엄한 이동을 한다. 매해 가을이 되면 이 새(길이 35㎝)는 북유럽과 북미, 그린란드 등의 번식지를 떠나 남반부에서 여름을 나기 위해 지구의 반 바퀴를 돌아 남극권으로 이동한다. 북극 제비갈매기는 바람을 타고 35,000km에 달하는 왕복 여행을 하며 모든 동물 중 가장 많은 햇빛을 보게 된다. 낮의 길이가 거의 24시간인 북극에서 여름을 보내고 여정의 또 다른 끝에서 긴 남극의 여름을 즐긴다. 조류학자들이 갓 태어난 제비갈매기에 가벼운 고리를 달아 26년 동안 관찰한 결과 매해 2회씩 극과 극 사이를 이동하면서 총 1,000,000km를 여행했다고 한다.

플라밍고는 왜 한쪽 다리로 서 있는가?

홍학이라고도 불리는 플라밍고의 몸 색깔은 원래 분홍색이 아니다. 털의 색은 이들이 먹는 음식의 색깔에 따라 변한다. 또 드러난 피부에서 열이 손실되는 것을 막기 위해 항상 한 다리로 서 있는 것이다.

플라밍고는 목과 다리가 길고 발에 물갈퀴가 있으며
청백색에서 진한 분홍빛까지 다양한 색을 띤다.

산까치 무리들의 둥지

산까치들은 부모로부터 둥지 치는 법을 배우지 않는다. 산까치들의 둥지는 복잡하면서도 튼튼하게 지어지는 것으로 유명하다. 한 예로 남아프리카에서 볼 수 있는 산까치들의 둥지는 공 모양으로 나뭇가지의 끝에 매달려 있다. 그리고 골격은 열대식물들의 줄기로 만들어진다. 주로 수컷 산까치들은 나뭇가지나 풀잎들을 주워와서 적들의 공격에도 끄떡없는 둥지를 만든다. 그렇다면 산까치들은 누구로부터 둥지를 만드는 기술을 배우는 것인가? 이를 조사하기 위해 1974년 생물학자들은 5대에 걸친 산까치들을 조사한 결과 증손자들은 그들의 5대 할머니 할아버지들로부터 둥지를 짓는 데 필요한 풀과 나뭇가지들을 물려받기는 하지만, 그들은 혼자서 둥지 만드는 방법을 터득한다는 사실을 알아냈다. 즉 생전에 산까치들은 둥지를 본 적이 없어도 훌륭하게 집을 짓는다는 사실이 밝혀진 것이다.

산까치들은 본능적으로 튼튼한 둥지 짓는 법을 터득한다.

어 류

어류의 작은 세계

쉼 없이 무한정 헤엄치는 다랑어   '대구' 는 200만 개 알 가운데 다섯 개만 부화된다.

· 푸른고래는 먹지 않고 6개월을 버틸 수 있다. 그 기간 동안 푸른고래의
생명은 피하 지방으로 유지된다.

· 다랑어는 시간당 14km의 일정한 속력으로 무한정 헤엄칠 수 있다. 다
랑어는 결코 쉬지 않는다. 한 계산에 의하면 15년 된 다랑어는 그동안
1,600,000km를 헤엄친다고 한다.

· 농어라는 물고기는 새끼일 때는 모두 암컷이지만, 5년 뒤에는 반 정도
가 수컷으로 변한다.

· 연어, 피라미, 납자루 등의 수컷은 번식기가 되면 몸의 색깔이 분홍색으
로 변하여 핑크 무드로 암컷을 유혹한다.

· 불가사리는 몇 개의 작은 조각으로 잘라져도 각 조각이 완벽한 새로운
개체로 성장한다.

· 대구는 200만 개 이상의 알을 낳지만 실제로 새끼가 되는 것은 5개 정도

에 지나지 않는다.

· 굴은 일반적으로 암수 한몸이다. 수컷으로 시작해서 암컷이 되고 또 수컷이 되었다가 다시 암컷이 된다. 이렇게 굴은 일생 동안 여러 번 수컷과 암컷 사이를 오가며 산다.

· 새우는 각각의 세포핵 안에 100쌍이 넘는 염색체를 가지고 있다.

· 복어는 적이 나타나면 적이 삼킬 수 없을 정도로 물을 듬뿍 마셔서 몸집을 크게 한 후 적을 피한다.

· 넙치의 두 눈은 머리의 한쪽에 몰려 있다.

· 수컷 문어의 생식기는 오른쪽 세 번째 발에 있다.

넙치

· 연어는 날 수 있고 성숙기가 되면 수컷의 코가 구부러진다.

· 고래는 냄새를 맡는 후각 기관을 가지고 있지 않다.

날치

· 날치, 베도라치류, 미드 스키퍼 등은 바다뿐만 아니라 육지에서도 살 수 있다.

· 뱀장어들은 후각과 미각이 뛰어난 것으로 유명하다. 그들은 4km나 떨어져 있는 작은 곤충들의 냄새를 맡을 수 있다.

날고 있는 날치

· 뱀장어들은 아가미를 닫은 상태에서도 피부호흡을 통해 자유자재로 숨을 쉴 수가 있다. 그렇기 때문에 그들은 공기가 차가운 밤에도 물에 젖은 잔디 속을 누비며 다닐 수 있다.

뱀장어

빨간 불꽃 물고기

· 빨간 불꽃 물고기(red-fire fish) 는 날 수 있을 뿐만 아니라 까마귀 같은 소리를 낼 수 있다.

가장 작은 물고기

가장 작은 물고기는 인도양 중앙의 샤고스 군도에 거주하는 망둥이과 물고기이다.

1978년과 1979년 영국의 조인트 서비스 샤고스 연구탐험대가 수집한 92개의 표본물들을 기준으로 측정해 본 결과, 다 자란 수컷의 평균 길이는 0.34인치이고 암컷의 길이는 0.35인치라는 것이 밝혀졌다.

가장 빠른 단거리 선수, 돛새치

전세계에서 쉽게 발견되는 돛새치는 물고기들 중 최고로 빠른 단거리 선수이다.
플로리다의 롱 케이 낚시 캠프에서 돛새치는 300피트의 거리를 단 3초만에 헤엄쳐 갔으며 이것은 시속 68마일의 속도에 해당한다 (치타는 시간당 60마일을 달린다).

길이가 2.5m나 되며 주둥이가 칼처럼 뾰족하고 등지느러미가 돛을 단 것 같다고 하여 돛새치라고 불린다.

상어를 죽이는 섬게

길이 1피트도 되지 않는 조그만 물고기가 거대한 식인상어를 죽인다면 과연 믿겠는가? 그러나 남아메리카산인 섬게는 그만의 특유한 방법으로 25피트 길이의 상어를 죽이는 힘센(?) 물고기이다. 비늘은 힘없이 흐느적거리지만 비늘 위에 뾰족한 바늘침이 촘촘히 나 있는 이 물고기는 스스로를 공 모양으로 만들어 몸 위의 침들을 사방으로 뻗어나가게끔 한다.

상어가 멋모르고 섬게를 삼키면 섬게의 바늘침 때문에 상어의 위는 벌집이 된다.

그리하여 상어에 의해 먹히게 되면 몸을 공 모양으로 만들어 상어의 위뿐만 아니라 몸통 전체를 쑤셔대어 결국 상어를 죽이고 마는 것이다.

연못의 '뉴트'

교미의 계절이 되는 봄이 오면 뉴트라고 불리는 연못 물고기들은 교미를 위해 연못바닥으로 깊숙이 헤엄쳐 내려간다. 이때 수컷들은 등과 꼬리에 나 있는 뾰족한 부분을 밝은 색깔로 변화시키면서 찍어놓은(?) 암컷에 다가가 유혹의 춤을 춘다. 그리고 그 암컷을 연못 바닥으로 끌고 내려오는데 이때 수컷이 정자를 연못 바닥에 배출해 놓으면 암컷들은 그것들을 생식기 안으로 집어넣어 수정란을 만든다.

하렘의 숙녀들

이 세상에서 가장 이상한 남녀관계는 오스트리아의 그레이트 베리어 암초 지역에서 발견되는 '에즈로이데스 디미티아투스' 라고 불리는 양놀래기과의 바닷물고기 사이에서 찾아볼 수 있다. 불과 직경 10센티미터 길이의 수컷 한 마리는 무려 16마리까지의 암컷들을 거느린 하렘을 만들어 다른 수컷이 절대로 자기 영역을 침범하지 못하게 한다.

수컷들은 자기가 거느리고 있는 암컷에 서열을 정해 한 마리의 암컷이 다른 암컷들을 지배할 수 있게 하는데 만일 수컷이 죽게 되면 그 암컷이 하렘을 지배하게 된다. 그러나 신기한 것은 그 암컷이 하렘을 거느리게 된 지 한 달 정도가 되면 자연스럽게 수컷의 역할을 하게 된다는 것이다. 그리고 그 암컷이 죽게 되면 그 다음 서열에 있던 암컷이 수컷의 역할을 하여 하렘을 거느림으로써 수컷을 빙자한 '암컷 상위시대' 가 이어지게 된다.

아무리 먼 바다에 살다가도 태어난 하천을 찾아가 산란을 하고 죽는 연어의 회귀본능은 자연의 신비를 더해준다.

집념의 귀향길

바다를 떠나 자기가 탄생한 담수 하천을 찾아 올라가서 산란을 할 때까지 연어의 여행은 계속된다. 그 긴 여행을 하는 동안 연어는 아무 것도 먹지 않는다. 소화 기관은 생식 기관이 발달하도록 자리를 내주기 위해서 줄어들며, 저장해 두었던 지방으로 1년간 버틸 수 있다. 매일 최대 40km의 속도로 헤엄쳐 여울을 뛰어 넘고 3.6m 높이의 작은 폭포를 단숨에 뛰어 올라가는 모습은 정말 장관이다. 연어는 이 집념어린 귀향 길에서 대부분의 힘을 쏟고 산란 뒤에는 바로 죽는다.

물에 빠져 죽는 물고기
물고기는 아가미로 숨을 쉬므로 물 속의 산소량이 적어지면 자연히 숨이 막혀 죽는다. 말라버린 연못에는 이러한 일이 자주 일어난다. 물의 양이 줄어들어 적은 양의 물에 몰려든 물고기들이 모든 산소를 마셔버리기 때문이다.
아가미가 상해도 질식하게 되며, 때로는 날씨가 원인이 되는 수도 있다. 보통 물 속에 산소가 부족하면 수면으로 떠올라 산소를 들이마신다. 하지만 수면이 얼어 있으면 숨이 막혀 죽을 수밖에 없는 것이다.

전복의 힘
붉은색의 미역을 먹고 자라는 전복은 껍질의 색깔이 붉다. 그리고 10cm 크기의 전복이 바위에 붙는 힘은 180kg이 넘으며, 이것은 장정 두 명의 힘으로도 떼지 못하는 힘이다.

복의 내장을 먹는다면?
복어의 독 성분은 테트로도톡신인데 청산가리의 13배나 되는 독성을 지녔다. 1.5mg으로 50kg의 사람을 즉사시킬 수 있고, 독이 많은 복어 한 마리는 30명을 죽일 수도 있다. 맛이 덤덤하고 무색 무취이며 아무리 강한 열에도 없어지지 않는다. 만약 이 독을 먹으면 10분쯤 뒤부터 기분이 이상해지고 안색이 질리며, 정신이 흐려지고 입술과 혀가 마비되면서 손, 발까지 마비된다.

30명을 죽일 수 있는 복어의 독은 산란기에 그 독성이 더 강해진다.

그러다가 호흡마저 곤란해지면 죽게 된다. 산란기의 독은 보통 때보다 두 배나 더 강하다.

모든 뱀장어는 소금물에서 태어난다

어미 뱀장어는 새끼를 물 속에서 낳으며, 그 새끼들은 혼자 남겨져 스스로 그들의 어미들이 왔던 길을 찾아 집으로 돌아와야 한다. 어미 뱀장어들은 유럽의 강을 타고 멀리서 왔기 때문에 새끼들이 그들의 집을 찾는 데는 보통 3년이 걸린다고 한다. 모든 뱀장어들은 같은 장소에서 알을 낳는데, 그 곳은 대서양에 있는 버뮤다 섬 근처이다.

보통 10년에서 12년 사이에 새끼 뱀장어들은 완전히 성숙하게 되고, 알을 낳기 위해서 깨끗한 물을 떠나 다시 위험하고 긴 여행을 거쳐 바다로 돌아가야 한다. 그래서 뱀장어들은 언제나 바닷물에서 태어나게 되는 것이다.

수컷 오징어의 사랑

수컷 오징어는 암컷이 상처를 입을 경우 암컷을 돕기 위해 항상 대기한다고 한다. 그러나 수컷이 상처를 입을 경우 암컷은 그 수컷을 돌보지 않는다.

가장 잔인한 물고기 파이레나

남미 지방의 호수나 여울목에는 은빛 바탕에 작은 갈색의 점무늬가 있는, 아주 조그맣고 얌전하게 생긴 물고기들이 살고 있다. 바로 파이레나라고 불리는 물고기인데 이것의 크기나 생김새만 보고 잘못 다루었다가는 목숨이 위태로워질 수가 있다. 이 물고기들은 생긴 것과는 달리 어른 한 명쯤은 몇 분 안에 먹어치우는 대단한 식욕을 가진 물고기이기 때문이다.

파이레나의 억센 입에는 면도날보다 날카로운 이들이 왕관처럼 촘촘히 박혀 있는데 이 삼각형으로 생긴 이가 무척 단단하여 남미의 원주민들은 이것을 활촉으로 사용하기도 한다.

파이레나 떼에게 걸리는 동물은 크기를 막론하고 수 분 안에 뼈만 남는다.

치명적인 면도날로 무장한 파이레나는 상대의 종류나 몸집 크기에 상관하지 않고 주저없이 덤벼든다. 한 마리의 파이레나가 덤벼든다 해도 충분한 위협이 될 터인데 보통 수백 마리가 떼로 덤벼드는 잔혹한 공격에서는 아무리 큰 덩치의 동물이라도 버텨낼 재간이 없는 것이다.

파이레나는 왕성한 식욕을 갖고 있어서 어떤 미끼에도 덤벼들기 때문에 낚시에 곧잘 걸려 올라오지만 이 파이레나의 온전한 모습을 보고 싶은 낚시꾼들은 파이레나가 걸렸다고 생각되면 재빨리 낚싯대를 감아야 할 것이다. 왜냐하면 낚시에 걸려 끌려가는 파이레나를 다른 파이레나들이 순식간에 뼈다귀로 만들어 버리는 잔인한 식욕을 갖고 있기 때문이다.

> **파이레나의 습성** — 파이레나는 물을 건너는 소의 다리는 절대로 공격하지 않지만, 만일 소가 날카로운 바위에 부딪혀 다리에서 한 방울의 피라도 나기 시작하면 떼로 덤벼들어 순식간에 뼈만 남기고 먹어치운다.

움직이지 않는 물고기
뭍으로 나온 폐어(肺漁)는 마치 죽은 듯이 동작을 멈춘 채 3년이나 살 수 있다.

산란을 위한 여정
어떤 종류의 유럽산 뱀장어는 고향의 강에서 수천 킬로미터 떨어진 멕시코만 변두리의 사르가소 해역에 알을 낳는다. 이 산란지에 다다르기 위해서 그들은 찾을 수 있는 모든 가능한 물길을 통해서, 댐 등의 장애물이 있으면 짧은 거리의 육지 여행까지 감행하면서 유럽의 강을 떠난다. 이들은 바다에 다다르면 5,000km에서 10,000km 떨어진 산란지를 향해 망망대해의 길을 떠난다. 한번 떠난 뱀장어는 다시는 유럽으로 되돌아가지 않는다. 그러나 치어는 해류를 타고 약 3년 동안의 여정 끝에 유럽으로 되돌아온다. 그러나 미국의 강으로 흘러 들어가는 새끼 뱀장어들은 그렇게 오랫동안 방황을 하지 않아도 된다. 미국에서 태어난 새끼 뱀장어들은 태어나자마자 그들의 어미들이 왔었던 길을 찾아 서툴게 헤엄을 치면서 해안 쪽으로 간다고 한다.

배멀미 하는 물고기

물고기가 바다를 싫어한다면 믿겠는가? 그러나 사실이다. 과학적인 연구 결과에 따르면 바다를 싫어하고 인간들처럼 배멀미를 하는 물고기가 있다는 사실이 밝혀졌다. 유리 항아리 안의 인공파도 안에서 금붕어가 죽는다는 실험결과도 이를 뒷받침한다.

그리고 지중해에서도 2파운드에서 70파운드 나가는 어떤 물고기들은 선원이나 승객들이 배멀미를 일으키는 것처럼 거센 파도에 휩쓸려 시름시름 앓는다는 사실도 밝혀졌다.

물렛의 변신

죽을 때 표피 색깔이 변하는 물고기가 있다. 예를 들어 숭어과의 식용 물고기인 물렛은 죽을 때 표피의 부분 부분이 빨간색, 황토색, 그리고 초록색으로 변한다. 로마 시대의 연회 때 접대인들은 살아 있는 물렛을 유리병

죽을 때 표피가 여러 가지 색으로 변하는 물렛

에 담아 식탁으로 가져오게 했다. 그리고 유리병에서 물이 빠져 죽어가는 물렛의 표피 색깔이 변하는 것을 지켜보았으며, 물렛이 완전히 죽으면 다시 부엌으로 들고 가서 요리해 먹었다고 한다.

해마의 변신

해마에게 있어서 배(胚)를 운반하는 것은 암컷이 아니라 수컷이다. 암컷은 수컷의 부화 주머니에 알을 낳는다. 알은 8일에서 10일에 이르는 임신 기간 동안 부풀어오른 주머니 안에서 자란다.

온몸이 딱딱한 비늘로 덮여 있는 해마(海馬)는 머리 모양이 말과 비슷하여 붙여진 이름이다. 해마는 수컷이 육아낭을 갖고 있다.

낙지의 외투

낙지는 자신을 보호하기 위하여 보이지 않는 신비로운 외투를 입고 있다. 마치 카멜레온처럼 자유자재로 몸의 색깔을 바꿀 수 있고, 신기하게도 몸의 각 부분의 색깔을 동시에 다른 색깔로 바꿀 수 있다. 이렇듯 자기가 있는 곳의 색깔에 따라 몸 색깔도 그대로 바꾸기 때문에 쉽게 잡히지 않는다.

백상어는 절대로 암에 걸리지 않는다

백상어는 강철과 같은 이를 갖고 있으며 고래들도 피해 갈 정도로 천적이 없기로 유명한 바닷물고기이다.

뇌에 손상이 갈 만한 상처를 입은 상태에서도 생존할 수 있는 능력이 지구상의 어느 동물보다 높아서 어떠한 세균의 침입도 물리칠 수 있는 면역력을 갖고 있으며 절대로 암에 걸리지 않는 소수 동물 중의 하나이다.

강철 같은 이빨을 갖고 있는 백상어는 항상 허기져 있지만 의외로 사람을 잘 공격하지 않는다.

수 킬로미터 떨어진 곳에서 나는 소리도 포착할 수 있는 예민한 청각을 갖고 있는 백상어는 먹어 치우는 양에 전혀 상관없이 항상 허기져 있어 지칠 줄 모르는 왕성한 식욕을 갖고 있다. 소문과는 달리 이 백상어가 사람을 공격하는 경우는 극히 드물다. 백상어에 물려 죽기보다는 오히려 벼락에 맞아 죽는 확률이 3배나 높으며 해마다 벌에 쏘여 죽는 경우가 이보다 100배 높게 발생하고 있다.

아귀는 암수 한 몸

수컷 아귀는 암컷과 합쳐져서 생식기와
지느러미만 남는다.

아귀의 암컷은 보통 수컷보다 6배
나 더 크다. 수컷은 암컷의 머리 끝
에 닻을 내리고 일생을 거기서 지
낸다. 글자 그대로 한 몸이 되어 산
다. 그들의 소화기와 순환기는 서
서히 합쳐진다. 두 개의 비대한 생
식기와 한두 개의 지느러미를 제외
하고 수컷에게는 아무 것도 남아
있지 않는다.

신선한 정어리는 없다

정어리라는 생선은 없다. 정어리라는 용어는 사실 수많은 종류의 작은 생
선을 가리키는 포괄적인 이름이다. 어떤 생선이 캔에 포장되기 전까지는
정어리가 아니다.

바다의 목수, 톱상어

톱상어는 실제로 몸의 한 부분이 톱니 모양으로 되어 있으며 그 톱 같은
것을 움직여서 다른 물고기들을 잡아먹는다. 톱상어는 물고기 떼를 발견
하면 두 줄로 금이 새겨진 톱을 앞뒤로 흔들면서 쫓아가고 먹이를 찾기 위
하여 해저로 내려가기도 한다.

또 이 동물은 자신이 잡은 먹이를 먹은 후 지나가는 동료를 위해 조금 남
겨두는 아량을 보이기도 한다. 때로 큰 물고기나 고래 등에게 덤벼 상처를
통해서 나오는 내장 같은 것을 먹는다.

납작한 머리를 가진 이 동물들은 열대와 아열대 바다의 해저에 살고 있지만, 그중 일부가 강으로까지 헤엄쳐 올라와서 인도의 강에서 수영하는 사람들에게 톱을 들이대기도 한다.

금붕어가 지닌 아름다움의 비결

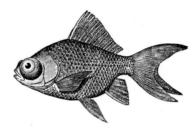

금붕어의 아름다운 황금빛 색깔은 어두운 어항이나 흐르는 시냇물 같은 곳에서 변화한다. 그 빛나는 금빛색을 유지하기 위해서는 연못이나 혹은 조명을 받는 어항 속에서 살게 해야 한다.

금붕어는 시냇물에 있으면
황금빛 색을 잃어버린다.

돌고래의 의사소통

영리한 돌고래는 턱을 한 번만 벌렸다 닫아서 꼬치고기를 찢어먹을 수 있고, 단지 코로 힘껏 내리쳐서 상어들을 죽일 수도 있다. 그러나 돌고래는 사람을 공격하거나 해치는 법이 없다.

돌고래는 성대를 가지고 있지 않지만 수중소리를 이용해 얼마든지 다른 돌고래들과 의사소통을 할 수 있다. 돌고래들은 수압과 날개를 이용해 휘파람 소리, 신음소리, 비명소리 등 적어도 32가지의 다른 소리를 낼 수 있다. 예를 들어 성대로 내는 휘파람 소리로 친구들과 의사소통을 하는 대신에 돌고래들은 울음소리를 이용한다.

고래도 서로 대화한다

고래도 휘파람소리와 울음소리로 서로간의 대화를 나눈다. 수컷 고래들은 30분 동안이나 지속될 수 있는 긴 소리를 만들어 낸다. 때때로 이 소리는 너무나 커서 귀가 따가울 정도이다.

흰 긴수염고래들은 188db(제트기 엔진에서 나는 소리보다 더 큰 소리)까지 이르는 휘파람 소리를 낸다. 지느러미 고래들의 신음소리는 수백 킬로미터 떨어져 있어도 들릴 때가 있다.

곤 충

곤충의 세계

· 벌의 눈은 머리 위에 3개, 앞에 2개가 있는데 자외선까지 볼 수 있다.

· 어떤 곤충도 눈을 감아본 적이 없다.

· 개똥벌레를 나타내는 데는 'firefly'와 'glowworm' 두 가지를 쓰는데 앞의 것은 수컷, 뒤의 것은 암컷을 뜻한다.

· 곤충은 새처럼 빨리 날지 못한다. 가장 빠른 곤충인 사슴말파리는 지속 적으로 시속 58km의 속도로 날 수 있다.

· 나비는 체온이 27도 이상일 때에만 날 수 있기 때문에 낮에 날아다닌다. 하지만 나방은 밤에 날아다닌다.

· 모든 곤충은 사람보다 근육조직이 더 많다. 모충의 경우 2,000~4,000개 정도의 근육 조직이 있다.

메뚜기의 눈은 5개이다.

· 메뚜기의 피는 하얗다. 메뚜기는 낮에, 여 치는 밤에 운다.

· 숫모기의 이빨은 47개이며, 암모기의 이빨 은 49개이다.

· 곤충의 다리는 6개, 거미는 8개, 문어는 6개, 오징어는 10개의 다리를 가 지고 있다.

· 매미는 땅 속에서 5~17년 동안 있다가 땅 위로 올라와 단 하루 동안 살 면서 교미한 뒤 죽는다.

· 좀벌레, 하루살이, 미지(midge) 등은 위가 없기 때문에 아무것도 먹지 않

고 산다. 하루살이의 수명은 6시간, 좀벌레는 1주일, 미지는 12시간이다.

· 나비는 뒷다리로, 검정파리는 발로 미각을 느낀다.

· 숫거미는 한쪽 다리의 끝에 성기를 가지고 있다.

· 다섯 개의 코를 가지고 있는 개미는 각 코마다 다른 냄새를 맡는다.

· 벼룩은 항상 뒤로 뛰고 앞으로는 뛰지 않는다.

· 한 마리의 파리는 125만 마리나 되는 박테리아를 몸에 싣고 다닌다.

· 꿀벌은 음악을 들을 수 없다. 소리를 들을 수 있는 기관이 전혀 없기 때
문이다.

> **꿀벌과 벌새** – 꿀벌은 한 번 날아다니는 동안 500여 송이의 꽃(한 종류)들로부터
> 꽃가루를 모을 수 있다. 그리고 벌새들은 4분 동안 106개의 꽃들로부터 꽃가루를
> 모으는 장면이 카메라에 잡히기도 했다.

· 거미는 투명한 피를 갖고 있다. 그리
고 먹이를 먹는 것이 아니라 마신다.

· 호랑나비는 인간보다 12,000배나 예
민한 미각을 갖고 있다.

· 모기는 다른 색깔보다 푸른빛에 두
배나 강한 유혹을 느낀다.

· 여치는 밤에 울고 메뚜기는 낮에 운다.

· 바퀴벌레는 머리가 잘린 상태에서도
2주일을 살 수 있다.

· 100그램의 꿀을 모으기 위해서 7,000
마리의 일벌들이 330,000송이의 꽃들
을 찾아다녀야 한다.

곤충의 세계

개미의 I.Q

개미의 I.Q는 150이나 된다. 그러나 개미는 기억을 못한다. 본능에 따라 행동한다. 미로를 사용한 실험에서 개미는 본능적으로 빠르고 정확히 찾아갈 수 있었다고 한다.

클레오파트라의 눈화장

클레오파트라의 눈화장은 남성을 유혹하기 위해서가 아니고 파리 등 곤충들에게 겁을 주어 도망가게 하기 위해서였다.

벌들의 노동 스케줄

일벌들은 꽃가루와 꿀을 구하기 위하여 하루에 수십 킬로미터 여행하는데 그 길을 잊지 않고 찾아온다. 또 벌이 꽃을 방문할 때 수레국화는 11시, 붉은 클로버는 오후 1시 등 꽃에 따라 각기 스케줄을 정해서 한다. 이 꽃들은 그 시간에 더 많은 향기를 내기 때문이다.

세상에서 가장 바쁜 도시

벌집은 세상에서 가장 바쁜 장소 중의 하나로 쉬지 않고 윙윙거리며 돌아다니는 군중들로 꽉찬 도시이다. 평균 5만 개 정도의 방으로 이루어진 벌집에서는 3만 5천 마리 이상의 벌들이 각각 맡은 과업을 열심히 수행하고 있는 것이다.

그 종류로는 알 속에 누워서 세월을 보내는 여왕벌과, 새로 알을 깐 여왕벌과 교미하는 것이 유일한 업무인 수펄과, 거대한 곤충 도시를 위하여 보모로서, 문지기로서, 방을 만드는 건축가로서, 음식 공급자로서 봉사하는 일벌 등이 있다. 벌들은 꿀을 찾기 위해 집을 떠나고 이것을 발견하면 집단을 위한 꿀을 만든다. 이 일은 매우 힘든 노동으로 454kg의 꿀을 만들기 위해서는 벌통과 꽃 사이를 37,000번 왕복해야 한다.

타임머신을 타고 가는 꿀벌들

젊은 일벌이 모자라는 것을 알게 되면 늙은 꿀벌 중의 일부가 나이를 거꾸로 먹어서 다시 젊어진다. 이들은 젊은 일벌의 호르몬을 다시 만들어 내고, 심지어는 부화하는 애벌레의 먹이를 만들어내는 데 필요한 내분비선이 새로 자라기도 한다.

털로 소리를 듣는 곤충들

많은 곤충들은 털로 소리를 듣는다. 소리가 나면 털이 떨리고, 이 진동이 중앙 신경계에 전달되면 신경계에서 소리를 판단한다. 바퀴벌레는 배에 털이 나 있어서 소리를 배로 듣고, 송충이는 온몸이 털로 덮여 있으므로 온몸으로 소리를 듣는 셈이다.

뱃속의 알을 위하여

모기는 턱이 없기 때문에 물지 않고 찌른다. 긴 주둥이로 상대의 몸 깊숙이 찌른 뒤에 코에 있는 관으로 피를 빨아올린다.

모기는 한 번에 몸무게의 반 정도의 피를 빨 수 있다. 이렇게 피를 빠는 것들은 모두 암놈으로 뱃속에 있는 알에 영양을 공급하기 위함이다.

사람의 피를 빨아먹는 모기는 모두 암놈이다.

가장 긴 벌레

리본 모양의 몸체를 지녔다고 해서 리본벌레라고 명명된 이 동물은 현존하는 벌레들 중 가장 길다. 특히 리본벌레과에 속하는 리니우스 롱기스시

무스(Lineus longissimus)의 길이는 5미터나 된다. 그러나 1864년에 스코틀랜드의 해변에서 서식했던 리본벌레들의 길이는 55미터까지였던 것으로 기록되어 있으며 일부 리본벌레의 길이는 무려 30미터가 된다고 한다.

하루살이의 영화(榮華)

가장 단명하는 곤충은 평균 4~6시간, 혹은 최고 2~3일을 살다가 죽는 하루살이다. 반면 가장 긴 수명을 가진 곤충은 여왕 흰개미로서 무려 15년에서 20년이나 산다.

나비의 시각기관

다른 곤충들처럼 나비는 수십 개의 눈을 가지고 있다. 잠자리는 28,000개까지 눈이 달려 있지만 일부 개미들의 눈은 9개에 불과하다.

개똥벌레들은 왜 어둠 속에서도 빛이 나는가?

개똥벌레들은 곤충이 아니라 갑충이다. 그러나 그들이 불빛을 뿜어낸다고 해도 그 불빛은 주변의 것들을 태울 만큼 강한 불빛이 아니다. 단지 "나 여기 있어요!" 하는 신호에 불과하다. 전구와 비교해 보자. 대부분의 전구는 에너지의 5퍼센트를 불빛으로 전환시키고 나머지 95퍼센트는 쓸모 없는 열에너지로 전환된다. 그러나 개똥벌레는 불빛의 5퍼센트만이 열로 전환된다. 개똥벌레들의 열전환방식을 연구해온 과학자들은 아마도 개똥벌레와 촛불이 같은 밝기의 불빛을 낼 때 촛불은 개똥벌레의 불빛보다 80,000배 가량 뜨겁다는 사실을 발표했다.

개똥벌레의 불꽃

개똥벌레들은 교미할 짝을 찾을 때에 자기만의 독특한 빛을 발산한다. 미국산 블랙 개똥벌레들은 구미가 당기는 암컷을 발견하면 그 암컷의 위치로부터 3~4미터 높이의 공중에서 5.7초마다 빛을 발산하는데 암컷들은 정확히 수컷의 신호보다 2.1초 뒤에 빛을 발산해 응답의 신호를 보낸다. 다른 종류의 개똥벌레들도 이와 유사한 방법으로 교미를 시도한다.

어떤 수컷들은 1.5초마다 두 번씩 신호를 보내는데 상대 암컷들은 1초 뒤에 "OK!" 신호를 보낸다. 또한 어떤 수컷들은 땅 위에서는 초록색 불빛을, 공중에서는 오렌지색 불빛을 보내며 암컷을 유혹하기도 한다.

날개의 힘

종 류	날개치는 횟수 (초당)
흰나비	8~12
실잠자리	16
잠자리	25~40
풍뎅이	50
나방(박각시나방과)	50~90
땅벌	130
집파리	200
꿀벌	225
모기	600
각다귀	1000

실잠자리

꿀벌

원격조정(remote-control)

남태평양 산호지대에서 서식하는 강모곤충은 교미할 당시 어느 한 쪽 상대 없이도 얼마든지 교미할 수 있다. 10월과 11월 두 달은 강모곤충들에게 일년 동안의 영양분을 조달, 섭취하는 중요한 달이다.

11월 중순이 되면 이 벌레의 뒷부분은 몸체로부터 저절로 분리되어, 분리된 몸체는 수백만 개의 다른 벌레들의 몸체와 더불어 물 표면으로 떠오르게 된다. 그리고 태양이 뜨면 분리된 몸체에서부터 자연스럽게 배출된 정자와 난자는 바다에서 수정된다.

발로 미각을 감지한다

일반적으로 미각 기관은 입이나 혀에 달려 있는 것
이 보통이지만 검정파리들은 발로 맛을 느낀다.

검정파리

개미와 벌의 운반능력

개미는 자기 몸무게보다 50배나 더 무거운 것을 들 수 있고 벌은 자기보다
300배 더 무거운 것을 운반할 수 있는데 인간으로 보면 10톤짜리 트레일
러를 끌어야 하는 것과 같다.

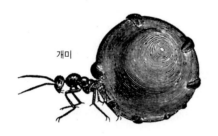

개미

" **여왕개미의 갱년기** – 여왕개미는 보금자
리 속에서 하루 종일 알만 낳는데 대략 1분
에 하나, 하루에 1,000개 이상의 알을 낳는
다. 하지만 알을 낳지 못하는 갱년기가 되면
일개미들이 먹이를 주지 않아 결국 굶어 죽
게 된다. 여왕개미는 일생 동안 5억마리 이
상의 새끼 개미를 만드는 셈이다. "

끈질긴 모기의 생명력

곤충 중 가장 지독한 것은 모기일 것이다. 모기는 가장 추운 지대인 캐나
다 북부와 시베리아, 북극지방에서뿐 아니라 적도의 정글 속에서도 거뜬
히 살아간다.

" **모기의 소리** – 암컷 모기가 날아다니면서 내는 웽 하는 소리는 교미를 위해 짝을 찾
고 있다는 신호이다. 이때 수컷 모기의 촉각은 라디오의 수신기처럼 암컷의 날개 소
리에 항상 민감하게 반응을 한다. "

단맛을 느낄 수 있는 수치

아무리 감각에 예민한 사람들이라도 인간으로서 단맛을 느낄 수 있는 최
소한의 수치는 전체 물 함량에서 설탕 성분이 200분의 1정도 용해되어 있
을 때이다. 그러나 나방들과 나비들은 그 비율이 300,000분의 1일 때에도
단맛을 감지할 수 있다.

강철보다 강한 거미줄

거미줄의 두께는 불과 0.005mm에 불과하지만 그것으로 2.54cm 두께의 밧줄을 만든다면 그 무게는 무려 74톤이나 될 것이며, 그 강도는 강철의 세 배 정도가 될 수 있다. 거미는 벌레를 잡아먹기 위하여 정교한 건축술을 발휘한다.

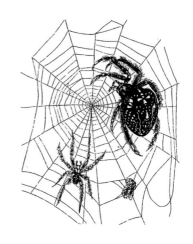

중력의 법칙을 무시하는 파리

인간들에게 가장 성가신 존재로 취급받고 있는 파리는 중력의 법칙을 무시하고 천장에 달라붙거나 거꾸로 기어다닌다. 파리의 종류는 무려 100,000여 종이 되지만 그중 우리가 흔히 보는 집파리는 두 개의 날개와 여섯 개의 다리를 가지고 있는데, 각각의 다리에는 가재의 발과 같은 발톱이 있으며 그 발톱 밑에 달린 점액이 분비되는 한 쌍의 흡입판을 이용하여 천정에 붙어 있거나 기어다닌다.

누에는 몸길이의 12,000배 되는 실을 뽑아낸다

누에는 나방의 유충으로 자신의 고치를 만들기 위하여 1,000m가 넘는 노란색 또는 흰색의 매끄러운 실을 뽑아내어 자신의 몸을 단단히 둘러싼다.

바퀴벌레의 생명력

2억 5000만년 전, 이 지구상에 출현하기 시작한 바퀴벌레는 그 동안 어떠한 형태의 진화도 없이 성공적으로 생존해 오고 있다. 바퀴벌레는 종이, 풀, 비누 같은 것을 먹고도 살 수 있고 아무 것도 먹지 않는다 해도 5개월은 버틸 수 있다. 방사선에도 죽지 않고, 48시간 동안 냉동된다 해도 살아날 수 있다.

지구상에서 가장 생명력이 강한 바퀴벌레

사마귀와 파리의 잔인한 교미

상당한 숫자의 암컷 곤충들은 교미 중에 수컷을 먹어치운다. 학계에서 오랫동안 논쟁의 대상이 되었던 것 중의 하나는, 사마귀의 수컷은 자신의 머리를 먹혀야만 특정한 신경 조직이 자극받아 완전한 교미를 끝낼 수 있다는 끔찍한 주장이었다. 그러나 실험에 동원된 암사마귀의 앞발을 묶어 놓은 상태에서도 수사마귀가 성공적인 교미를 할 수 있었던 경우를 보아도 수컷을 먹어치우는 버릇은 교미의 성공에 필수적인 요소가 아닌 것만은 분명하다. 파리 종류 중 체라토포고나이데과에 속한 세로마이야 피모라타라는 학명으로 불리는 파리의 경우는 교미 중에 있는 암컷이 수컷을 또는 수컷이 암컷을 잡아먹기도 한다.

8월의 오케스트라

8월의 기나긴 여름밤에는 귀뚜라미의 노래를 들을 수 있다. 귀뚜라미는 습도가 높은 산 속이나 논둑에서 여름밤의 세레나데를 부른다. 귀뚜라미는 날개를 비벼서 아름다운 소리를 만들어낸다. 나무 위에서도 이런 노래를 들을 수 있는데, 이들은 흰색이나 푸른색을 띤 일명 '나무귀뚜라미' 이

다. 날개를 아치 모양으로 만들고 머리 위로 비벼대며 이런 울음소리를 만드는 것이다. 그러나 신기한 점은 수컷 귀뚜라미만 울음소리를 낼 수 있다는 것이다.

◀ 한여름 동안 울어대는 귀뚜라미의 울음소리는 날개를 비빌 때 나는 소리이다.

제11장
동물 가족

[동물 가족]

돌고래 이야기

돌고래는 IQ가 90 정도이며 사랑에 빠지기도 하고
짝사랑에 번민하기도 하며 호모 섹스를 즐기기도 한다.

●돌고래의 휘파람

돌고래는 한번에 두 가지 의미를 전할 수 있다. 그들은 휘파람 소리와 혀를 차는 소리를 내는데 이것은 소리 이상의 의미를 가진다. 모든 돌고래는 스스로를 다른 동료들에게 인식시킬 때 휘파람 소리를 이용한다. 즉 휘파람 소리로 자기가 누구인지를 알리는 것이다. 또한 혀 차는 소리는 주변 먹이를 놀라게 하는 역할을 하는데 돌고래들은 일단 혀를 세게 차서 근처에 숨어 있는 먹이들을 놀라게 하고 수중음파 탐지기를 이용하여 그 먹이들의 위치를 알아낸다.

●군사작전용 돌고래

미 해군은 월남전 당시 캄랑만을 지키기 위하여 돌고래를 특별 수중 보초로 두었다.

또 미 해군은 잃어버린 수뢰를 바다 밑에서 건져 올리기 위하여 킬러고래를 사용하기도 하였다. 머리가 좋고 기동성이 뛰어난 돌고래는 수중 보조자 역을 훌륭히 수행했다고 알려져 있으나, 돌고래가 어떤 역할을 하였으며, 어떻게 훈련시켰는지는 특급 기밀로 남아있다.

●생명을 구한 돌고래들

돌고래가 사람을 구한 사건이 밝혀져 화제가 된 적이 있다. 1971년 6월 한 남아프리카 여성이 그녀가 타고 있던 요트가 폭발하면서 인도양에 빠져 죽을 뻔한 일이 있었는데 그때 3마리의 돌고래가 나타나 그녀를 구했기 때문이다.

그중 한 마리는 그녀를 물 위로 끌어올렸고 나머지 두 마리는 주위를 빙빙 돌며 상어의 공격으로부터 그녀를 보호하였다. 그녀를 바다 위의 부포에까지 옮겨놓은 다음 돌고래들은 홀연히 사라졌다.

그후 그녀는 해상 구조대에 의해 구출되었는데 그녀가 구조된 지점까지의 거리는 요트가 폭발한 곳에서 약 200마일이나 떨어진 곳이었다.

코끼리 이야기

●초저주파음을 내는 코끼리들

코끼리들은 자기들끼리 통하는 언어를 가지고 있다. 거대한 코끼리 떼들이 킬리만자로산 앞을 통과할 때 인간의 귀로 들을 수 없을 만큼 조용히 지나간다.

코끼리가 16km 정도 떨어진 곳에 있는 다른 코끼리들과 대화할 수 있는 것은 초저주파음을 이용해서 소리를 내기 때문인데, 인간의 귀로는 잘 감지할 수 없지만 먼 거리까지 고요히 울려 퍼진다고 한다.

●사형장의 흰 코끼리

흰 코끼리는 은색이 섞인 연한 회색을 띠고 있다. 이 코끼리는 매우 희귀하기 때문에 불교를 숭배하는 인도네시아나 태국 같은 나라에서는 존경의 대상이 되기도 한다.

─Tip─
만능 코끼리 코
코끼리는 6,350kg의 몸무게를 지닌 동물이지만 그 코로 콩알을 들어올릴 수 있고, 272kg이나 되는 통나무도 들어올릴 수 있다.

흰 코끼리가 잡히면 시중드는 사람들이 달려들어 향수 섞인 물로 목욕을 시키고 비단과 보석으로 장식을 하고 최고급 음식을 먹인다.

코끼리가 죽게 되면 온 국민이 슬퍼하며 왕까지도 말에서 내려 경의를 표한다고 한다. 그런데 이 흰 코끼리의 임무 가운데 하나는 망나니 대신 사형을 집행하는 것이다.

이러한 풍습은 19세기까지 전해졌는데 이 코끼리는 사형집행 시 죄인의 목을 앞발로 짓눌러서 죽인다.

● 경계조 코끼리

코끼리 떼 주위에는 항상 경계 조(組)가 있다. 경계를 서고 있던 코끼리는 위험이 닥칠 때 자신의 긴 코를 공중으로 쳐들어 주의경보를 내리며, 이때 보통 코끼리 떼는 1.6km 정도 떨어진 곳에서도 경고 신호를 감지하여 즉각 경계 태세에 들어간다.

● 코끼리의 기름

수컷 코끼리에서 나오는 지방의 두께는 7인치밖에 되지 않지만 그 기름덩어리 하나가 생산해 내는 기름은 무려 210 갤런에 이른다. 그 기름은 윤활유로 사용되는 향유고래의 기름보다 질적으로 우수하다.

● 코끼리의 상아

코끼리의 상아는 가끔 감당하지 못할 정도로 거대하게 자라는 경우도 있다.

그 무게를 견디지 못하는 코끼리는 때때로 상아를 두 나무 사이에 걸쳐놓고 휴식을 취해야 할 정도이다. 공식기록에 의하면 가장 큰 상아는 길이가 3.3미터나 된다.

Tip ―
코끼리는 잠이 없다
거구의 코끼리가 하루에 2시간을 자는 반면, 작은 체구의 고양이 및 고릴라는 하루에 14시간을 자야 한다.
아프리카 코끼리는 하루에 204kg의 음식을 여섯 번이나 먹으며 50갤런의 물을 마신다. 그러나 교미를 할 때에는 30초만에 끝내고 만다.

Tip ―
코끼리와 쥐
가장 힘이 센 동물인 코끼리가 가장 두려워하는 것은 작고 약해 보이는 생쥐이다. 코끼리는 쥐만 보면 긴장하여 뒤로 물러난다. 그 이유는 쥐가 코끼리의 코 속으로 들어갈 것을 두려워하기 때문이다.

뱀 이야기

• 코브라의 독
오스트리아 산 코브라 한 마리가 내뿜는 독은 200,000마리의 쥐를 죽이고도 남는다.

뱀은 땅 위에 사는 척추동물이라기 보다는 하늘을 나는 새 종류에 가깝다고 할 수 있다.

• 가장 긴 실뱀
희귀한 실뱀인 렙토티프로프스 빌리니아타는 바바도스와 세인트 루치아 그리고 마티니크에서만 발견된다. 가장 긴 뱀의 길이는 4.25인치이고 연필심만큼의 가느다란 몸통을 가지고 있다.

• 유리뱀
북미에서만 발견되는 유리뱀은 뱀이 아닌 도마뱀이다. 단지 유리처럼 조금만 손대도 온몸이 부서지는 특이한 속성 때문에 유리뱀이라 불려지고 있다.

• 날아다니는 뱀
날아다니는 뱀은 모든 뱀들 중에서 가장 유명하다. 리본처럼 몸을 납작하게 엎드려서 나무와 나무 사이를 미끄러지듯이 날아다닌다고 하여 나무뱀으로 부르는데, 땅으로 내려올 때는 유선형으로 곧추 내려온다. 이 뱀이 날아다닐 때는 코브라가 적의 공격을 받았을 때 목을 평평하게 하듯 갈비뼈를 평평하게 만들고 날아다닌다.

동물학자들은 이 뱀들을 북부지방으로 옮기려고 몇 번이나 시도했지만 번번이 우송 도중 죽었다. 이 뱀은 자바와 말레이시아에서만 발견되는 희귀한 뱀이다.

Tip —
뱀의 엉덩이
모든 큰 뱀들은 꼬리 밑부분에 퇴화된 다리를 갖고 있으며 그 다리와 등뼈가 연결된 부분이 바로 엉덩이이다. 다리(퇴화된)가 있는 뱀들의 거의 전부가 골반대를 갖고 있으며 그 골반대와 다리가 연결된 부분이 바로 엉덩이가 되는 것이다.

Tip —
물리면 끝장
모든 바다뱀들은 독을 품고 있다. 티모르 해의 애쉬모르 암초 주위에 서식하고 있는 하이드로피스 벨케리 뱀은 보통 육지 뱀보다 100배 이상의 치명적인 독을 품고 있다.

●뱀은 혀로 듣는다

뱀은 귀가 없으므로 들을 수가 없다. 그러나 혀가 음향에 극도로 민감하여 계속해서 혀를 날름거리며 음파를 파악한다.

●독 없는 능구렁이

능구렁이는 머리끝에서 꼬리끝까지 검은색과 주홍색의 둥근 얼룩이 뒤섞인 무늬가 있고 사람을 보면 곧 공격할 것 같은 자세를 취한다. 그러나 보기와는 달리 독이 없다.

●외로운 채찍꼬리 도마뱀

채찍꼬리 도마뱀은 남서부 사막에서 사는 날씬한 도마뱀인데 이 도마뱀에는 수컷이 없다. 그러므로 암컷이 암컷을 낳고, 또 암컷이 암컷을 낳아 번식하게 된다.

악어 이야기

●악어와 악어새

Tip—
악어의 턱
보통 54kg짜리 악어의 턱은 700kg의 힘을 낼 수 있을 만큼 강해서 뼈를 으스러뜨릴 수 있으며, 위 속에는 많은 염산이 있어서 쇠붙이를 녹여 소화시킬 수 있다고 한다.

아마도 악어의 입에 손을 넣어서 먹을 것을 찾으려는 사람은 없을 것이다. 그러나 악어새는 악어의 입안에 들어가서 먹을 것을 찾는다.

악어가 식사를 마치고 입을 벌리고 있으면 이 작은 새가 입안에 들어가 악어의 이빨 사이에 낀 찌꺼기를 깨끗하게 청소해 주는 것이다. 때문에 악어가 이 물새를 잡아먹는 일은 없다.

그리고 이 새는 때로 악어의 등 위에 올라앉아서 다가오는 위험을 경고해 주어 악어를 구하기도 하고 악어의 껍질에서 사는 기생충을 잡아먹기도 한다.

악어의 세계
악어는 혀가 밑바닥에 붙어 있기 때문에 혀를 움직일 수 없고, 항상 새로운 이빨이 생겨 나와 날카로운 상태가 유지된다.

● 악어의 눈물

아프리카에서는 사자보다도 악어에 물려 죽을 확률이 더 높다. 악어는 다른 악어도 잡아먹는 잔인한 동물로서 먹이를 씹지 않고 한꺼번에 삼킨다. 또 악어의 눈에서는 눈물이 쏟아지기도 하는데 이것은 눈물이 아니라 그저 먹이에 의해 섭취된 염분을 배출하는 단순한 생리작용일 뿐이다.

┌ Tip ┐
악어에게 쫓길 때
만약 사람이 육지에서 악어에게 쫓긴다면 지그재그로 달아나야 한다. 악어는 갑자기 방향을 바꾸지 못하기 때문이다. 그러나 물에 빠져 악어에게 쫓긴다면…

진땀나는 전갈들의 교배

전갈은 자신조차도 '독'에 쉽게 감염되기 때문에 교배마저 그들에게는 위험한 일이다. 그래서 주로 혼자 살아가는 전갈들은 특이한 방법으로 교배를 한다. 수컷은 암컷을 자기 영역으로 끌어들여 둘은 앞뒤로 움직이면서 춤을 추는데 이때 교묘하게 꼬리를 이용하여 서로의 몸이 닿지 않도록 한다.

그런 다음 수컷은 정자를 땅에 배출해놓고 암컷을 밀고 당겨서 그 정자를 생식기 속으로 집어넣어 수정란을 만들도록 돕는다. 그리고나서 암컷과 수컷은 제각기 행동한다. 훗날 수정란이 부화되면 그 안에서 나온 새끼 전갈은 약 2주일 동안 어미 등에서 기생하다가 그 후에는 혼자 힘으로 살아가기 시작한다.

악수하는 침팬지

침팬지의 중요한 특색 가운데 하나는 몸으로 인사하는 것이다.
무리가 이동하고 있을 때 침팬지들은 자주 악수를 하며,
휴식하고 있을 때는 서로의 얼굴을 만진다. 두 가지 행동
은 어미와 새끼 사이의 행위에서 유래한 것으로 먹이를
달라는 표시라고 한다.

어른 침팬지들끼리의 포옹은 가장 친근한 인사이다. 어
른 수컷과 암컷 사이에서 자주 볼 수 있는 이 행동은 모
든 유인원들과 인간에게서 볼 수 있듯이 아기를 껴안는
행동에서 나왔다. 한편 포옹은 지배자의 승인을 구하는
하급자에게서 자주 보인다. 나이 든 수컷은 젊은 수컷을
포옹하려고 한다.

침팬지는 온몸이 검은색이나 암갈
색이고 키가 크며 원숭이 가운데
가장 명랑하며 사람을 아주 잘 따
른다.

붉은 땀을 흘리는 하마

하마는 코끼리 다음으로 큰 몸집을 갖고 있는 동물이다. 다 자란
하마는 길이가 4m에 몸무게는 보통 2,718kg이 넘는다.

덩치에 비해 비교적 온순한 하마는 주로 풀이나 나뭇잎, 뿌리 외
의 것을 절대 먹지 않으며 대부분의 시간을 물 속에서 지낸다.

하마는 좀처럼 성을 내지 않는다. 이것은 몸집이 너무 육중하여
그러한 격한 행동을 하기가 거의 불가능할 뿐 아니라 거대한 덩
치를 가진 이 하마를 성내게 할 상대가 거의 없기 때문이기도 하
다. 그리고 간혹 이 3톤짜리의 하마가 성을
내는 것을 볼 수 있는데 이럴 때 두텁고
매끄러운 피부에서는 붉은빛의 땀이
흐른다.

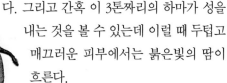

머리가 무척 크고 다리가 짧은 하마는, 낮에는 물 속에
서 콧구멍 · 눈 · 귀만 밖으로 내놓고 있다가 밤에 나
와 나무뿌리나 풀 등을 먹는다.

생태계에서도 월등한 암컷의 세계

●모기 - 모두 암컷이 한 짓
약 2,000여 종이나 되는 모기는 사람이나 동물의 피를 빨아먹고
사는데, 피를 빠는 것은 모두 암컷이다. 수컷은 식물 위에 내린
이슬이나 수액, 과즙 등을 빨아먹고 산다. 암컷 한 마리로부터 한
해에 태어나는 모기는 1억 6,000만 마리 정도가 된다. 암컷은 매
우 건강하여 평상시 몸무게의 2배나 되는 피를 빨아먹었을 때도
유유히 잘 날아다닌다.

●파리 - 암컷이 더 오래 산다
집파리의 나는 평균 속도는 시속 8km이며 수컷
은 17일 사는 데 비해 암컷은 27일 정도 산다.

●늑대 - 무리의 리더는 암컷
늑대는 떼를 지어 다니며, 리더는 항상 암컷이다.

늑대는 개와 비슷하지만 꼬리를 항상 밑으로
늘어뜨리고 다니는 점이 개와 다르다.

●벌 - 여왕벌의 교미용 수펄
수펄은 일을 하지 않고, 단지 여왕벌과의 교미만
을 위해 산다. 수펄은 여왕벌과 교미할 때만 기다
리다가 자신의 임무가 끝나면 밖으로 내쫓겨 굶어
죽게 된다.

●사자 - 게으른 수사자
암사자는 항상 수사자보다 용감하며 더 공격적이
어서 먹이를 책임지고 구해 온다. 수사자는 목숨
이 달린 위험한 일은 피하며 그늘에서 휴식만을
취한다.

사자는 '백수의 왕' 이라고 하지만, 수사자는
게으른 가장이다.

●여우 - 일편단심 수여우

수여우는 일단 짝을 찾으면 영원히 지속된다. 만약 암컷이 죽으
면 다른 짝을 찾지 않고 혼자서 일생을 살아간다. 그러나 수컷이
죽으면 암컷은 즉시 다른 수컷을 찾아 나선다.

박쥐의 정자

남자의 정자는 여성의 질 속에서 3~5일 동안 살 수 있다. 그러나
박쥐의 정자는 6개월까지 살 수 있다.

총알을 피하는 수달

족제비과에 속하는 이 동물은 북미 대륙의 호숫가 혹은 시냇가
에 주로 서식하고 있다. 언뜻 보면 마치 물개를 닮은 것 같은데,
매끈하게 빠진 몸매와 갈퀴가 달린 발과 납작하게 생긴 꼬리가
물 속에서 헤엄치기에 알맞도록 되어 있다.

간혹 비이버가 수달과 어울려 이웃에 서식하고 있는 것을 볼 수
있지만 이 두 동물은 밤과 낮처럼 서로 습성이 전혀 다르다.

배를 깔고 눈 덮인 비탈길을 미끄러져 내리는 것을 즐기는 수달
은 매끄러운 배와 운전대처럼 사용하는 꼬리를 이용하여 재빠르
게 미끄러져 내려와서 짝꿍이 내려오기를 기다렸다가 같이 언덕
으로 다시 뛰어올라가 미끄럼질을 계속한다.

또한 이들의 동작은 몇 안 되는 동물만이 따라
갈 수 있을 정도로 재빠르다. 이쪽의 얼음 구멍
에 머리가 솟았는가 하면 어느 틈엔가 상당한
거리에 떨어져 있는 다른 구멍에서 머리를 내
밀고 있다.

많은 사냥꾼들의 말에 의하면, 얼음 위로 머리
를 내민 수달을 향해 총을 쏘았더니 재빠르게 물
속으로 몸을 감추더라는 것이다. 총알이 닿기 전

산기슭이나 늪가에 굴을 파고 사는 수달은 발가
락 사이에 물갈퀴가 있어서 헤엄치며 놀기를 좋
아한다.

에 몸을 피할 만큼 빠른 스피드를 갖고 있는 이 수달이야말로 날아가는 총알보다 빠른 동물이라 할 수 있다.

사막의 배, 낙타

등에 혹이 하나 있는 단봉(單峰) 낙타는 사막지대의 기후와 환경에 적응하기에 매우 훌륭한 신체 조건을 가지고 있어서 간혹 '사막의 배'라고도 불린다. 어떤 동물일지라도 사막의 열기와 갈증에는 몇 시간도 견디지 못하고 쓰러지지만, 성숙한 낙타는 한 방울의 물도 마시지 않고 320km나 되는 사막을 거뜬히 횡단할 수 있다.

사막 기후를 견딜 수 있는 낙타의 이러한 신체 능력은 주로 특수한 구조를 갖고 있는 위(胃)에서 비롯된다. 즉 단봉 낙타의 위장은 소 종류의 동물과 같이 위장이 여러 개로 나뉘어져 있으며 각 위장의 벽은 수백만 개의 미세한 저장 세포로 되어 있어 몇 주일 동안 견딜 수 있는 물을 이곳에 저장해 두고 있는 것이다.

또한 낙타는 물뿐만 아니라 아무 것도 먹지 않고 오랫동안 견딜 수 있는데, 이것은 낙타의 등에 있는 혹 내부의 지방층 때문이다. 혹에 저장되어 있는 지방질이 비상시에 영양공급원으로 변하는 것이다. 잘 먹은 낙타의 혹이 잘 먹지 못한 낙타의 혹보다 크게 자라 있는 것도 이러한 이유 때문이다.

낙타에서 유래된 영어의 알파벳이 2개 있다. 그것은 'C'와 'G'로서 이 글자들은 낙타의 등에 있는 혹을 묘사한 것이다. 낙타는 낙타의 시체를 보면 죽는다고도 한다.

그리고 낙타의 걸음걸이가 버터를 탄생시켰다. 어떤 유목민이 소젖 한 자루를 낙타에 싣

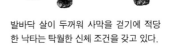

발바닥 살이 두꺼워 사막을 걷기에 적당한 낙타는 탁월한 신체 조건을 갖고 있다.

— Tip —
비이버와 수달

비이버는 거의 모든 시간을 일에 몰두하는 '열성 일꾼'인 반면 수달은 모든 시간을 놀이에 바치는 '장난꾸러기'이다. 비이버가 거의 대부분의 시간을 방죽 쌓는 일에 몰두하고 있는 동안, 수달은 눈 덮인 언덕의 비탈길에서 미끄럼 타기에 정신이 없는 것이다.

고 여행을 가게 되었는데, 유난히 느린 낙타의 걸음걸이 때문에 낙타 등에 있던 소젖은 장시간 뜨거운 햇볕을 받아 버터로 변했던 것이다.

이 걸어다니는 식량 창고는 사막에서 살기에 적당한 재주를 또 하나 갖고 있다. 아주 뛰어난 후각 기능이 바로 그것인데 수 킬로미터 떨어진 곳의 물 냄새도 맡아낼 수 있는 낙타의 후각 기능 덕택에 수많은 낙타상(商)들이 목숨을 건지고 있다.

일생 동안 낙타의 생태를 연구한 동물학자들도 이 동물에 대해서 알고 있는 것이 거의 없다고 말할 정도로 낙타는 신비한 동물이다.

말의 키 재기

말의 키는 바닥에서부터 머리까지가 아니라 어깨까지이다. 말은 등뼈가 바닥과 평행하기 때문에 머리와 몸을 한 지점에 고정하기 어렵다. 그러나 네 발로 섰을 때 어깨 위의 가장 높은 등뼈는 땅과 항상 같은 높이를 유지하고 있어서 변함 없는 키가 나온다.

모든 생물이 존재해야 하는 이유

먹이사슬은 생물에 중요한 영향을 끼친다. 실제로 유카리나무가

Tip
낙타의 힘
낙타는 토끼의 입, 쥐의 위장, 코끼리의 발, 새의 피, 파충류의 체온, 백조의 목을 가지고 있으며 담낭이 전혀 없다. 또한 눈을 감고도 볼 수 있으며 직사광선을 피할 수 있는 속눈썹이 있고 닫을 수 있는 콧구멍을 가지고 있다.

Tip
맹물은 못 마셔요
맹물은 낙타에게 소위 혼도병(昏倒病)을 유발시키며 낙타가 맹물을 마시게 되면 술을 마신 것처럼 취하게 된다. 낙타는 소금기가 있는 물을 좋아한다.

멸종된다면 코알라 역시 지구상에서 쉽게 사라지게 될 것이다. 코알라는 유카리나무의 잎만 먹고 살기 때문이다. 또한 얼룩말이 하룻밤 사이에 사라진다면 아프리카 사자들의 숫자도 기하급수적으로 줄어들게 될 것이다. 마찬가지로 벌들이 멸종하면, 이화 수분을 위해 절대적으로 꿀벌에 의존하는 많은 식물들도 그대로 죽고 말 것이다.

캥거루의 번식
붉은 캥거루와 그 밖의 몇몇 다른 유대류(有袋類)는 암컷이 품은 새끼를 잃어버려도 임신하기 위해 다시 수컷과 교미할 필요가 없다.

어미 캥거루는 새끼 주머니에 한 마리의 새끼를 가지지만 몸 안에는 성장이 정지된 몇 개의 수정란을 지니고 있다. 젖을 빠는 새끼 캥거루는 두 번째 수정란의 성장을 억제하는 호르몬을 분비하도록 내분비선을 자극한다.

그러나 첫째 새끼가 죽고 호르몬의 분비가 멈추면 여분의 수정란이 정상적으로 성장하여 새끼 주머니 안에 자리잡는다. 이런 현상은 첫째 새끼가 완전히 성장하여 새끼 주머니를 떠나도 마찬가지이다.

Tip
캥거루의 꼬리
캥거루는 자신의 꼬리가 땅에 닿지 않은 상태에서는 전혀 점프를 할 수 없다. 캥거루의 점프력은 몸 전체를 땅에서 밀어 올려 주는 꼬리의 순발력에서 나오기 때문이다.

동물들의 재미있는 특징

· 거북이나 자라는 이가 없고 말은 눈썹이 없으며, 되새김질을 하는 모든 동물은 발굽을 갖고 있다.

· 앵무새만이 아래 위 두 개의 부리를 모두 움직이며 다른 모든 새들은 한쪽 부리만을 움직인다.

· 개구리는 입을 다문 채 숨을 쉬는데, 개구리의 입을 강제로 열어 놓으면 숨이 막혀 죽는다.

· 돼지는 발이 짧아 헤엄을 치지 못한다. 간혹 물에 빠진 돼지는 짧은 앞발로 허우적대다가 스스로 자신의 목을 찌르기도 한다.

· 토끼는 눈꺼풀이 없기 때문에 눈을 감지 못한다. 대신 자거나 쉴 때는 엷은 보호 망막이 내려와 안구를 덮는다.

· 양은 위턱에는 이가 없다.

· 가자미와 같이 몸의 생김새가 납작한 물고기들은 머리 한쪽의 같은 자리에 두 눈이 있다. 처음 태어날 때에는 눈이 양쪽으로 떨어져 있지만 성숙해짐에 따라 그중 한쪽 눈이 다른 한쪽에 가까이 자리할 때까지 계속 움직인다.

아르마딜로(Armadillo) : 몸이 견고한 갑(甲)으로 덮여 있고 강력한 발톱으로 구멍을 파고 다닌다. 야행성으로 곤충, 나무뿌리, 작은 동물들을 먹는다.

· 아르마딜로는 새끼를 낳을 때 거의 매번 일란성 네 마리를 낳는다.

나의 님은 어디에

동물들은 자기들의 짝을 찾아내는 데 특수한 방법을 택하고 있다. 개똥벌레는 발광체를 번뜩거려 짝을 찾고, 암컷을 찾기 위해서 어떤 새들은 특수한 노래를 부른다. 또한 개구리는 특수한 음을 내어 암컷을 찾는다. 어떤 암 나방은 수컷을 찾기 위해서 향내를 공중에 발하는데, 이때 1.6km 정도 멀리 있는 수컷은 그 냄새를 맡을 수 있다.

소는 색맹이다

투우를 할 때 투우사는 빨간 깃발을 흔들어서 소를 흥분시키는데, 사실 소는 색맹이므로 빨간색을 보지 못한다. 개도 색깔을 구별하지 못하지만 새는 색깔을 볼 수 있다.

사자도 건드리지 않는 가시두더지를 담비는 이긴다

가시두더지는 9kg밖에 되지 않지만 90kg의 사자를 물어 죽일 수도 있다. 등과 꼬리에 괴상한 가시가 수없이 많이 나 있는데, 이것은 가장 뛰어난 방어 기능 중 하나이다. 많은 사람들이 이 가시두더지가 가시를 마치 화살처럼 쏜다고 믿는데, 사실은 아주 느슨하게 박혀 있어서 조금만 건드려도 빠져버리기 때문에 그렇게 보이는 것이다.

보통 곰이나 늑대, 사자 등은 이 걸어다니는 바늘꽂이에게 다가가지 않는다. 하지만 가끔 배고픈 사자가 달려드는 수가 있는데, 그렇게 공격을 받는다 해도 이 느림보 설치류는 등조차 돌리지 않는다. 한번 잘못 물면 무모한 사자의 입에 날카로운 가시가 가득 박히는 것이다. 이 가시들 끝에는 낚시바늘 같은 갈고리들이 달려 있어 뱉어내려고 애를 쓰면 쓸수록 더욱 깊숙이 파고들어, 며칠 안에 사자는 굶어죽게 된다.

꼭 하나 이 가시두더지를 이기는 영리한 동물이 있다. 족제비 종류인 담비이다. 담비는 조용히

족제비보다 약간 큰 담비는 야행성으로 개구리나 다람쥐 외에 동백꽃 꿀도 먹는다.

다가가서 물거나 긁지 않고 그저 가시두더지를 살짝 건드려서 뒤집어 놓는다. 그래서 배가 보이면 날카로운 손톱으로 찢어버리는 것이다. 가시두더지의 음식은 대부분 즙이 많은 나무껍질이다. 하지만 이 동물은 소금을 몹시 좋아해서 사람들 주위를 돌아다니다가 사람이 맨발로 지나다닌 계단을 핥을 정도이다. 또 그저 짠맛을 얻기 위하여 사슴뿔을 씹어서 삼키기도 한다.

쓸개 빠진 사슴
사슴은 콧구멍 외에도 숨쉬는 기관이 하나 더 있어서 달리기를 할 때 호흡에 별 지장을 받지 않는다. 그러나 사슴의 내장 기관에는 쓸개가 없다.

걷지 못하는 나무늘보
중남미에 사는 나무늘보는 나무 둥치에 붙어 있거나 가지에 거꾸로 매달려 일생을 보내는데 꼭 필요하지 않는 한 움직이지 않는다. 네 다리와 두 개의 발가락은 나무에 매달리기 좋게 발톱이 구부러져 있다. 나무늘보는 땅에서는 겨우 몸을 끌 수 있을 뿐 걸을 수는 없다. 그래서 거의 나무에 매달려 있고 또 소화를 시키는 데 1주일 이상 걸리기 때문에 거의 꼼짝하지 않는다.
하지만 죽은 나뭇잎 뭉치처럼 보이는데다 우기에는 털 속에 초록빛 풀 같은 것이 자라나 위장을 하기 때문에 거의 위험하지 않고, 둥근 머리를 지탱해 주는 목뼈가 특이하여 머리를 270도나 돌릴 수 있어서 재빨리 침입자를 알아볼 수 있다.

익사하는 것은 날개가 없다
거북, 물뱀, 악어, 개구리, 자라, 돌고래, 고래 등은 물 속에 오래 있으면 익사하고 만다. 이러한 동물들은 어류가 아니기 때문에 때때로 밖으로 나와 적당한 양의 공기를 마셔야만 된다.

바다의 마라토너, 강치(Sea Lion)

강치는 9,600km를 헤엄쳐갈 수 있다. 수컷 강치는 100마리 이상
의 암컷 강치를 거느리고 살며 아무 것도 먹지 않고 3개월 동안
살 수 있다. 한때는 바다 속에 40억 마리의 강치가 살았던 적도
있다.

침팬지의 수학 능력

침팬지는 훈련을 받으면 100~200단어까지도 식별할 수 있는 능
력을 가지고 있다. 또한 침팬지는 각기 다른 문법을 지닌 문장들
을 구별하기도 한다.

두꺼비와 개구리의 눈

두꺼비와 개구리가 음식물을 삼키는
과정에서의 눈의 역할은 대단히 중요
하다.

음식물을 삼킬 때는 눈꺼풀을 감고,
그들의 트레이드 마크인 눈알을 힘껏
내리누르게 되는데, 이때 입천장은 낮
아져서 혀와 닿게 되고 입안의 음식물
은 삼켜져서 위 속으로 내려간다.

산족제비(ermine)와 족제비(weasel)

족제비는 계절에 따라 털 색깔이 변한다. 겨울에는 흰색이 되는데, 이때를 산족제비(ermine)라 하고 갈색일 때는 족제비(weasel)라 한다.

족제비(여름)

산족제비(겨울)

고공 스카이 다이버, 다람쥐

다람쥐는 까마득히 높은 곳에서 다치지 않고 떨어질 수 있다. 어떤 다람쥐는 나무 꼭대기에서 땅까지 180m를 수직으로 떨어질 수 있다고 한다. 다람쥐는 몸을 쭉 펼쳐서 겨드랑이와 꼬리의 긴 털이 추락속도를 늦추도록 한다.

뒤쥐 - 5cm의 포악

뒤쥐(shrewmouse)는 세계에서 가장 작고, 가장 사나운 포유동물이다. shrewish라는 단어는 시끄럽고 바가지 긁는 여자를 표현할 때 자주 쓰이는 적절한 단어이다.

싸움을 좋아하는 이 뒤쥐의 길이는 5cm이며, 니켈 동전의 무게밖에 안 되는데 뒤쥐가 세상에서 가장 작은 포유동물이라는 것은 다행한 일이다. 왜냐하면 그의 식욕과 공격성을 비교할 때, 사자가 유순해 보일 정도이기 때문이다.

이 작은 다이너마이트 덩어리는 코브라처럼 물고, 매일 자기 몸무게보다 두 배도 넘는 고기를 먹으며, 자기보다 세 배나 큰 동물

을 공격한다. 만일 배가 고프면 다른 뒤쥐까지도 잡아먹을 것
이다. 비늘같이 날카로운 이빨들 외에 커다란 먹이를
잡을 수 있는 독을 한 입 가득 지니고 있다. 이 뒤쥐의
침(타액) 속에는 3분 이내에 쥐를 죽일 수 있는 독이 있으며,
입 속의 독 분비선은 200마리의 쥐를 죽일 수 있는 양의 독을 한
번에 낼 수 있다고 한다.

가장 작으면서도 가장 난폭
한 포유동물인 뒤쥐

풍선처럼 부푸는 바다표범의 코

괴상하게 생긴 코를 갖고 있는 이 바다표범은 모든 물개 중에서
가장 덩치가 큰 동물이다. 이 3톤짜리 거구를 가진 바다표범의
코는 마치 코끼리의 코처럼 아래턱까지 축 늘어져 있지만 이 코
의 용도는 별로 없으며 다만 적과 싸울 준비가 되었다는 신호용
으로만 사용되고 있을 뿐이다. 바다표범이 성이 나면 그 코는 풍
선처럼 부풀어 오른다.

Tip
땅 파기 선수권자
북미 산 뒤쥐가 서식용
굴을 파는 속도는 인간
들이 10시간 동안 직경
18인치 높이로 7마일 길
이의 터널을 파는 속도
와 비슷하다.

고양이 이야기

고양이는 단맛을 느끼지 못하기 때문에 초콜릿을 먹어도 그 맛
을 전혀 알 수 없다. 고양이는 단맛을 알 수 있는 능력이 없다. 또
한 고양이는 균형 감각이 매우 뛰어나서 아주 높은 곳에서 떨어
져도 항상 부드럽고 폭신폭신한 발바닥을 먼저 딛기 때문에 잘
다치지 않는다. 어떤 고양이는 20층의 건물 위에서 떨어졌는데
도 아주 작은 상처밖에 입지 않았다고 한다.
고대 이집트인들은 고양이를 신으로 경배하면서 사육하였다.

Tip
고양이 수염
만약 고양이의 수염을
잘라 버리면 몸의 균형
을 잡지 못해 뒤뚱거리
게 된다.

생후 2일된 가젤이 성숙한 말보다 빨리 달릴 수 있다

가젤이 살아남는데는 속도가 매우 중요하다. 가젤은 태어난 몇
분 후부터 뛸 수 있을 만큼 민첩하여 생후 며칠 이내에 다 자란
말과 달려도 이길 수 있다.

낙타와 기린의 공통점

낙타나 기린은 고양이와 같은 종속에 속하지는 않지만 그들에게는 하나의 공통점이 있다. 다른 동물들은 움직일 때 서로 대각선상에 있는 앞뒷 다리들을 함께 움직인다. 즉 왼쪽 앞다리와 오른쪽 뒷다리들을 쌍으로 함께 움직인 다음 오른쪽 앞다리와 왼쪽 뒷다리를 쌍으로 움직인다. 그러나 고양이, 낙타, 그리고 기린은 각각 왼쪽이나 오른쪽에 있는 앞다리와 뒷다리를 쌍으로 함께 움직여 앞으로 나아간다.

걸을 때 같은 쪽 앞·뒷다리를 동시에 내딛는 기린은 키가 6m 가량으로 포유류 중 가장 큰 동물이다.

기린의 족보

낙타와 표범 사이에서 태어난 동물을 유럽인들은 한때 표범 낙타라고 지칭한 적이 있다. 그 동물이 바로 오늘날의 기린이다.

마멋의 호흡

북미 산 마멋은 칩거를 시작하면 시간당 단 10번만 호흡한다. 평상시 마멋의 호흡은 시간당 2,100번이다.

물을 마시지 않는 코알라

코알라는 유카리나무 위에서 그 잎만 먹고 살며 물은 전혀 마시지 않는다. 원주민어로 코알라는 'no water'라는 뜻이다.

토끼 정도의 크기인 마멋은 다람쥐과 중에서 가장 크다.

푸른 고래의 몸무게

푸른 고래의 몸무게는 132톤이나 되며 6개월 동안 전혀 먹지 않아도 몸 속에 축적된 지방만으로 견딜 수 있다.

암컷 코알라의 배에는 육아낭이 있어 그 속에서 새끼를 키우고 새끼가 크면 업고 다닌다.

고슴도치의 가시

고슴도치는 머리, 옆구리, 등, 배를 뺀 모든 곳에
총 30,000개의 바늘 같은 가시를 가지고 있다. 이
가시는 살 속에 한번 박히면 빼내기 어렵고 점점
더 깊이 들어가 수술해야 한다.

고슴도치는 적을 만나면 둥글
게 움츠리고 가시를 세운다.

카멜레온의 혀

작은 도마뱀인 카멜레온은 몸의 색깔을 바꿀 수 있다. 이 신기한
파충류는 기분에 따라서 또는 주변 환경에 따라 여러 가지 색깔
을 띨 수 있으며 오른쪽과 왼쪽을 동시에 볼 수 있고 발로 무엇이
든 잡을 수 있음은 물론 꼬리로 나무를 감을 수도 있다. 그러나
이것만큼이나 놀라운 것은 카멜레온의 혀의 길이와 민첩성이다.
카멜레온의 몸체는 16cm 정도 되지만 혀의 길이
는 종종 이보다 더 길 때가 있다. 즉 몸보다 더 긴
혀를 입안에 말아두었다가 엄청난 속도로 갑작스
럽게 혀를 내밀어 벌레를 공격한다. 카멜레온은
혀를 이용해 단 한번의 공격으로 25cm나 떨어져
있는 벌레를 잡아먹는 것이다.

몸보다 더 긴 혀를 가
지고 있는 카멜레온

탱크보다 강한 아르마딜로

아르마딜로는 종종 완전히 압축된 공 속으로 자신을 감싸는데
이것은 다른 동물로부터 공격을 받을 때 머리와, 팔 다리를 스스
로 움츠려 갑관을 제외하고는 거의 공격을 하지 못하도록 하기
위한 것이다. 세줄무늬 아르마딜로로 알려진 한 종
도 완전한 공 모양으로 몸을 말아올려 뼈로 된
갑으로 몸 전체를 보호한다. 이때 탱크
가 몸 위로 지나가도 아르마딜로는 별
지장을 받지 않는다고 한다.

아르마딜로

Tip—
인간은
인간은 약 16배가 자라
며 북극곰의 새끼는 막
낳았을 때 7kg 정도밖에
안 되던 것이 완전히 자
랐을 때에는 720kg으로
100배 이상 자란다.

1,600배 자라는 캥거루

막 태어난 캥거루 새끼의 크기는 2.54cm 정도로 여왕벌만한데 이것이 다 성장할 때까지는 약 1,600배가 자란다.

미소 짓는 동물

침팬지는 미소를 지을 수 있으며 하이에나는 웃을 수 있고 여키쉬(침팬지의 일종)는 슬플 때 눈물을 흘린다고 한다.

스컹크의 냄새

이 동물이 풍기는 지독한 냄새는 '에테네씨 올'이라는 천연 화학물질인데 그 발산도가 얼마나 강력한지 이 물질이 공기중에 0.0000000000001그램만 퍼져도 인간의 후각을 자극할 수 있다.

스컹크

인간보다 뛰어난 동물들

독수리

독수리의 시력은 인간의 시력보다 8배 더 뛰어나다. 인간의 후각 세포는 5백만 개이지만 개는 무려 2억 개이다. 따라서 수치상으로만 보면 개가 냄새를 맡는 능력은 인간보다 100만 배나 더 뛰어나다고 할 수 있다.

올빼미의 눈과 머리

올빼미는 눈을 움직일 수 없는데 이를 보완하기 위해 몸은 전혀 움직이지 않은 채 머리만 거의 완전히 한 바퀴 돌릴 수 있다.

머리가 360° 회전 가능한 올빼미

고릴라와 침팬지

오후 6시만 되면 잠을 자는 고릴라는 몸무게가 204kg이나 되는 크고 힘센 동물이지만 생식기는 몹시 작다. 그러나 50kg 정도밖에 안 되는 침팬지는 음경의 크기가 고릴라의 5배이고, 고환의 크기도 고릴라의 수십 배나 된다.

팔이 길고 눈썹이 없는 고릴라는 생식기가 무척 작다.

─Tip─
고릴라의 음경은 왜 작은가?
수컷 고릴라는 음경을 자주 쓸 기회가 없기 때문이다. 운이 좋다면 1년에 한 번 정도나 쓸까 말까. 사실 암컷 고릴라들의 경우 4년을 주기로 단 6일 동안만 교미 기간을 가진다.

돼지의 인슐린

당뇨병 치료제 인슐린은 돼지와 양의 췌장에서 채취한다. 동물들에서 생성된 이 인슐린은 인간의 몸 속에 있는 것과 똑같다.

털 코트 한 벌 만드는데 몇 마리의 동물이 필요한가?

밍크 코트 하나를 만드는데 65마리의 밍크가 필요하다. 해리 코트 하나에는 15마리의 해리가, 족제비 코트 하나에는 11마리의 족제비가, 친칠라 코트 하나에는 100마리의 친칠라가, 호랑이 코트 하나에는 세 마리의 호랑이가, 표범 코트 하나에는 다섯 마리의 표범이, 너구리 코트 하나에는 40마리의 너구리가, 담비 코트 하나에는 60마리의 담비가 필요하다.

새처럼 먹는 말

대개 말 한 마리의 체중이 454kg이지만 말이 하루에 먹는 사료의 무게는 몸무게의 1/50정도밖에 안 된다고 볼 수 있다.

그런데 새 한 마리가 먹는 양은 자기 몸무게의 1.5배가 넘는다.

밍크는 족제비와 비슷하지만 꼬리 끝 부분이 짙은 암갈색이다.

공룡의 뇌

공룡의 몸은 거대하지만 뇌는 개의 것보다 더 작으며 스테고사우러스의 뇌는 도토리알 만하다.

중생대의 쥐라기와 백악기에 걸쳐 번성했던 거대한 파충류인 공룡은 몸 길이가 30m에 달하는 것도 있었다.

매머드
4만 년 전부터 1만 년 전까지 생존했던 매머드는 매우 큰 몸집을 갖고 있으며 털로 덮여 있고 어금니가 구부러져 있다.

동물은 인간을 어떻게 돕고 있는가?

말은 파상풍 주사와 디프테리아 항독소를 위한 혈청을 제공하고, 다른 가축과 양은 아드레날린과 갑상선 호르몬을 공급해 준다. 양은 췌장에서 인슐린을, 소는 천연두 주사를 위한 왁친을 공급해 준다. 수정된 달걀은 항체 개발에, 토끼와 개구리는 여자들의 임신 테스트를 위하여 이용된다.

쥐, 기니피그(모르모트), 개와 고양이는 너무도 유용하여 수많은

말 - 파상풍 주사, 양 - 인슐린, 소 - 천연두, 토끼와 개구리 - 임신테스트 등으로 이용된다.

과학 실험 개발에 이용된다. 리서스 원숭이는 약학 부문과 과학 실험용으로 자주 사용된다. 생쥐와 쥐는 매해 15회 이상의 출산을 하므로, 유전학과 유전인자가 관련된 연구 분야에서 자주 사용되는 훌륭한 실험 대상이다.

이외에도 농작물이나 가축의 질병을 예방하기 위하여 생물학적인 실험용으로 보다 많은 동물이 이용된다.

동물은 스스로 병을 치료한다

· 고양이가 소화불량에 걸리면 괭이밥을 뜯어먹는다.
· 벌에 쏘인 왕거미는 명아주 잎에 몸을 비빈다.
· 꿩이 날개나 다리에 상처를 입으면 송진을 떼다 바른다.
· 개가 들판에 나가면 풀잎을 먹는다.
· 이른 봄 참새는 처녀치마풀, 노루귀의 꽃을 잘근잘근
  씹는다.
· 독사에 물린 멧돼지는 쥐방울 넝쿨을 먹는다.
· 산불이 나서 화상을 입은 구렁이는 소리쟁이에
  몸을 서리고 치료한다.

수꿩(장끼)은 암꿩(까투리)보다 크게 울며 꽁지가 길고 아름답다.

앞니가 계속 자라는 동물들

수달피, 쥐, 다람쥐, 토끼 등의 앞니는 계속해서 자란다. 이렇게 계속 자라는 이의 성장을 막기 위해서 이 동물들은 끊임없이 나무껍질이나 잎사귀 등을 갉아야만 한다.

나그네쥐의 가족계획

나그네쥐들은 4년마다 한 번씩 수백만 마리가 줄을 지어 노르웨이의 낭떠러지에서 떨어져 죽는다. 그래서 지나치게 늘어난 종족의 수를 줄여 식량의 부족을 막고 안전하게 종족을 유지한다.

흡혈 박쥐

흡혈 박쥐는 이름처럼 악하지 않다. 먹이의 목을 찔러서 피를 빨아먹는 동물이 아니기 때문이다. 오히려 피가 날 때까지 이빨로 피부를 천천히 긁어낸다. 그러나 너무 부드럽게 긁어내기 때문에 만일 그 먹이가 잠을 자고 있는 동안이라면 흡혈 박쥐가 피를 빨아먹을 때까지도 일어나지 않을 정도이다.

박쥐의 레이더

아주 캄캄한 밤이라 해도 박쥐는 쉽게 날아다니고 우리가 전혀 볼 수 없는 아주 작은 벌레도 채어간다. 어떻게 그럴 수 있을까? 배는 안개나 어둠 속을 헤쳐갈 때 무선 신호를 보내 지형을 파악하는데 박쥐도 그 비슷한 레이더를 가지고 있다. 박쥐는 공중을 날 때 입으로 1초에 30~60회 진동하는 빠르고 작은 소리를 낸다. 이 소리는 너무 높아 사람의 귀에는 들리지 않지만 이 소리가 물체에 부딪혀 메아리처럼 되돌아오면 박쥐는 그 소리를 듣고 그 물체의 위치를 알게 된다. 박쥐의 귀는 1초에 100,000회 진동하는 소리도 들을 수 있기 때문에 온갖 물건이 꽉 차 있는 방이라 해도 쉽게 날아다닐 수 있다. 하지만 박쥐의 입을 막아버린다면 소리를 낼 수 없으므로 여기저기 부딪혀서 날 수 없을 것이다.

앞다리가 날개로 변형되어 날아다니는 박쥐는 성대로 초음파를 발사해 그 반사음을 귀로 듣고 거리와 방향을 탐지한다.

두더지는 장님으로 태어난다

두더지는 태어날 때부터 장님으로 앞을 전혀 보지 못하며 한 마리의 암컷이 수많은 수컷을 거느린다.

눈이 거의 퇴화된 두더지는 뾰족한 주둥이와 삽 모양의 다리를 가지고 있다.

고래의 사정액으로 만드는 화장품

이미 잘 알려진 바와 같이 고래가 가장 많은 양의 사정(射精)을 하며 그 양이 얼마나 엄청난지 사정을 끝낸 주위의 바닷물에서도 확실히 볼 수 있을 정도이다.

이렇게 고래가 쏟아놓은 정액이 여성용 최고급 화장품의 원료로 사용되고 있다.

동물의 세계

· 코끼리는 1분에 심장이 9번밖에 뛰지 않는다.

· 사슴은 쓸개가 없다.

· 고래는 냄새를 맡을 수 없다.

· 개구리는 이가 있고 두꺼비는 이가 없다.

· 돼지는 항상 오른쪽으로 누워서 잔다.

· 다람쥐는 땅위에서 달리는 것보다 더 빨리 나무를 탄다.

· 하마는 물 속에서 출생하며 다 자랐을 때 무게가 8,000파운드 나간다.

· 푸른색 고래는 6개월 동안 먹지 않아도 견딜 수 있다.

· 호랑이는 11년 살지만 까마귀는 69년 산다.

· 암탉은 수탉 없이도 알을 낳을 수 있다.

· 진짜 상아는 코끼리에서 나오는 것이 아니고 산돼지나 해마의 어금니에서 나온다.

· 코끼리의 임신 기간은 640일이며 주머니쥐의 임신 기간은 13 일이다.

· 나무늘보(sloth)는 일주일 168시간 중에 129시간 잠을 자며 북 미 산 마멋류에 속하는 그라운드호그(groundhog)는 1년에 8개 월 잠을 잔다.

동물의 속도

군함새(frigate bird)는 시속 260마일로 날 수 있고 달팽이는 0.000362005마일로 움직인다. 네 다리를 가진 동물 중에 가장 빠른 동물은 치타로 짧은 거리에서는 70마일의 속도로 달린다. 코끼리는 그 거대한 몸집에도 불구하고 25마일로 뛸 수 있기 때문에 최고 24마일까지 뛸 수 있는 인간은 코끼리를 무시해서는 안 된다.

물 속에서 가장 빠른 물고기는 황새치(swordfish)로 68마일로 헤엄쳐 달린다.

물 속에서 사람은 가장 빨리 헤엄칠 수 있을 때가 4마일 정도밖에 되지 않는다.

단거리 챔피온인 치타와는 달리 퓨마는 나무타기와 헤엄치기에 능하다.

수소의 두 얼굴
(ox와 bull의 차이)

ox는 거세된 수소이기 때문에 새끼를 낳을 수 없지만 bull은 거세하지 않은 황소(큰 수소)이기 때문에 새끼를 낳게 할 수 있다.

비늘과 이가 없고 주둥이가 창 모양인 황새치는 가장 빠른 물고기다.

코브라와 몽구스가 싸운다면

이 싸움은 종종 무승부로 끝난다. 몽구스는 코브라의 독액에 면역이 되어 있기 때문이다.

고양이과에 속하는 몽구스(mongoose)는 꼬리가 길고 앞발에 날카로운 발톱이 있다.

Horse 연구

· Stallion은 낳은 지 5년 이상 된 수말을 지칭하고 colt는 5년 이하의 수말이다.

· Mare는 낳은 지 5년 이상 된 암말이고 Filly는 5년 이하의 암말이다.

· Foal은 성과 관계없이 어린 말을 지칭한다.

· A quarter horse는 400m 거리를 달리는 단거리 경주용 말을 지칭한다.

· Thoroughbred란 Pedigree(순종)라는 단어의 뜻처럼 혈통을 나타내는 것이 아니라 말의 한 종류를 지칭하는 것이다. 이 종류의 말은 본래 동양계로서, 영국에서 개량시켜 오늘날 최상급의 말이 되었다.

동물의 이모저모

나귀는 말보다 작고
병에 강하며 인내심이 뛰어나
부리기에 좋다.

· 고래는 냄새를 맡을 수 없다.

· 토끼는 하루에 18번 잠을 잔다.

· 낙지는 세 개의 심장을 가졌다.

· 원숭이는 동물학적으로 이야기
  할 때는 다리가 없다.

· 물고기는 태어나자마자 자기 힘으로 물살을 헤치며 살아간다.

· 소는 색맹이지만 새는 대부분의 색깔을 구별해볼 수 있다. 동
  물들은 서로 강간하지 않는다. 오로지 암컷이 자진해서 몸을
  허락할 때만 교미가 이루어진다.

· 공룡의 수컷은 남근을 갖고 있지 않다고 한다.

· 대부분의 수컷 파충류에게는 페니스가 없다.

· 대부분의 포유류에 있어서 페니스의 발기는 피의 기둥으로 이
  루어지는 것이 아니고 뼈의 도움을 받아 발기된다.

· 노새는 암말과 수나귀 사이에서 태어난 잡종으로 정자가 성숙
  하지 못하여 선천적으로 자손을 낳을 수 없다.

· 당나귀는 나귀(과)에 속하지만 모든 나귀가 다 당나귀는 아니
  다. 나귀는 야생당나귀를 포함하여 굽을 가진 여러 종류의 포
  유동물을 지칭한다.

임신 기간이 가장 긴 동물

임신 기간이 가장 긴 동물은 스위스 알프스의 해발
1,400미터(4,600피트) 지대에서 살아가는 불도마
뱀으로 임신 기간은 38개월이다.

그러나 좀더 낮은 곳에서 사는 불도마뱀들의 임
신 기간은 25개월로 조금 짧다.

임신 기간이 38개월이나
되는 불도마뱀

[동물들의 섹스]

동물들의 섹스 풍경

●수컷끼리 교미하는 거위
수컷 거위들은 주로 수컷들끼리 교미한다. 따라서 암컷들보다
수컷들끼리 몰려다니는 현상을 보인다. 그러나 때때로 암컷 거
위들은 수컷 거위들이 교미하는 동안, 자발적으로 끼어들어 쉽
게 수태되기도 한다. 그리하여 수컷 두 마리와 암컷 한 마리는 서
로 어울려 교미하게 되고, 몇 주 후면 거위 새끼가 태어난다.

> **Tip**
> **암컷은 성적 흥분을 느
> 끼는가?**
> 동물의 세계에서는 교
> 미 시 암컷의 성적 흥분
> 과 오르가슴이라는 과
> 정이 전혀 없다. 수컷의
> 성적 흥분과 절정은 쉽
> 게 관찰될 수 있지만 암
> 컷에게서는 이러한 변
> 화를 찾아볼 수 없다는
> 것이다.

●돌고래의 마스터베이션
돌고래들은 서로 몸을 문지르고 코를 비벼대며 깨무는 등의 방
법으로도 사랑을 주고받는다. 그리고 교미할 때에는 음경 끝 쪽
을 암컷에 삽입시키는데, 돌고래의 음경은 깃촉에 달
려 있고 회전 고리 모양으로 자유로이 선회한다는
특징이 있다. 또한 사랑에 빠진 돌고래들은 자유로
이 마스터베이션을 하며, 심지어 가까이에 암컷들이
있어도 자위행위를 한다. 그리고 수컷이 음경이 발
기된 상태로 암컷에게 접근하면 암컷은 수컷이 마스
터베이션을 할 수 있도록 몸을 열어준다.

●단 한번으로 끝내는 스컹크
수컷 스컹크는 암컷을 유인한 후 암컷의 질을 핥아
주고 나서 목덜미를 꽉 누른 채로 교미를 한다. 그러
나 암컷은 준비가 되어 있지 않으면 결코 수컷을 받

사랑에 빠진 돌고래들은 암컷이 옆에 있
어도 자위행위를 한다.

아들이지 않는다. 그러면 수컷들은 뒷다리로 암컷의 음경을 문질러 자극시킴으로써 교미를 시작하게 된다. 연필심보다 굵지 않고 4cm 정도 되는 작은 음경이 암컷의 질 속으로 들어간 후 암컷들은 절정에 이르게 된다. 그러나 절정에 이른 후 암컷들은 더 이상의 교미를 거부한다. 수컷들이 강간하듯이 달려든다 해도 암컷들은 이에 응하지 않고 오히려 몸을 빼내고는 잠을 잔다.

●격렬한 전희를 갖는 코뿔소
코뿔소는 그 이름에서 드러나는 것처럼 교미할 때도 무섭게 달려든다. 암컷 코뿔소가 교미 기간에 접어들게 되면 음문이 자연스럽게 부풀어오르는데, 암컷은 수컷들을 보게 되면 휘파람 소리를 내면서 그 상태를 알려준다.
상대편 수컷이 깊고 길게 숨소리를 내게 되면 교미가 시작되는 것이다. 다음 단계로 수컷은 정면으로 암컷을 공격하고, 암컷은

코뿔소는 교미를 할 때도 격렬하고 거칠게 전희를 갖는다.

이 공격을 흔쾌히 수락한다. 그러면 그들은 울부짖고 뿔로 받으면서 약 한 시간 동안 서로를 공격하는데, 심한 경우에는 피를 흘리기도 한다.
　　이것이 바로 암컷이 수컷의 힘을 측정하는 단계이다. 마침내 암컷이 이 수컷이야말로 교미할 자격이 있다고 판단하면 몸을 뒤로 돌려 수컷에게 보여준다. 그러면 수컷은 61cm 길이의 음경을 암컷에게 삽입시킨 채로 몸 위로 올라가서 매 10분 간격으로 사정을 한다.

●북극의 신사, 펭귄
펭귄들은 쉽게 결합하지만 떠돌아다니는 속성 때문에 곧 떨어지게 된다. 그들은 교미할 때에 가슴과 가슴을 마주 대고 머리를 뒤로 돌

린 채 서서 사랑의 행위를 나눈다. 또한 펭귄
의 성행위는 매우 이채로워서 지느러미를 쫙
편 채로 달달 떨기도 하고, 큰 소리로 노래를
하기도 한다.

그러나 이런 사랑의 행위도 2주일이 지나면
끝나게 된다. 수컷 펭귄이 암컷의 배 위에 머
리를 대면서 곧 떠날 것이라는 신호를 주고
또다시 이주하기 시작하는 것이다. 펭귄의 실
제적인 교미는 3분밖에 걸리지 않으며, 펭귄
은 1년에 단 한번밖에 교미하지 않는다.

상대방을 바라보지 않고
사랑을 나누는 펭귄

교미철에 일어나는 행동들

● 동성 교미

Tip

펭귄의 정표(情表)

수컷 아델리 펭귄은 100
만 마리가 넘는 무리들
중 짝을 선택하는 방법
으로 암컷의 발 아래로
돌을 굴려준다. 집을 짓
거나 단을 쌓는데 돌은
필수 재료이고 특히 교
미 기간 중 돌을 찾는 일
이 어렵기 때문에 돌을
미끼로 이용하는 것이
다.

캘리포니아 해변 한쪽의 산타바바라 섬에서 서식하는 바다갈매
기 중 8~14%는 동성끼리, 즉 암컷끼리 교미를 한
다. 그 갈매기들은 여러 방법으로 교미를 한 후 수
정된 알을 낳는다. 이 외에도 거위, 화저, 시클리드
물고기, 오징어, 쥐, 그리고 원숭이도 때때로 동성
교미를 한다.

● 수컷들을 무는 암컷들

오셀롯(중남미 산에서 서식하는 표범 비슷한 시라소니)
은 성적 흥분을 위해 수컷의 얼굴과 머리를 문다. 또한 독 없는
뱀들도 교미를 하는 동안 상대방을 자주 문다고 한다.

암컷끼리 교미하는
바다갈매기

수컷 원숭이는 교미철에 성기를 과시하기도 하고 엉덩이를 내밀며 뽐내기도 한다.

●원숭이의 자기과시

교미철이 되면 수컷 다람쥐원숭이들은 자신들의 성기를 과시하며 상대방의 얼굴에 오줌을 누기도 한다. 그러다 화가 머리끝까지 치밀어 오르면 격렬하게 싸움을 한다.

그러나 이런 행동들은 암컷을 차지하기 위한 것이 아니라 지배계급 체제에서 새로운 두목이 되기 위해서이다. 특히 수컷 비비원숭이들은 빨강, 노랑, 파랑이 어울린 화려한 색깔을 지닌 엉덩이를 내보이며 뽐내기도 한다.

스스로 낙태시키는 동물들

임신한 쥐들은 생리적으로 수컷의 오줌 냄새를 맡으면 낙태를 하고픈 자극을 받게 된다. 또한 토끼들은 주위 환경이나 영양 상태가 부실하면 태아를 몸속에서 녹여 없애버린다고 한다.

오럴 섹스를 즐기는 침팬지

수컷 침팬지의 음경은 발기 시 8cm 정도이며 밝은 핑크색을 띤다. 또한 음경은 오럴 섹스를 할 수 있을 정도로 유연한데, 실제로 침팬지는 오럴 섹스를 즐긴다고 한다. 음경 안에는 조그만 뼈가 있으며 규칙적인 교미 기간을 가진다.

교미 시에도 포효하는 호랑이

암호랑이는 특수한 소리로 수컷을 유혹한다. 수컷이 접근하면 암컷은 부드럽게 몸을 비비며 성교할 수 있는 자세를 취한다. 그러면 수컷이 올라타서 교미하는데 절정에 도달하면 암컷의 목을 조르며 큰 고함을 지른다. 이 교미는 3분 동안, 하루에 20번 이상 3주 동안 계속된다.

'Screwing' 이란 단어를 만들어낸 돼지의 섹스행위

screwing(성교하다)이라는 용어는 돼지들의 음경과 성교 행위에서 파생된 것으로 생각된다. 수컷 돼지의 성기는 46cm의 길이로 끝이 마치 와인드릴처럼 나선형으로 꼬여 있고, 수컷 성기가 암컷의 몸 안으로 들어갈 때 그 꼬인 성기가 나선형으로 돌아가기 때문이다. 수컷 돼지는 한번 사정 시 1.5 l 의 정액을 배출하는데 한 번 교미할 때 수십 번 사정한다고 한다.

성적으로 가장 순수한 동물

동물들은 대체로 그들의 특징으로 분류되고 있지만 간혹 성적으로 분류되는 경우도 있다. 배분(Baboon, 비비원숭이)이나 뱀을 가장 호색적인 동물로 분류하고 있지만 아무런 타당한 이유도 없이 호색적으로 낙인찍힌 동물들도 수없이 많다.

어쨌든 코끼리는 가장 점잖은 동물로 분류되고 있다. '가장 정숙하고 명예를 존중하며 정의롭고 양심이 있는 동물' 이라며 침이 마를 정도로 코끼리를 칭찬하고 있는 동물학자 프라니는 "수치를 아는 코끼리는 숨어서 교미를 하는데 그것이 끝나면 강물에 몸을 씻고, 그들 사이에는 간통이 없으며 암놈을 차지하기 위해 여러 숫놈이 싸우는 법도 없다"고 주장한다.

하지만 중세기 작가인 알베르투스 마그너스의 다음과 같은 주장은 너무 지나친 기분이 든다. "코끼리들에게는 욕정이라는 것이 없으며 순결한 상태에서 수태하며 출산한다."

그러나 14세기의 유명한 동물학자인 콘레드 본 메간베르그는 '신을 섬길 줄 모르며 오직 욕정에만 눈이 어두운 동물' 이라는 다른 각도에서 코끼리를 관찰하고 있다. 일단 교미가 끝난 코끼리는 그후 3년 동안 암컷 옆에 얼씬도 하지 않는다.

배분은 얼굴이 개와 비슷하고 몸집이 크며 다리가 길어 잘 걷는다.

코끼리 음경의 무게
코끼리 음경의 무게는 약 27kg이나 되고 발기했을 때 길이가 1.5m나 된다. 코끼리는 보통 다른 동물들처럼 뒤로 교미한다.

18일 동안 교미하는 인디언 비단뱀

인디언 비단뱀에서 토끼까지

인디언 비단뱀은 교미 기간이 180일 동안 계속되는 기록을 세웠고, 햄스터(hamster)라는 쥐는 하루에도 75번 이상, 수사자는 두 암사자를 교대해 가면서 86번 이상 교미한다. 고래는 1년에 꼭 한 번 교미한다. 토끼는 모든 것을 1분 안에 끝내버린다.

암컷 고양이의 고통

암코양이는 교미시 수코양이의 페니스에 달린 가시 때문에 고통스럽다.

고양이가 성 관계를 맺을 때 부르짖는 소리는 쾌락에 도취되어서가 아니라 실제로 고통에 못 이겨 부르짖는 소리다. 수코양이의 페니스는 암코양이의 질에서 퇴각될 때만 느껴지는 특수한 비늘 같은 가시를 가지고 있기 때문에 암코양이는 고통으로 부르짖게 되는 것이다. 그런데 퇴각할 때 주는 이 고통이 배란을 시작하게 하는 원동력이 된다고 한다.

수컷 누에나방의 열정

수컷 누에나방은 암컷 누에나방이 풍기는 호르몬 1/10,000mg이 12,000km 정도 떨어져 있어도 이것을 탐지하고 뒤쫓아간다.

오르가슴에 관한 쥐의 실험

과학자들이 전극을 쥐의 뇌 속의 감정을 느낄 수 있는 부분에 연결시켜 놓았더니 쥐들은 음식이나 물도 먹지 않고 교미도 하지 않았으며 하루 동안 그 전극의 지렛대를 48,000번이나 눌러댔다.
그 이유는 쥐의 뇌 속으로 통하는 전극이 쥐에게 오르가슴 같은 환희를 느끼게 해주었기 때문이다.

쥐

동물의 배우자 수

일부 다처제인 동물에는 꿩, 산양, 야생마, 굴뚝새, 큰사슴, 물개 등이 있고 일부일처제인 동물에는 제비, 오리, 여우, 독수리, 늑대, 백조 등이 있다. 조류 중 남미 산 메추라기, 타스마니 안헨즈 등은 일부다처제이며 곰, 영락새, 침팬지, 샌드파이퍼 등은 바람을 피운다고 한다.

개의 교미 과정

개는 음경을 빳빳하게 해주는 뼈와 크고 부드러운 귀두가 있는 음경을 가지고 있다. 일단 수컷이 암컷 뒤로 올라서서 20~30초 동안 음경을 깊게 삽입시킨 후, 한쪽 다리를 땅에 디딘 채로 180도 회전한다. 따라서 방향만 달라질 뿐 암컷과 수컷은 같은 자세로 뒤엉켜서 15~30분 동안 교미한다.

교미에 걸리는 시간

교미를 가장 오래 하는 동물은 방울뱀으로 음경이 들어가서 나올 때까지 23시간 걸린다고 한다. 밍크는 2시간, 족제비와 검은담비는 8시간, 생쥐는 20분, 산돼지는 3~4분, 고래와 코끼리는 30초, 양, 황소, 토끼, 사슴, 침팬지 등은 5~6초, 모기와 황소, 수말은 2~3초가 걸린다.

사슴

멧돼지

자위하는 동물

고슴도치, 코끼리, 사슴, 사자, 원숭이, 멧돼지, 돌고래, 노루 등의
포유동물은 자위를 한다.

몸 길이가 1m 안팎인 수컷 아귀는 입
이 무척 크다.

검은 과부거미는 교접이 끝나자마자
수컷을 잡아먹고 과부가 된다.

무법자 아귀

수컷 아귀들은 성숙하자마자 수심 1,900m 아래까지
내려가서 암컷 아귀들을 찾아낸다. 그리고 상대 암컷
아귀를 점찍게 되면 암컷 아귀에 몸을 부착시켜서 음
경을 삽입한다.

배우자를 잡아먹는 거미

수컷 거미는 페니스가 없으며 교미 후 불구나 죽게 되
는 위험도 감수해야 한다. 수컷은 배꼽에서부터 짜낸
정자를 거미줄 위에 놓은 후 촉수들로 정자를 들고 아
리따운 암컷을 찾아 나선다.

암컷은 정자 냄새에 예민하고, 또한 정자를 건네 줄
수컷들을 발견하는 즉시 달려들어 통째로 잡아먹기
때문에 수컷들은 암컷을 기습 공격한 후 민첩하게 행
동하여 정충을 전해주고 재빨리 도망쳐야 한다. 살아
야 하지 않겠는가!

사슴의 자위행위

사슴의 나뭇가지 모양의 뿔은 음경의 성장과 깊은 관
련이 있다. 뿔은 고환에서 분비된 세크레틴 호르몬을
받아 자라기 때문에 음경과 같은 속도로 자라게 된다.
수컷 사슴은 뿔을 나무나 땅에 비벼댐으로써 얼마든
지 자위행위를 할 수 있다. 이때 음경은 당연히 발기
되고 심지어 사정까지 하게 된다.

물개의 해구신

수컷 물개 한 마리는 암컷을 20마리 정도 거느린다. 수컷은 교미할 때 암컷을 암초 위로 유인한다. 수컷은 정력이 강하여 3개월 동안 아무 것도 먹지 않고 잠을 자지 않아도 살 수 있다. 이렇게 강력한 수컷 물개의 생식기 해구신은 강장제, 음위증(음경이 발기하지 않는 증세) 치료제 등으로 쓰인다.

길이가 2m 정도인 수컷 물개는 3개월 동안 아무 것도 먹지 않아도 살 수 있다.